島嶼拾光 文物藏影

臺灣文學的轉譯故事

國立臺灣文學館 策劃　轉譯研發團 著

館長序

故事，讓文學發光

文 林巾力 國立臺灣文學館館長

一轉眼，臺文館二十歲了。

自從二〇〇三年開館營運以來，這座全臺唯一的國家級文學博物館，便始終以深耕臺灣文學為使命。在歷任館長的帶領下，無論是史料蒐集、研究出版、展示規劃、對外連結等等，都交出了亮眼的成績單。而這一切，不能不歸功於豐富的館藏。

文物典藏，是博物館的心臟，也是博物館得以進行研究與展示的重要基礎。早在前身文化資產保存研究中心籌備處階段，臺文館即抱持「搶救」歷史的心情，積極展開文物徵集作業，希冀透過作家手稿、信函、照片、日記、書畫、器物等珍貴文學史料，重整散佚闕漏的臺灣文學史。開館後，同仁們也長期致力於蒐集這塊土地上的各種文學印記，一方面呈現臺灣文學的多樣性，同時提供民眾實體物證，梳理臺灣文學的發展脈絡，形塑共有的集體記憶。截至二〇二三年底，累計捐贈達七百五十九餘批次，正式入藏的文物則已超過十三萬件。

文物入館後，除了資料登錄、入藏評估、權利盤點，乃至修復或數位化等一連串維護管理流程，我們更關心的，是如何讓文學藏品所蘊含的文學價值與歷史意義得到理解和重視，進而開放共享，以更為多元的方式被大眾親近和運用。二〇一〇至二〇一二年間，臺文館陸續出版三冊「國立臺灣文學館典藏精選集」，分別是《文無盡藏》、《美不勝收》和《神與物遊》，從二〇〇五到二〇一〇年所入藏的數萬件文物當中，精選三百餘件，詳述其所屬年代、背景、與作家的關聯，以及在臺灣文學史上的重要性，可以說是首次有系統且深入地讓外界認識臺文館典藏。

隨著大數據時代的來臨，資訊的流通頻繁而快速，臺文館嘗試用不同於以往的方式推廣臺灣文學，近年蔚為關鍵詞的「轉譯」，很快地成為館務推動的核心理念與思考方向。二〇一八年，在「藏品故事轉化行銷計畫」主持人、前衛出版社主編鄭清鴻的協助與號召下，臺文館集結數十位臺灣文史學界傑出青年寫手，啟動文學轉譯故事的撰寫。他們穿梭古今時空、挪移虛實界線，以感性與知性兼具、虛構與非虛構交疊的創意，讓館藏文物從庫房、雲端、數位資料平臺中解放，換上新裝，走向大眾。而後，也在前任館長蘇碩斌的擘劃下，轉譯書寫的對象不再限於藏品，而是擴及館內展覽、遊戲，以及各種文學素材，期望透過此平臺，讓臺灣文學觸及多元族群，激發開闊的想像，因此將寫手群改名為「轉譯研發團」。

五、六年來，這群新世代的說故事的人，以充沛的敘事能量，編織出一百多篇精彩的文學故事，其中部分更進一步成為臺文館文學商品的發想起點，用食衣住行的樣貌，將文學化為日常。欣逢臺灣文學館二十週年館慶，我們集結部分篇章出版，以《島嶼拾光．文物藏影——臺灣文學的轉譯故事》銘記這個值得紀念的時間點，也向讀者展現，故事，如何讓文學熠熠發光。

導讀一

蓄積典藏能量，迸發充沛敘事力

文 蘇碩斌
國立臺灣大學臺灣文學研究所教授

國立臺灣文學館，英文名稱 The National Museum of Taiwan Literature，存在二十週年並日益茁壯，代表以「文學史」為內涵的「博物館」已臻成功的範例。

因為兼具文學史和博物館的特質，兩者交集的最深處，正是典藏品（collection），故標誌臺文館二十週年的這本書，從典藏品來回望創館的基石和意義，確實合理而必要。

典藏品何以重要？博物館一般來說有四大功能：典藏、研究、展覽、服務。與文學有關的各種機構，例如學校系所、作家紀念館等等，無疑都能具備後面三種功能，可以投入研究、展示成果，也積極訴求公眾；但是，卻極難能營運國際標準規格的「庫房」來安頓文物藏品。此即臺灣這座國家級文學博物館擁有不凡意義的關鍵之一。

然而，文學的典藏品並不只是典藏品。

當然，典藏品必須是一個物件（object），一個博物館可以登記、保存、修復的實體對象；但放在字裡行間，又總是擁有微妙的深意，是值得再次書寫敘事、無邊展開的文字驚奇。

✧ ✧ ✧

典藏品必須先具有物件的意義。其聚攏在庫房，猶如博物館的火藥庫——配備精實，才能有震撼力，也才能發展為故事或傳奇。

回看世界博物館的歷史，甚至可說：並不是先蓋了博物館所以需要添置藏品，而是因為有藏品，所以才有博物館。

典藏品催生博物館的歷史，發生在傳統封建的歐洲劇變進入「現代社會」之前。因為傳統封建社會的帝王將相雖然藏有各式瑰寶，但向來都是私人擁有、只供特定親友觀覽。到了十八世紀中期，歐洲豪富貴族蒐羅了巨量大航海時代湧來的奇珍異物之後，逐漸推出半開放民眾觀賞的「珍奇屋」（英國的 Cabinets of Curiosities 或德國的 Wunderkammer），最著名者即為英國醫界權威史隆，他在死前將七萬多件畢生蒐藏品捐出，造成一七五三年英國制定〈博物館法〉，成立世界第一座免費的、公共的「大英博物館」。

典藏品引領博物館的劇情，因為封建崩落、共和體制來臨而持續於歐洲、甚至全球上演。例如法國，皇家瑰寶在一七九二年一夕轉成國家的、全民的、逐件編號列管的典藏品，就必須有

「羅浮宮博物館」收藏；又如二十世紀初清帝國落幕，紫禁城的清宮庫藏，也必須有「國立故宮博物院」來承載國家的文化意義。

國立臺灣文學館，其實一如前述「有藏品才有博物館」的發展史，起初確實就是為了「搶救」文學的物件，才催生出這座文學的博物館。

✧ ✧ ✧

搶救，當然要先有扼殺的行為。時間點可轉回二次大戰結束後，彼時臺灣的文學品味受困當局的政治偏好，臺灣人作家在日治時代就頗發達的文學實力，受到了巨大的壓抑。不只文人的境遇崎嶇，作品的命運一樣坎坷——有的湮滅毀棄；有的深藏床底；有的一寫出來就注定在時代中被遺忘，直到解嚴前後。

一九八〇年代，文化圈注意到過去歪斜的文學樣態，開始呼籲保存不曾見到陽光的文學物件。一九九二年，「現代文學資料館」在文化建設委員會提出，幾經組織法調整，終在一九九七年文化部文資中心籌備處下設立「文學史料組」，主要任務就是「搶救」臺灣文學發展歷程的各種文物史跡。

幸運地，一九九八年「史料組」升等為「國家文學館」，也就是國立臺灣文學館的前身。二〇〇三年，國立臺灣文學館開館營運，已是建制完整的博物館組織。開館時的典藏就獲得超過一百批次的捐贈，有人甚至捐出整個書房，捐件超過千筆的大戶亦不少，如龍瑛宗、黃得時、巫永福、許丙丁、朱西甯等等。

這些包括手稿、珍本圖書、書信、筆記的物件，登錄、檢視、拍照之後，超越了文類、時空、族群，安身住在臺文館地下二樓溫濕平衡、專業保存的庫房，是臺文館典藏品「物件」之重要意義。

✧ ✧ ✧

既是文學的典藏品，總還有文學特出之靈動的、故事的意義。

雖然全球博物館的典藏政策長期尊奉「真跡」的物件法則，不過，隨著一九八〇年代博物館數量和品質大提升，博物館的可能性變多，法則也隱然將鬆動。一九八九年，新博物館學的概念登場，大動作挑戰博物館「獨尊物件」的舊規，果真帶動一波典範轉移，典藏品的重要性鬆動，博物館的任務也有所轉向，掀起一種新趨勢。博物館的典藏品物件很重要，但是物件並不自己說話，因此為當代進場觀眾策劃一場靈魂的溝通，一樣很重要。

國立臺灣文學館，恰是新博物館學概念的最佳實驗場。因為開館二十年來，臺文館已徵集了十餘萬筆的文學藏品物件，但卻沒有本錢執著在物件本身──畢竟，文學的價值未必全在這些實體物件，書寫的文字之間，也可能蘊含無比的特殊意義。

文學物件的敘事魅力何來？答案就在文學的書寫技藝，例如，為典藏品選定意義最微妙的那個時空、設定敘事者的人稱視角、輸送全知或半知觀點的情感……。

因此，臺文館在二〇一八年啟動了第一波博物館的轉譯開發計畫「拾藏：臺灣文學物語」，以典藏品為中心，為代表性典藏品投入詮釋、書寫、甚至商品化，幾年來成果豐碩。本書的各篇章，即為「拾藏」這個轉譯計畫為典藏品物件賦予敘事力的部分成果，關注物件無可取代的實體價值，更關注當代讀者的知識互動。

✧ ✧ ✧

文學博物館啟動的轉譯任務，邀請當代文學人、書寫過去文學物件、面向當代讀者，精巧連接了文學博物館典藏品的物件、故事兩種意義。當然，文學史和博物館的交集，還有更多潛力。近年臺灣文學館也有突破，敘事力出發自典藏品、但並不侷限在典藏品，「拾藏」的階段性任務也進展到「轉譯研發團」的新概念。

臺文館自創館以來，布設了一般博物館都應該有的物件典藏環境，也掌握了文學博物館特出、也是新博物館學仰重的靈動敘事能力。轉譯作為一種研發，準備迎向未來。如此的二十年，應該無愧作為文學史和博物館交集的國家級使命。

導讀二

島嶼文學，藏品無盡

文
林佩蓉 國立臺灣文學館研究組
林巧湄 國立臺灣文學館典藏組
趙慶華 國立臺灣文學館公服組

二〇二三年，國立臺灣文學館開館營運屆滿二十週年，這座百年建築，經歷傾頹與新生，走過歷史的擾動，成為既具在地特色又綻放國際光芒的文學博物館。而臺文館之所以能穩若磐石地前行，很大一部分是奠基於徵集與典藏共構的收存系統，這個系統不僅收藏捐贈者的心意、存放作家的心血，同時也運轉所有往返的軌跡及溫度。就如同展現在讀者眼前的《島嶼拾光·文物藏影——臺灣文學的轉譯故事》，每一篇章、每件文物，都可以在這個屬於所有臺灣人的文學寶庫裡找到答案。

事實上，這並不是臺文館第一次向外界「秀出」珍藏。為了回應捐贈者的無私奉獻，也為了讓大眾知曉臺灣所擁有的文學寶藏，我們自二〇一〇年起，便連續出版了三冊「國立臺灣文學館典藏精選集」，分別是《文無盡藏》、《美不勝收》、《神與物遊》。每一冊皆以圖文並行的方式，介紹百餘件完成捐贈典藏程序的文物，撰寫者不僅盤點文物的資料內容，同時也衍繹其所代表的文學意義與價值，以及含藏其中的創作精神。

✧ ✧ ✧

在挑選與書寫的過程中，我們梳理出國家級的重要古物，也就是截至二〇二三年登錄在文化資產名冊上的十二組文物，包括集合眾人意識票選出來的鎮館之寶——蔡培火《十項管見》、劉吶鷗《新文藝日記》、一九三三年的《臺灣新民報》、「張深切徒步旅行之名人題字錄」以及「臺灣文藝聯盟本部木匾」等。「重要古物」的指定只是開始，這些文物早就在等待被「看見」，扎實地從臺灣文學史研究與論述中再現臺灣價值，屬於臺灣獨有的文化特色，正穩定地由文學產出。

徵集文物而後建檔，建檔而後評估，評估而後送審，送審而後簽訂契約進入藏品管理。縝密而繁複的流程，一方面彰顯「典藏文學的信念」，另一方面則是積極宣示，「典藏」並不止於藏，更重要的是「對外開放」，讓全民共享。二〇一八年，我們建立以藏品為核心的子品牌「拾藏：臺灣文學物語」（以下簡稱拾藏），就是至為關鍵的行動。

以「子品牌」稱之，主要對應的是臺文館本身就是一個博物館品牌，從研究、出版到展覽，我們對外營運的品牌即是當前的企業識別（CI，Corporate Identity），Made in NMTL的識別符號，讓大眾知曉眼前的出版品、展覽、市集出自何處。推出子品牌，則是為了揭示藏品運用的多元性：從前導研究、觀測模擬行銷路徑、進入政策發展，最後成為臺文館對文物從「收存心意」到「轉化新意」的重要實踐。我們希望轉化大眾對文創商品「不重視實質內涵」的評價，將博物館藏品所承載的知識脈絡，轉化為通俗易懂的文字，創造與觀眾情感記憶或生命經驗連結的概念與機能。秉持著這樣的信念，我們徵求專業團隊協力合作，由前衛出版社主編鄭清鴻擎起第一棒，號召臺灣新生代研究者籌組團隊，與研究及典藏連線，建構以人繫年、繫事、繫物的模式，用說故事的方式來提升一般讀者對文學文物的興趣和認識。順應大眾接收訊息的習慣，創立專屬社群，並有別於「典藏精選集」的精品照，以帶有設計與創意的構思，為文物拍攝別出心裁的影像。

✧ ✧ ✧

「拾藏」團隊的第一篇文章是二〇一八年六月二十五日發表、由盛浩偉所撰寫的〈詩的燃點〉，截至二〇二三年九月二十九日陳令洋的〈不能只有我知道〉為止，五年多來，將近六十位寫手總計發表了一百三十八篇轉譯故事，包含不同時代、語言、族群、性別的作家手稿、圖書、期刊雜誌、報紙、照片、器物等琳瑯滿目、令人目不暇給的文物。這群新生代寫作者大多出身臺灣文史系所，目前或躋身文壇，或進入學院，雖然創作取向各有不同，然而如何透過文字語言的轉化、推陳出新的創意、臺灣文學知識的鑲嵌，將靜態的「文學文物」改裝為靈動鮮活的「文學故事」，始終是他們的首要考量。礙於篇幅所限，本書無法收錄所有文章，為呼應二十週年館慶，我們首先挑選以重要古物為主角的轉譯故事，此外，也力求各類文物的均衡，充分展現臺文館典藏品的豐富性與多樣性。

文物讓故事成真，如何讓一件文物所承載的生命史立體化在大眾眼前，需要想像力以及實踐力。前者在每一位接觸文物、閱讀資料者的腦海中，後者在博物館藏品近用的規劃裡。轉譯故事是文物變裝的樣貌之一，甚或可以說是一首前奏曲，隨著文字的蔓延，文物進一步增生出其他的樣態。

✧ ✧ ✧

轉譯故事成果日漸豐厚的同時，臺文館也逐步擴大「轉譯」的範疇與界限，例如文學商品的研製——楊逵在「新生訓導處」管訓時期所使用的「新生筆記簿」變成了空白筆記本；「臺灣文藝聯盟本部木匾」以木尺的形式出現；《風車》第三號詩刊中，詩人利野蒼（李張瑞）的日文詩作〈古老的庭園〉化身為「沐月雙層玻璃杯」；「臺灣の超現實」法式甜點同樣來自《風車》第三號；「細水」與「鯨波」精釀啤酒取材自周定山《半閒吟社首集》的詩句；四款風味各異的文學咖啡則是根據翁鬧、蔡培火等人的文學金句而來。

二〇二〇年起，我們更推出三十件文物，向各界徵求數位遊戲腳本，透過VR、體感技術，打造人人都可說故事的遊戲平臺。林海音收藏友情的「象群」、楊雲萍挑燈夜讀的「桌燈」、劉吶鷗發展新感覺派的文友交際品「麻將牌」、龍瑛宗與兒子前往中國探查心儀詩人杜甫時所用的「輪椅」、陪伴臺灣男子葉石濤寫出臺灣文學魂的「籐椅」等，都在群眾外包的創意中如萬花筒般，製造出更多意想不到的故事。

感謝所有捐贈者、寫作者，臺文館二十，將持續以藏品為島嶼拾光，為眾人銘刻臺灣文學的價值。

紙張的方寸——書籍篇

鉛字的重量——報刊篇

時間的定格——寫真篇

物件的記憶

器物篇

洪棄生《寄鶴齋詩草乙未以前謔蹻集》
劉吶鷗《新文藝日記》
楊逵〈模範村〉
龍瑛宗〈故園秋色〉
吳漫沙《落花恨》
陸森寶《陸森寶自傳》
洪醒夫〈崁頂村的無賴漢〉寫作大綱

掌心的溫度

手稿篇

01

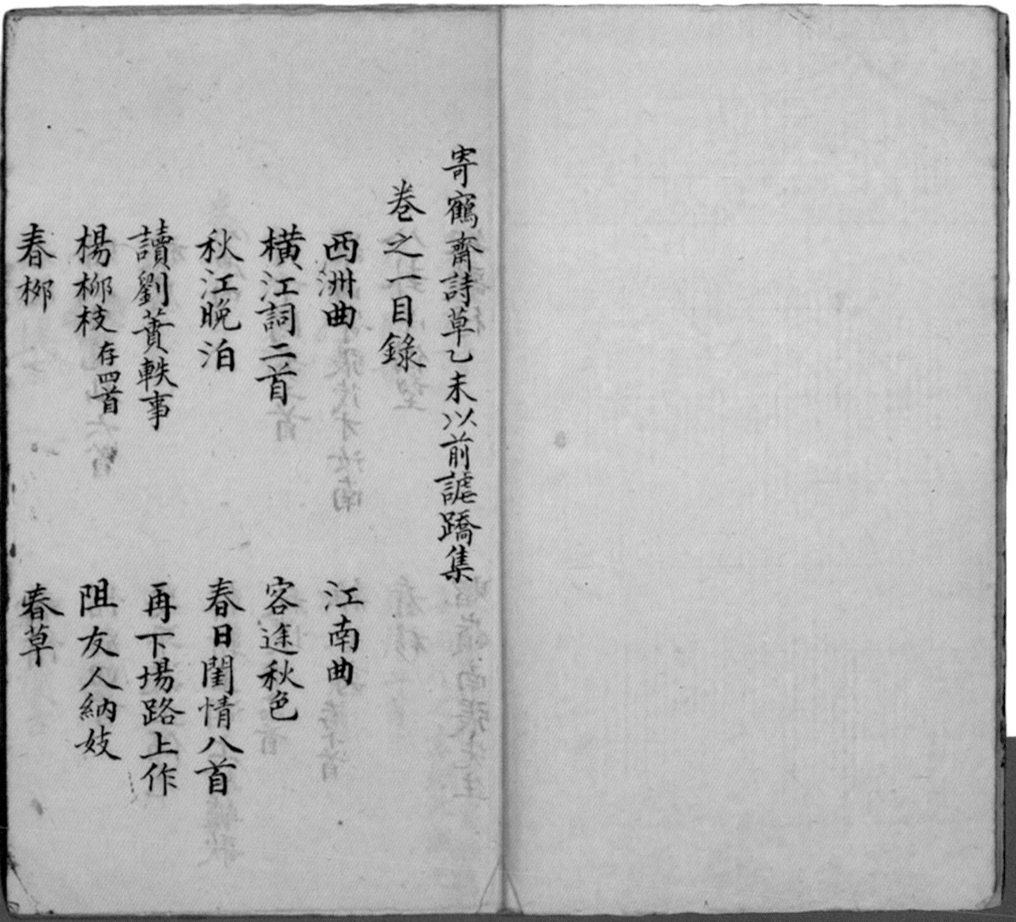
寄鶴齋詩草乙未以前謔蹻集
卷之一目錄
西洲曲　江南曲
橫江詞二首　客途秋色
秋江晚泊　春日閨情八首
讀劉蕡軼事　再下揚路上作
楊柳枝存四首　阻友人納妓
春柳　春草

洪棄生《寄鶴齋詩草乙未以前謔蹻集》

捐贈者／洪小如

重要古物

在成為「抗日詩人」以前

文 王品涵

我們為什麼挑選這件藏品

洪棄生，鹿港人，原名攀桂，又名一枝。其詩文善記臺灣史地人事，素有「臺灣詩史」之稱，詩作按寫作年代分集，分別為一八八六年至一八九五年的《謔蹻集》、一八九五年至一九〇五年的《披晞集》，與一九〇六年至一九一六年的《寄鶴齋集卷》。

《謔蹻集》為詩人乙未以前的作品，作中多展現其身為清領時期知識分子的立場與思想；《披晞集》為乙未以後之作，以臺灣割讓日本為起點，展現出清遺民意識與抗日的精神；《寄鶴齋集卷》則為日治時期自述面對日人治臺的觀點與心境。在割臺後，洪棄生的反日姿態蔚為傳奇。此一姿態如何成就？其以清代知識分子身分寫就的《謔蹻集》，當是一個不容忽視的線索。

人生的最後一場考試

一八九四年，正值光緒帝統治的第二十年。七月十一日，以「攀桂」為族譜名、「一枝」為學名的洪棄生，從鹿港小鎮出發，揮別了替他送行的兄嫂，啟程航向廈門。十天後，再輾轉搭兵船到省城福州參加科考。

他不是第一次走這條路。這已是他第四次到福州應試。科考這條路，是多麼艱辛啊！即使是舉人這個資格，都是他努力了許久才得到的。說起來，清國士子若想進入朝廷、為皇帝效力，必須通過會試，成為「貢士」，才有接受指派的資格。在成為貢士之前，又必須通過鄉試，當上「舉人」。至於舉人的資格呢？則須先通過童試，有「秀才」名號、得以進入官學才行。這個過程聽起來簡單，只要通過三次考試就行了——但且慢，「童試」並非只有一次考試，而是包含縣考、府考、院考等多次的試驗。眾所周知，考試除了實力之外，運氣也相當重要。洪一枝天資聰穎，後天又十分努力，偏偏考運之神不太眷顧。光是秀才這個名號，他就考了三次，直到年過二十才被時任太守的羅穀臣賞識，題為第一。到這次赴考，他已經三十歲了。

為什麼會這樣？望著海面，洪一枝忍不住回想起書院師長給他的超高評價。九年前，臺灣府同知鄒漸鴻大人稱讚他的文章「一語抵人千百」；六年前，書院山長蔡德芳先生說他的文章「理解圓澈」、「當非庸手所能」……然而這些光環卻不知為何，在考試中通通失去了作用。即便他對自己的才華再有自信，也難免感嘆「半為功名蹤跡老，多因跋涉盛年消」，青春歲月就這樣消磨在年復一年的考試之中了。他多希望這次考試是最後一次，能讓他功成名就，得以貢獻社會，不再虛耗時光。

洪一枝沒想到，他一半的心願竟以相當離奇的方式實現了。一八九四年底，時值甲午，被蔑視為「倭寇」的日本奇蹟般地逆轉了大清帝國強盛的北洋水師。聽到這個消息的洪一枝大吃一驚——他在赴試的旅途中，便得知朝鮮遭到倭人進犯，身為宗主國的清國因而出兵捍衛的事情。當時，他還寫下了〈自廈門島附福靖兵船應試時，朝鮮有倭患〉一詩，信心滿滿地認為「妖槍無損舊昇平」。誰知道他錯得離譜，「舊昇平」不但如朝露般消失無蹤，就連他的家鄉都將拱手讓給「島夷」。

彷彿覺得壞消息還不夠多一樣。隔年，一八九五年，在全臺抗日失敗，逐一落入日軍掌控後，洪一枝的母親張哮在年底撒手人寰。

祖國之棄、母親之故，使得洪一枝的人生志業發生了天翻地覆的變化。他既痛心於皇朝的無用，又深恨己身的無力。即使遷徙回舊鄉里，不說生計問題，身在「下國尚恥城下盟，大國上相親行成」的國家，功名又有何用？拿定主意後，洪一枝決意捨棄蘊含登科希望的「攀桂」、「一枝」，改名「繻」，號「棄生」。他一直很喜歡漢代文人「棄繻生」終軍的故事，終軍不僅少年立志，日後更深入越地，傳播漢制。他既然即將面臨改隸異國的命運，那麼不如便效法終軍，立志在此持續傳播漢學吧！

但，那是洪棄生，是他未來將成為的那個人，而不是不得不告別過去的洪一枝。

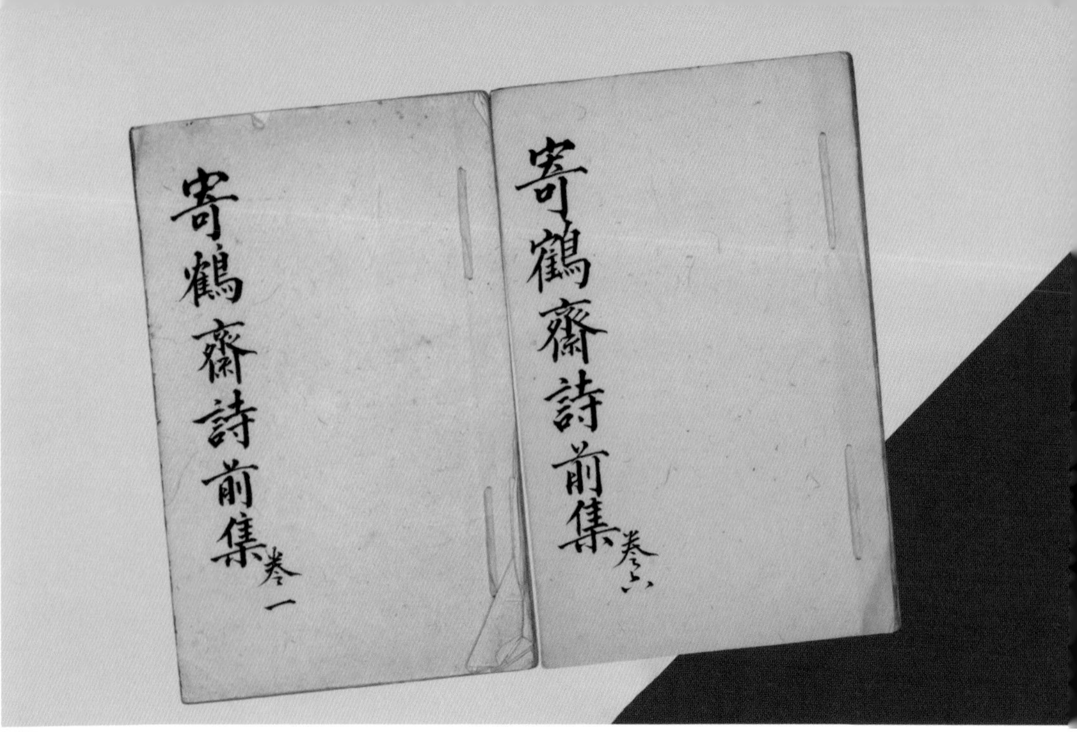

《謔蹻集》內容與科舉的關聯性不大，和生活更為息息相關。

在成為棄生之前

即使已經決定新的途徑，卻不代表洪棄生要將過往的自己一筆勾消。相反地，按照新的志向，他反倒要延續著「一枝時代」已成形的想法，將自己的文稿與詩稿編纂出版。說起來，早在光緒七年（一八八一）十五歲時，洪棄生便已開始編纂《寄鶴齋文稿》一書了。到了四年後的光緒十一年（一八八五），他更展開了《寄鶴齋制義文集》、《謔蹻集》和《試帖詩集》的編纂工作。「制義文」與「試帖詩」均是科舉相關的文體，因此編纂工作自然而然地止於乙未。然而，《謔蹻集》卻不然，那與科舉的關聯性不大，和生活更為息息相關。只是，自己的生活也因為乙未割臺這件事而有了天翻地覆的變化，《謔蹻集》怕也來到收尾的時間點了吧。

只叫《謔蹻集》，似乎有點不足。想了想，他終究沒忍住把「乙未以前」四字放入集名之中。一九〇五年，《披晞集》告成之時，他也忍不住將「乙未之後」四字點出。乙未，是他洪一枝永恆地凝結為「洪棄生」、從此自願困守於「舊時代」殼繭中的分水嶺，此前與此後，他的境遇有了天翻地覆的改變。

未來的讀者會從這部詩集裡看到什麼呢？洪棄生撫卷時，或許曾這樣想過吧。這本詩集收錄的是他仍是洪一枝時的故事，他曾經意氣風發的少年時代、顛簸不平的應試之路，乃至於對當時清政府政策的批判。他還記得自己是懷抱著什麼樣的心情，寫下集中收錄的〈賣兒翁〉一詩，記錄光緒十四年（一八八八）施九緞事件爆發前的政治與社會情狀。在詩裡，他藉由販子為奴的父親之口，指出因「老妻典盡禦寒衣，老農賣盡耕春耜。今日家中已無餘，所未盡者惟有子」，使人不得不面臨賣子求存的窘境。再說，兒子被

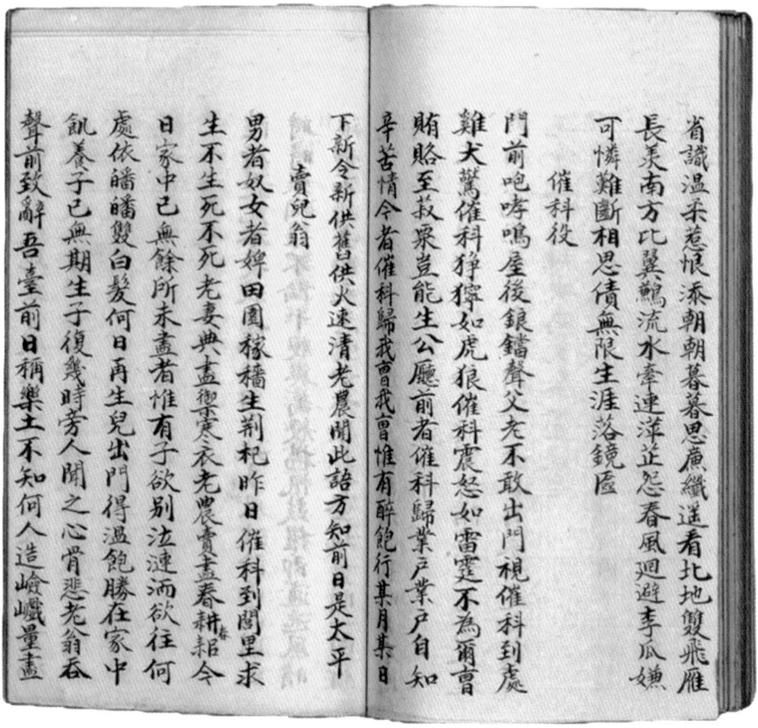
省識溫柔惹恨添朝朝暮暮思廣纖逕看北地雙飛雁
長羨南方比翼鶼流水牽連萍並怨春風迴避李瓜嫌
可憐難斷相思債無限生涯落鏡匳
催科役
門前咆哮鳴屋後鋃鐺聲父老不敢出門視催科到處
雞犬驚催科猙獰如虎狼催科震怒如雷霆不為爾曹
賄賂至莪衆豈能生公廳前者催科歸業戶業戶自知
辛苦情今者催科歸我曹我曹惟有醉飽行其月某日
下新令新供舊供火速清老農聞此語方知前日是太平
賣兒翁
男者奴女者婢田園稼穡生荊杞昨日催科到閭里求
生不生死不死老妻典盡禦寒衣老農賣盡春耕耜令
日家中已無餘所未盡者惟有子欲別泣漣洏欲往何
處依皤皤雙白髮何日再生兒出門得溫飽勝在家中
飢養子已無期生子復幾時旁人聞之心胃悲老翁吞
聲前致辭吾臺前日稱樂土不知何人造嶮巇量盡

〈賣兒翁〉一詩記錄光緒14年施九緞事件爆發前的政治與社會情狀。

賣到有餘力的人家，至少「勝在家中飢」。

他不禁想到自己先祖同為戰禍所逼，不得不輾轉遷徙至鹿港定居的舊事。儘管這些都發生在他出世前，但他沒事就喜歡聽父親與叔祖講述家族故事，在前人的反覆敘說之下，他彷彿同樣身臨其境。嘉慶年間，祖父志忠公渡海來臺，定居彰化東螺堡（今彰化北斗）。之後，父親孝恭公與母親張氏先是躲避咸豐三年（一八五三）的曾雞角之亂，由北斗搬遷到彰化縣城，又因同治元年（一八六二）開始的戴潮春事件，由縣城輾轉遷徙到鹿港定居，家族才終於穩定下來。如果父母運氣不好，或是未曾避亂改遷他處，那麼，他還能有今天這樣的際遇嗎？他會不會是另一個被賣掉的兒子？

他能不能，不讓世界上再有被賣掉的兒子？

父親的期望，使他得以接受學問的薰陶；父親的身教與家族的故事，讓他對人間疾苦總是多了一分敏銳與憤懣。他知道自己可以成就什麼，也為此努力過，《譴蹻集》便是這個時期的歷程紀錄。此後，時代的洪流漫過了他，不由分說地將他沖向了另一個世界。一枝得下場了，但棄生還在。他將繼續揮動手中的筆，持續記錄、推廣與傳承漢文化——那是他存活於世的意義與價值，也是他對政權與命運最激烈的抵抗。

作家小傳

洪棄生

1866 — 1928

鹿港人，精於古典詩詞，尤以駢文見長。他一生抗日，除拒不任官外，亦堅持蓄髮留辮、做清國打扮。1916 年，其辮髮被強制剪除，不滿之餘，以奇裝異服行世。著作等身，《寄鶴齋詩話》更是日治時代臺灣古典文人詩論的重要著作，另撰有《瀛海偕亡記》、《八州詩草》、《八州遊記》等作。

參考資料

程玉凰，《洪棄生及其作品考述》（臺北：國史館，1997 年）。

黃文榮，〈清代虎尾曾雞角事件略考〉，《臺灣文獻》53：3（2002 年 9 月），頁 249-260。

余育婷，〈再現風騷：論洪棄生香奩體中的香草美人〉，《成大中文學報》58 期（2017 年 9 月），頁 133-158。

02

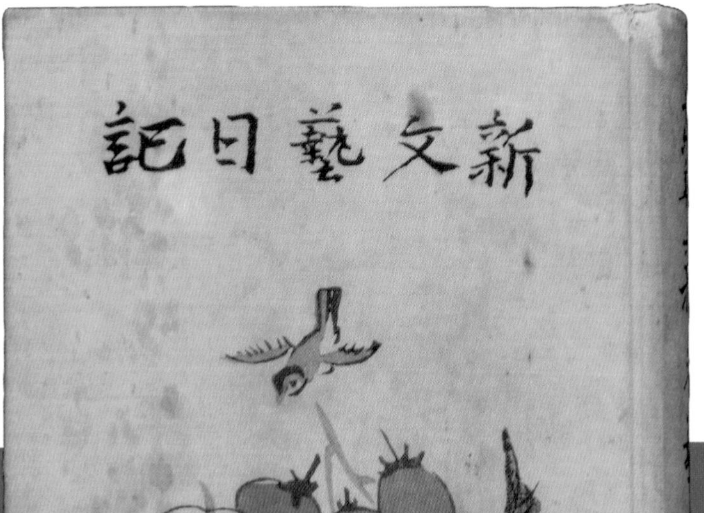

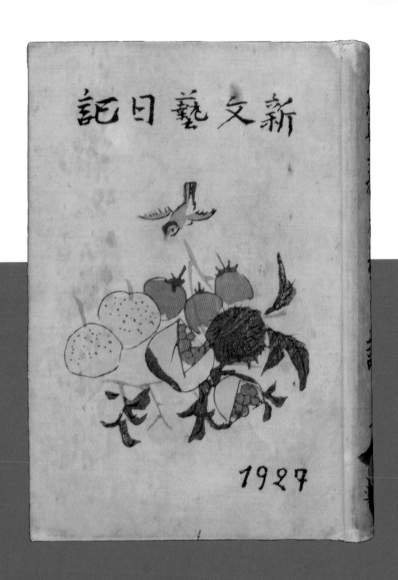

劉吶鷗《新文藝日記》

捐贈者／劉漢中

重要古物

臺灣文青的歧路

文　陳允元

我們為什麼挑選這件藏品

劉吶鷗以「臺灣人」的身分而為故鄉臺灣認識，是非常晚近的事。他出生於日治時代的柳營、留學東京，後赴上海發展，奠定了「上海新感覺派」基礎，最後也在上海死去。在戰後中國，由於獨尊現實主義左翼文學，現代主義的價值要到八〇年代才重新受到肯定。而在這波浪潮中被發現的劉吶鷗，是與施蟄存、穆時英等一同被視為中國作家的。隨著史料出土，劉吶鷗的臺灣身分逐漸廓清，並在二〇〇一年由臺南縣文化局出版全集，正式回到故鄉臺灣。

除了以「臺灣人」身分重新受到矚目，劉吶鷗也因為他依違於殖民地臺灣、帝國日本與租界地上海的曖昧身分、混雜的語言使用、摩登前衛的美學光譜、多面向的藝術參與而被稱為「世界人」。也就是說，他是不被民族與國籍束縛的、藝術至上的世界主義者。但我始終覺得，「世界人」這個看似超越一切疆界藩籬、優游自在的形象，事實上正疊覆著其身為殖民地人苦澀的暗面，以及東亞情勢洶湧的暗潮。否則，他為什麼要離鄉背井、模糊身分，到他其實也並不喜歡的上海去當一個「世界人」呢？

劉吶鷗可說是日治時代臺灣的初代文青。這冊劉吶鷗日記，記錄的正是他頻繁越境於臺灣、東京、上海之間而終於下定決心的一九二七年。到了日語世代形成、文青輩出的一九三〇年代，那些他並不認識的文青晚輩——如翁鬧、巫永福、風車詩人們，也在有限的選項中做著人生的抉擇。殖民地的文青要往何處去？對於文青而言，這幾座東亞都市究竟意味著什麼？是什麼使他們熱血沸騰、又是什麼讓他們躑躅不前？這些都是很有趣的問題。而他們當初所下的決定，如今都交織成了我們的臺灣文學史。

歷史沒有如果，但在正式翻開之前，它曾也是一張多歧路的卷軸。

初代文青的養成

這不是一本無個性的空白日記本，而是專門設計給文青使用的《新文藝日記》。

這本日記的企劃出版者，是一九〇四年創立、以文藝類書籍雜誌聞名的新潮社。翻開日記，我們可以看到，上欄是以菊池寬為首、一字排開的十二位當月作家；下欄則說明它的出版緣起與定位：「本日記，去年改名為《新文藝日記》，以煥然一新的樣態面世，獲得預期以上的好評，發行部數創下創刊以來的紀錄。本年，我們在卷頭刊載『文壇寫真畫報』，卷末則附上『文藝年鑑』等，在各處改變面貌，裝幀也變得藝術感十足。作為文藝愛好者桌上一年的伴侶，本年也殷切期盼能夠大受歡迎。」

除了卷頭多達八頁的文壇寫真畫報，每月的初始也刊有當月作家的親筆題辭、日記選錄、西洋文藝家介紹，月中則插入小品文、詩、短歌的「懸賞募集」用紙，使用者可將作品撕下寄回編輯部參加徵稿。卷末厚達五十九頁的「文藝年鑑」，包含由文壇名家撰寫的各文類年度文壇概觀、文壇大事記、現代文士錄等，內容相當豐富。就算是廣告頁，也介紹了滿滿的文藝書籍，可視為給文藝愛好者的推薦閱讀目錄。如同研究者徐禎苓所說的，這是一本作為「文藝商品」的日記。它不僅販賣給文青，也用來培養文青。[1]

1 關於劉吶鷗《新文藝日記》文藝附錄的深入研究，請進一步參看徐禎苓的〈社群與書業——劉吶鷗的《新文藝日記》與東亞知識圈〉（二〇一七）。禎苓的研究提醒了我臺南縣文化局版《劉吶鷗全集．日記集》未收錄的文藝附錄部分，在此致謝。

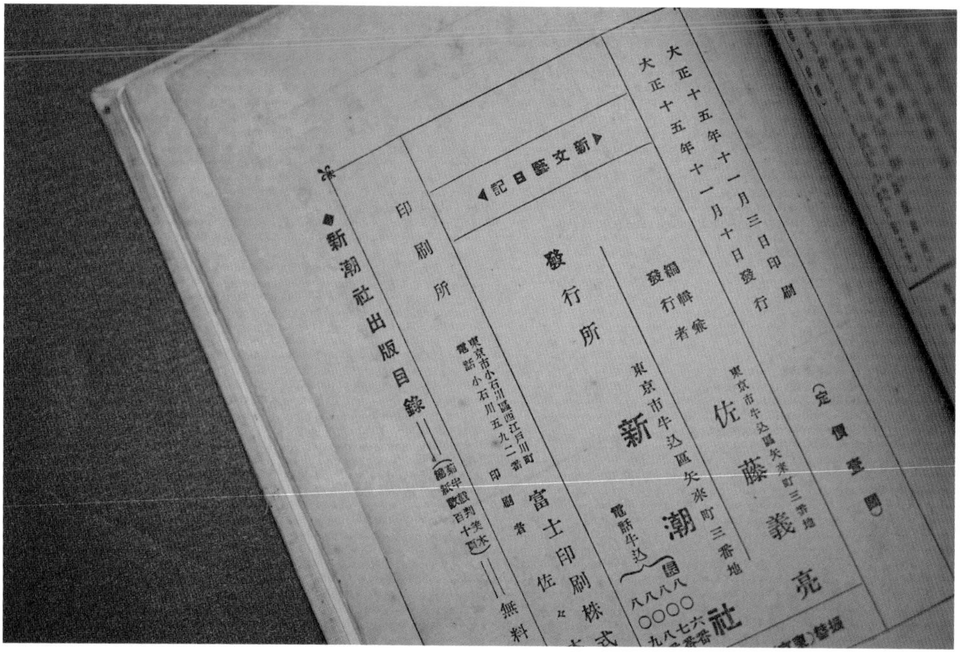

｜《新文藝日記》由日本著名的文藝出版社新潮社發行。

而這本日記的使用者，是奠定了「上海新感覺派」基礎的臺灣青年劉吶鷗，他可以說是日治時代殖民地臺灣的初代文青。

在新文學初啟的一九二〇年代臺灣，文學是作為社會運動的一環存在的。此時寫下作品的臺灣青年們，將文學（特別是小說）視為文化啟蒙或殖民抵抗的手段，他們不是因為想成為作家，而是基於知識分子的社會民族責任而寫。也許我們可以說這些作品是一種「覺青的文學」、「憤青的文學」吧。

但一九三〇年代就不太一樣了，臺灣開始出現了所謂的「文學志向者」。其外在原因，是日本政府在走向法西斯化、對外發動侵略的同時，對國內反政府勢力的鎮壓也日趨嚴峻，包括其統治下的殖民地臺灣。一九二〇年代曾經風起雲湧的各

《新文藝日記》在卷頭刊載「文壇寫真畫報」，卷末則附上「文藝年鑑」等，在各處改變面貌，裝幀也變得藝術感十足。

種政治社會運動於是由盛轉衰，失去實質運動空間的知識分子只能轉戰文學界。但更重要的內在原因是，隨著新文學發展的日益成熟，以及更年輕一輩的日語世代青年登場，以作家為志向的「臺灣文青」也於焉誕生。

特別是在一九三二年，同為日本殖民地的朝鮮的作家張赫宙以小說〈餓鬼道〉獲得《改造》懸賞小說二等獎，鼓舞了無數的殖民地文學青年，他們無不懷抱著「有為者亦若是」的念頭，摩拳擦掌想進軍「中央文壇」。號稱臺灣文壇最帥沒有之一的呂赫若，筆名的來由據說即是向張赫宙致敬。而才氣逼人、帶著一抹謎樣又迷人的笑容的翁鬧，也曾在一九三二年寫下一首名為〈憧憬〉的詩投稿中央文壇詩誌，表露一位沒沒無聞的殖民地文青對「彼方」（東京）的嚮往：「正午。／誰也不知道我的存在。／背後緊靠的堤防上方／是寶石綠廣闊無垠的天井。／南國的冬日寂靜無聲，／升騰的熱氣如煙一般燃燒著。／啊啊　憧憬在遙遠的彼方的天空。」

此外，曾師事橫光利一的東京臺灣藝術研究會成員巫永福，將超現實主義詩風引進臺灣的風車詩人楊熾昌、李張瑞、林修二，以及一九三七年繼張赫宙之後也在《改造》徵文獲獎的北埔人龍瑛宗，都屬於此一文青的行列。但這些文學青年，都要算是劉吶鷗的晚輩了。

首與體的相反對立

劉吶鷗生於一九〇五年，本名劉燦波，是臺南柳營望族。鹽水公學校畢業後入長老教中學（今長榮中學）就讀，一九二〇年轉出，插班東京青山學院中學部。一九二二年畢業後，他並不像同時期其他臺灣留學生多讀政治、經濟、法律、醫學等實用學科，而是升讀同校高等學部文科英文學專攻。一九二三年，他親歷了讓東京化為廢墟的關東大地震，以及其後帶來各種新興都會風俗的帝都復興，更見證了新感覺派的誕生與左翼文學的崛起，這對他日後的文藝活動影響極大。

一九二六年自高等學部畢業後，劉吶鷗原想留學法國，但母親以「歐洲路途遙遠」為由拒絕，劉遂轉往上海插班就讀震旦大學法文特別班，並在此時結識與他同年的文學夥伴戴望舒、施蟄存等。很顯然地，在臺灣新文學才剛起步不久、賴和寫下批判性十足的〈一桿秤仔〉發表於《臺灣民報》的一九二六年前後，劉吶鷗已差不多打定主意要當文青了。這個決定比剛剛提到的那一票文青晚輩都早，但此時的他，還沒有真正決定以何處作為將來的舞臺。

而這本《新文藝日記》記錄的，就是劉吶鷗終於下定決心定居上海的一九二七年。這一年，由於祖母逝世及學習語言之故，他往返於上海、東京、臺南之間，也與戴望舒一同去了一趟北京。在七月十二日的日記裡，母語是台語且從小接受日本語教育的他，以仍有些彆扭的中文如此寫下：

> 母親說我不回去也可以的，那末我再去上海也可以了，雖然沒有什麼親朋，却是我將來的地呵！但東京用什麼這樣吸我呢？美女嗎？不。友人麼？不。學問嗎？不。大概是那些有修養的眼睛吧？臺灣是不願去的，但是想著家裏林園，却也不願這樣說，啊！近南的山水，南國的果園，東瀛的長袖，那個是我的親昵哪？

上海、東京、臺灣三個選項中，故鄉臺灣率先出局。儘管不願對故鄉這麼說，但考量自身的文藝事業發展，臺灣的環境並不是文青的首選。事實上，不願回到臺灣的劉吶鷗並非唯一案例。一九三三年，巫永福在小說〈首與體〉即以「他自己想留在東京，可是他的家卻要他的『體』」的「首與體相反對立狀態」，象徵臺灣知識分子「輾轉於理想與現實、自我與傳統、精神與肉體的矛盾」（施淑語）。比起應父親的要求回到那個燠熱難耐、仍受封建傳統禁錮的殖民地臺灣，這些留學生文青毋寧更嚮往能繼續留在東京，每天過著逛書店、看戲、逛百貨店、與志同道合的朋友高談闊論的生活。對他們而言，作為帝國首都的東京象徵著現代與進步，是文藝青年的修練場，也是自我實現之地。比如翁鬧，一九三四年好不容易結束在臺灣的五年義務教職，前往憧憬之地東京，此後他寧可終日流連於高圓寺界隈、死於異鄉，再也不願回到故鄉臺灣。

風車詩人楊熾昌、李張瑞，是回到臺灣發展的例子，雖然歸鄉並非完全出於自主的選擇，多少也有家庭因素的不得已。必須一提的是，儘管後世的我們都肯認其在一九三〇年代將日本的新精神運動引進臺灣的先驅意義，但他們在自己的故鄉卻感到深深的寂寞。李張瑞在〈詩人的貧血〉（一九三五）中寫道：「水蔭的詩、我的詩，被同鄉視為異邦人，對於這些人，我要在此清楚回應：我們並不是沒有你們那邊的人所寫的那種不平或反抗心，只不過刻意不寫……。從更大的文學見地來思考，我想我們的文學態度也能被接納才是。」而在〈作為感想〉（一九三四）一文，他則將臺南稱為「忘卻了藝術的城市」，感嘆故鄉的藝文環境——無論是畫展、報紙文藝欄、電影院——十分貧乏。如果劉吶鷗歸鄉發展，說不定會與風車詩人相遇，但或許也會發出同樣的感嘆吧。

那麼，如果留在東京呢？曾在南國的天空之下遙想彼方的翁鬧，也不得不在落腳東京之後寫下：「我說 K 君啊！你到東京來，一心想當作家也有十幾年了，年逾三十而不立，為了一日的伙食使盡賊腦筋，這副德行也想『明天就打進文壇』啊！放個屁還比較快一點！——我肚子裡這麼嘲笑，可是想想，哎！自己也好不到哪裡去。」事實上，臺灣的文青之中，雖有幾位曾在東京的文藝刊物發表甚至得獎，卻難謂已在中央文壇受到廣泛的矚目，遑論站穩腳步。儘管也有文學技術面的問題，但在中央文壇這個競爭激烈的文藝江湖，殖民地的出身多少也給他們帶來了一些阻礙吧。這不能不說是臺灣文學青年的困境。

將來的終焉之地

但上述的例子，都是在稍後的一九三〇年代才發生的事。迎著風、站在一九二七年的甲板前端的劉吶鷗，正在想著什麼呢？也許他已隱隱預見了上述選擇所將造成的一切吧。

儘管視上海為「將來的地」，其實劉吶鷗並不喜歡這個都市。他在一月五日的日記寫下：「上海真是個惡劣的地方，住在此地的人除了金錢和出風頭以外別的事一點也不去想的，自我來上海了後愚得多了，就是性慾也不知跑到何處去了，變成個木人了，真近朱者赤，近愚者愚，鈍感和淺薄的議論——你們總財產吧！你們那知道感情的認識力？」諸如此類的抱怨以及對自己浪蕩生活的自我嫌惡，日記裡隨處可見。但對他而言，無論如何，上海是機會之地，最重要的是，他的殖民地出身竟巧妙地消弭於這個無國籍的國際大都會、同時也是半殖民地的租界區裡。在這裡，大家通常不甚清楚彼此的底細，劉吶鷗究竟是日本人、臺灣人還是中國人？他文學圈及電影圈的夥伴們，沒有太多人搞得清楚他真正的來歷，只知道這位魁梧而梳著油頭的男人操著一口奇怪的中文，很會跳舞，給上海的文壇及電影圈帶來了各種新奇的東西：新感覺派、影戲眼（Kino-Eye）、織接（Montage）……。

此時的劉吶鷗，已悄悄將殖民地的出身替換為東京留學經驗帶給他的前衛性，並像那些來自世界各地的冒險家，在被稱為「魔都」的上海看到了一攫千金的機會。正如他在一月十二日的日記寫下的：

> 上海啊！魔力的上海！
> 你告他們吧，在大馬路上跑的他們，說：
> 你所吹的風是冷的，會使人骨麻，
> 你所噴的霧是毒的，會使人肺癆，
> 但是他們怕不駭吧！從天涯地角跑來的他們，他們
> 要對你說：
> 你是黃金窟哪！看這閃光光的東西！

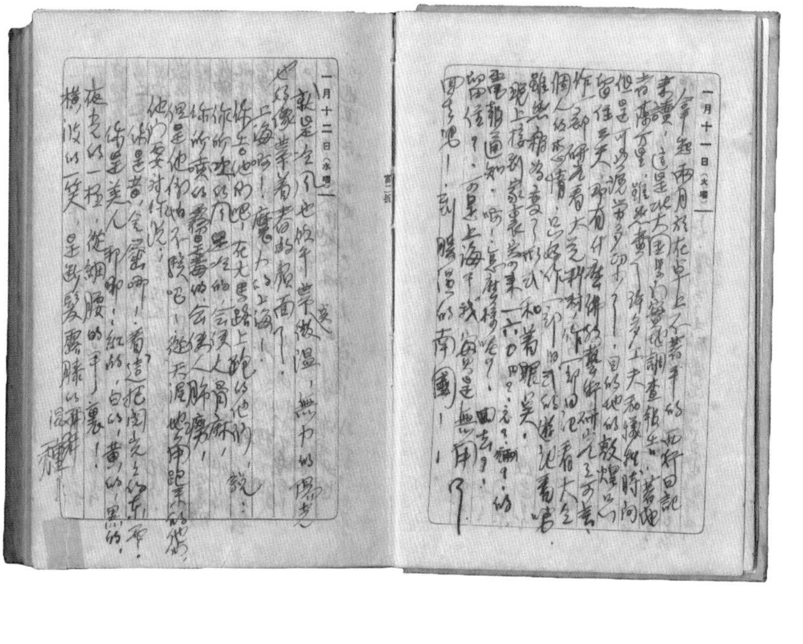
一月十一日（火曜）

一月十二日（水曜）

1927 年的劉吶鷗已悄悄將殖民地的出身替換為東京留學經驗帶給他的前衛性，並在被稱為「魔都」的上海看到了一攫千金的機會。

你是美人邦哪！紅的，白的，黃的，黑的，夜光的一極，從細腰的手裡！
橫波的一笑，是斷髮露膝的混種！

於是，在臺灣新文學正式邁開腳步、臺灣話文論戰尚未爆發的一九二八年，劉吶鷗毅然將船首指向上海，定居了下來。直至一九四〇年在國民新聞社社長任內遇刺身亡，他都在這裡發展其短暫卻燦爛的文學及電影事業，與故鄉的新文學運動幾無交涉。臺灣的文青晚輩自然也不認識這位前輩，而是在他曾捨棄的那些歧路選項裡，在東京、在故鄉臺灣，以不同的方式追求各自的文學藝術之夢。

而劉吶鷗也不會知道，在十二年後，這個充滿魔力、來自天涯地角的冒險家們馳騁競逐的「將來的地」，竟因東亞情勢的詭譎多變，最終成為了他的終焉之地。

不，也許他知道。為了文學，為了藝術，或許也為了他的殖民地身分，他應早已有了隱隱的預感，甚或覺悟。

這是他必須冒的風險。

作家小傳

劉吶鷗　1905 — 1940

生於臺南柳營，後遷到新營，是傳統的大地主家庭子弟，日治時期活躍於臺灣、上海文壇及影壇，對於文學與電影領域有諸多貢獻。劉吶鷗在臺灣念了兩年中學後才遊學東京和上海，並決定留在上海發展文藝事業。歷來學界對他的身世所知不多，直到他 1927 年所記的日記出現，提供有關其家庭、教育、嗜好和交往、閱讀的珍貴線索，才揭開了謎底。

03

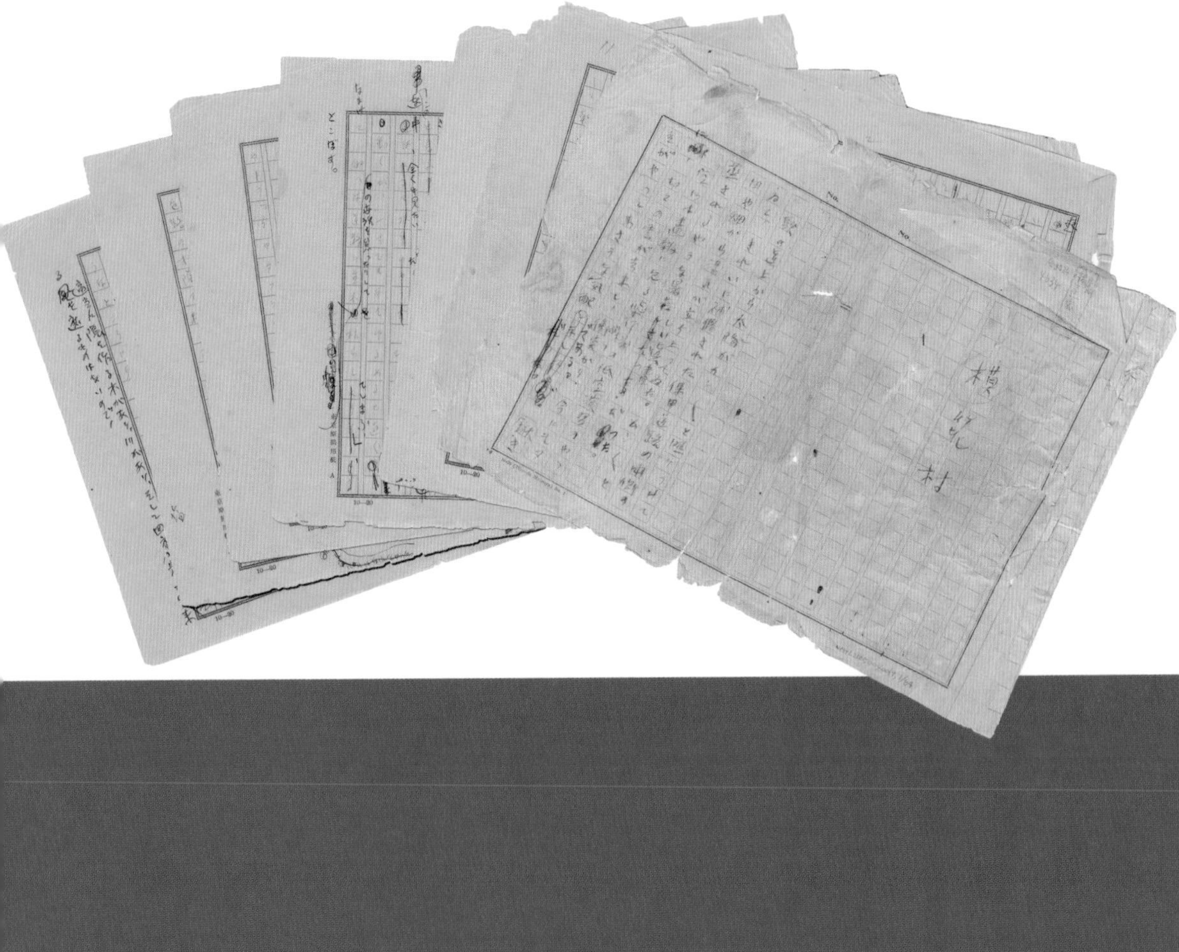

楊逵〈模範村〉

捐贈者／楊建

重要古物

田地就這樣一畝一畝地耕下去

文 陳冠宏

我們為什麼挑選這件藏品

〈模範村〉原以日文寫作，是由楊逵另一篇作品〈田園小景——摘自素描簿〉擴充而成，根據其在戰後的補註，小說乃是一九三七年盧溝橋事變後作於鶴見溫泉。透過手稿頁面五種不同顏色的修改字跡，可看出楊逵在創作過程中如何字斟句酌、反覆思量。

楊逵以反諷的筆調，敘述「模範村」的居民被殖民者欺壓和凌辱的情形，充分展現其一貫的社會主義人道關懷精神，為日治時期臺灣文學的代表性作品，被視為〈送報伕〉的延伸，在臺灣文學史上具有重要的價值。

〈模範村〉的前身

如果你翻開一九四二年的《臺灣文學》刊物，會在裡面發現一則很奇怪的訊息：

【徵求園藝見習人士】

徵求愛好園藝及從事文學工作的勤勉人士。保證協助寫作事業及生活所需。有意者請寄下簡歷及十天份的日記選萃。

臺中市梅枝町一九　首陽農園　楊逵（增田政廣譯）

現在我們回顧這篇招募文章時，可能會感到困惑——文章中要徵求園藝見習人士，又提到需要從事文學工作，那究竟是希望招募什麼人？

要了解這則招募文章，我們就必須先了解楊逵的背景。

楊逵出身並不富裕，父親以冶錫為業，家裡沒錢收購原料，就要去找裝煤油的鐵桶，刮下碎屑燒熔。他年幼時飽受貧困之苦，身體也因此孱弱。

在一九一三年與一九一四年間，臺灣發生兩次嚴重的颱風災情，導致物價大幅上漲，加上日本殖民政府長期壟斷糖業徵取高額稅收，最終導致噍吧哖事件爆發。童年的楊逵就曾從家裡破舊門縫，看到了余清芳所帶領的起義部隊，對平民來說，起身反抗壓迫的余清芳，就是臺灣平民的英雄。

後來他到日本留學時，同樣過得窮困。楊逵甚至回憶，當時日本國會大廈正在興建，他就去當水泥工，扛著水泥粉袋在沒有護欄的木板道上，一陣風吹來，差點墜樓喪命。那段時間為了求生存，什麼工作都做，甚至卑微地跟人借錢才有下一頓飯吃。

也是在這段期間，楊逵看到了偏向總督府官方立場的《臺灣匪誌》裡，他童年記憶中的余清芳等起義烈士被記載為暴力的匪徒，這讓楊逵定下了投入文學的決心：

「我決定走上文學這條路，就是想以小說的形式來糾正被歪曲的『歷史』。」

留學期間，楊逵接觸到社會主義思想，回到臺灣後也長期參與「農民組合」的行動，大量投入農民運動，在各地演講、抗議，希望喚起臺灣農民的自主意識，也是在這段時間累積了〈模範村〉的前身作品〈田園小景──摘自素描簿〉相關的靈感念頭。

楊逵的本名叫作楊貴，其實他並不喜歡這個名字，因為常被調侃是「楊貴妃」。與文壇的前輩賴和熟識後，賴和便建議他將「貴」改為「逵」，取自《水滸傳》梁山泊上的義賊「黑旋風李逵」。或許取這個筆名時，他腦海中的畫面，與門縫中看見的余清芳身影有所重疊。

認識賴和不僅得到文學上的幫助，當時楊逵就住在離彰化「賴和醫院」不遠的巷子裡。在參與農民運動的時候，就是賴和幫忙租了房子，他以此為生活據點，也在那段時間認識了未來的妻子葉陶。晚年楊逵受訪時，被問到「哪個作家與他的寫作最相近」時，都會毫不猶豫地回答是賴和，無論在風格、題材或理念都是。

如果我們細讀〈模範村〉與它的前身〈田園小景〉，會發現小說內容差異不大，只有細節上雕琢的差別，但〈田園小景〉的故事只講了一半，〈模範村〉才完整補完。內容開頭都是從一片田耕的景象開始：

添進不時用長把手的水瓢子澆水在水牛背上替牠消暑，可是澆來澆去，水牛的背馬上就變白，變乾了。青年們卻汗淋淋的，像落水狗一樣。老頭子好像覺得過意不去似的，大聲地喊了起來：「戇囝仔，會中暑的！」「討厭！雨下下來怎麼辦！」添進終於有點不耐煩了，大聲地頂嘴道。田地就這樣一畝一畝地耕下去。（葉笛、清水賢一郎校譯）

故事從蕭家父子耕田起頭。豔陽烈日下，父親向孩子說，犁地不要犁得太認真，適當休息才不會把身體累壞了。而最近村莊裡有件大事，就是被政府褒獎為「模範村」——每當村落要建設公路，村民都要「樂意自主」地放下農務，久之修築出的公路平坦又現代化，汽車

〈模範村〉與它的前身〈田園小景〉內容差異不大，只有細節上雕琢的差別，但前者的故事只講了一半，後者才完整補完。（楊建捐贈）

奔馳，因而獲得模範村的稱號。

公路旁有家刨冰店，一群人就在店裡聊著最近的生活。先是中農（家裡有自己田地的農人）蕭乞食擔憂佃租又漲了，原本以為勞碌一生能幫孩子起個厝生活，好結婚抱孫，殊不知存款卻是越來越少，連晚年家計都要擔心。

而身為佃農的人們就過得更苦了。傳聞有人家裡孩子病了，沒錢買藥，只好到山裡亂挖樹根煎藥，最後病得厲害，夜裡高燒不止。我們這才知道，在故事開頭的父親擔憂孩子耕種得太辛苦，是因為要是身體垮了，恐怕也會落到同樣的下場。

在冰店裡，還有一位窮書生叫陳文治，他一進門就跟老闆娘發生了爭執。其實村裡人都很尊敬書生，那些家境困難、無法上學的孩子每晚都向陳文治請教，他也不辭辛勞地傳授知識，完全沒有收取任何報酬。然而，長期以來，生活也開始遇到問題。

陳文治欠了冰店老闆娘一大筆錢，已經很久沒還了，老闆娘狠狠要求，叫他把家裡還沒長大的小雞抓來抵債，文治只得狼狽地彎腰道歉。這時，地主阮家的少爺阮新民進到了冰店，他是去東京留學過、受到社會主義薰陶的青年，便想幫助這些農民，見義挺身，要幫陳文治還債。

當人們在刨冰店看到這位富有良心和正義感的年輕少爺時，感到十分欣慰，並且相信他未來繼承家業後，也會繼續以同樣的態度對待鄉里的人們，施以恩惠。但沒想到，阮少爺允諾償債後，就因為婚姻，跟家裡起了激烈的衝突，憤而離家，不知去向。

在〈田園小景〉的版本中，故事情節僅限於上述的內容，而後半段劇情因為沒能通過言論審查，所以並沒有發表。

暗鬱生活中的光

讓我們暫時先回頭關注楊逵的人生經歷，在創作這篇作品的同時，發生了什麼事？

在農民組合的運動中，楊逵與他的妻子葉陶在鳳山初次相識，當時葉陶拿出了一把扇子，要楊逵在扇面上題幾個字。楊逵思考一下，想到了記錄著余清芳的《臺灣匪誌》——如今從事民族革命運動的他們，在日本政府眼中一定也是匪徒，他於是在葉陶的扇子上寫下「土匪婆」。

在扇子上這麼一寫，「土匪婆」出名了，成了葉陶參與運動時自豪的別號，而他們也成了一對革命伴侶，翻動時代浪潮。兩人甚至在預計結婚的當天凌晨，因為參與農民組合，一同被捕入獄。回想起當時，手銬腳鐐綁在一起，楊逵還戲稱自己的蜜月是在監獄裡度過了。

在農村、街頭、監獄間奔走，為農民爭取權益，楊逵最快樂的事情，是有次執筆撰寫了嘉義梅山農民的抗議聲明，被捕開庭後，法官在唸起訴書時，把抗議文中的一句「日本政府是土匪」也唸了出來，全場熱烈鼓掌叫好，生活的委屈悲嘆都在一片笑聲中痛快彌足。

不過反覆入獄出獄，自然也沒有穩定的工作。楊逵和葉陶的家計出了問題，只靠葉陶縫製童衫販賣。更因為他們「活躍」的表現，大哥被牽連辭去了糖廠的工作，二哥也在抑鬱中自縊，對楊逵造成了很大的打擊。

那時生活是全面的潰敗，楊逵也患上了肺結核，甚至在第二胎孩子出生時，連助產士接生的車資都付不起。貧窮和悲傷雙重的蔓枝纏繞，籠罩他的心靈。

即便在這樣暗鬱的生活，楊逵仍找到光的縫隙，照進心中給予他創作豐沛的能量，最潦倒的時刻滿溢創作熱情，促使他寫下了代表作〈送報伕〉。

小說〈送報伕〉取自他在日本留學時的經驗，在賴和的協助下，楊逵先是將〈送報伕〉投稿並刊載在《臺灣新民報》，並以首位臺籍作家之姿，成功斬獲東京《文學評論》徵文第二獎（首獎從缺），登上日本文壇。

儘管〈送報伕〉在文學上獲得成功，卻沒帶來經濟上的幫助，他的生活過得更清苦了。為了爭取支持，楊逵遠赴日本拜訪日本媒體，拿到了不少雜誌合作，但很不巧地遇上盧溝橋事變，政治局勢緊張下，楊逵由於身分敏感被警察圍捕，只好躲藏到鶴見溫泉，並在那段時間完成了〈模範村〉的全文。

回到臺灣後，楊逵又積欠了不少債務，甚至患上了肺結核，家中面臨斷炊，只能變賣書籍，以稀飯療飢。

就在楊逵一家走投無路之際，事情有了轉機。

一位年輕的日本警察入田春彥在讀完〈送報伕〉後大受感動，偶然認識了楊逵，才發現這位大作家的生活竟然過得如此艱辛，於是有了幫助他的念頭。有天夜深時，入田和楊逵喝了點酒，聊得很愉快，臨別前，入田遞給楊逵一大筆錢，要他拿著用，金額總共有「一百圓」。

日治時期的物價水準波動不小，但經歷過那段時期的長輩流傳著一種簡單的計算方式：將數字乘以一千，大約就是新臺幣的幣值。也就是說，入田春彥贊助楊逵的金額現值約是新臺幣十萬元，以年輕警官而言，絕非一筆小數目。楊逵用這筆錢還了債務，並在臺中租下一塊地，取名為「首陽農場」，開啟了田耕的新生活。

現在，讓我們重新進入創作的領域，閱讀楊逵在那個追逃躲藏的夏天，於鶴見溫泉寫下的〈模範村〉，深度探究這篇小說從原本的〈田園小景〉擴充了哪些內容。

一畝一畝地耕下去

第一節說到貧窮書生陳文治積欠債務，而在阮少爺不知所蹤後，債主便上門來向他討錢，他只好彎下腰來，抓家裡養的雛雞抵債。這時，陳文治的學生終於看不下去了，一步擋在債主前，從文治家中拿出了個竹筒罐子，當場剖開。

原來，雖然文治教學從未收取束脩，但學生知道老師生活辛苦，所以每次下課就偷偷在竹筒罐裡塞一些零錢。時間久了，剖開時，銅錢便「鐺瑯鐺瑯」地滾了滿地，比起他欠的債有十倍之多。這起事件結束後，學生和老師之間的情感更緊密了。

同一段時間，因為警察長官即將出巡，日本政府要求模範村推動現代化的建設，在水溝抹上水泥，窗戶加裝鐵框，強迫家家戶戶暫棄農耕，義務勞動。沒想到不只是免費勞動，幾天後，村民竟然還收到了帳單，要求支付鐵材和水泥的材料費用。一位貧農戇金福負擔不了，經不起打擊，不知所蹤——幾天後，人們在海岸岩洞發現了一具無名屍體。

而同樣是翻新屋舍，書生陳文治家的老宅牆塌蛀朽，學生們便自發到森林裡砍竹子，整建裝修；米缸空了，就幫他倒滿白米。文治對此心想：「總不免感激到流淚。這便是這些年來他能活下來的緣故。」

兩邊的狀況一對比，便呈現了兩種對「模範」的想像。

後來，失蹤的阮少爺寄了一箱書來，裡面是些經濟、社會學的著作，還有份報紙《土地和自由》，有一段寫著「××農民對收回耕地的鬥爭」。眾人深感興趣，但不那麼識字，文治就唸給一群學生聽，唸到夜色都黑了，煤油也燒乾。

文稿中的「××農民」這幾個字，楊逵在創作的過程中改了兩次，一度寫出「香川」[1]兩字，但或許因為政治審查，又或許是想指涉更廣的農民處境，所以還是劃線刪除了。

小說最後結束在共同讀完書的晚上，陳文治夜不成寐，心裡嚴肅地想：「青年們在我最困難的時候，拯救了我，我也得拿出我最大的力量，為他們……」

此刻太陽從後山出現，天色漸光。

小說〈模範村〉的架構很理想，相信善良的人們最終會團結，並看見希望曙光。而楊逵可能從未料想到，現實也會發生同等美好的事。就如同〈模範村〉中的書生，當他處境艱難時，是日本警官入田春彥跨越殖民和被殖民者的身分，對他伸出援手。

書生和學生、作者與讀者，建立起近乎浪漫的關係，為了共同的未來遠景而前進。勞動者的紐帶與友情打破了民族分野，在首陽農園開始運作後，兩人談論思想與文學，有時入田春彥也會幫忙耕種，但楊逵敏感的身分最終讓入田惹禍上身。一九三八年，他因為與楊逵交往密切和思想左傾，被舉報逮捕，即將遣返回國。

1 香川縣位於日本四國島東北部瀨戶內海側，曾因一九一八年的米騷動而興起社會運動。

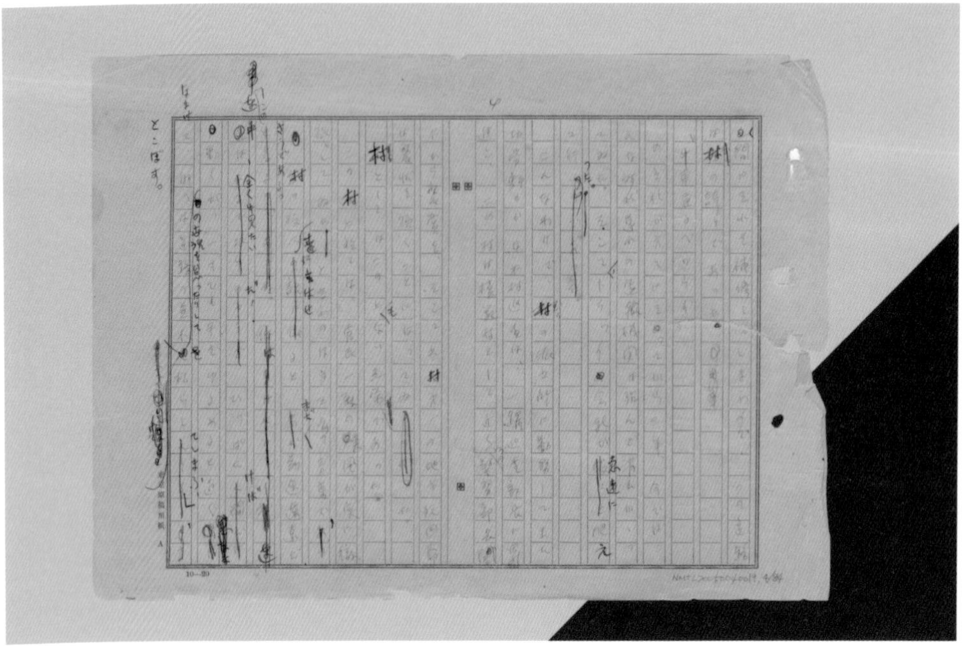

就如同〈模範村〉中的書生，當楊逵處境艱難時，是日本警官入田春彥跨越殖民和被殖民者的身分，對他伸出了援手。

令人痛心的事還是發生了。在入田春彥離臺前夕，楊逵到他家裡，卻發現他已經吞下了大量的安眠藥。入田留下兩封遺書，一封給楊逵，一封給葉陶。給楊逵的遺書寫著「您明白我的心思，請不要認為我窩囊」，而給葉陶的信則寫「不知道資崩（楊逵的長子）長大後，世界會變成什麼樣子呢？」。這兩封遺書楊逵一直保留著，儘管多次入獄，在戰後被關了十二年，也不曾丟棄。而左翼運動者為避免互相牽連，絕對不問對方的經歷，所以他只知道入田是九州熊本縣出生，沒能返還骨灰給遺族，也成了楊逵的遺憾。

此時，我們隱約能理解開頭的那則「首陽農園」徵才訊息為什麼會要求寫作經驗。因為或許對楊逵而言，書寫、耕作和社會運動，從來就是同一件事。

農耕是生活的經濟基礎，寫作喚起人們共鳴，而投入社會，才能真正促成改變。

時代過去，在楊逵晚年，一群讀了國文課本的小朋友會到他的農田「東海花園」訪問他。當時臺灣還未解嚴，第一課還是蔣介石的文章，而第三課正是他戰後在監獄中寫下的〈春光關不住〉。（因為擔心「春光」讓人有所聯想，所以課文標題改為〈壓不扁的玫瑰〉）

楊逵會開玩笑說，當時被國文課本收錄的臺灣（本省）作家，只有他跟黃春明的〈魚〉，後來「魚」從課本刪除、被「丟掉」，而明年「玫瑰」或許也要被「壓扁」了。但他相信，有些理念是永遠、永遠不會被壓扁的，因為根已經延伸到了世界去。

在一九八五年楊逵過世前，始終沒能看見臺灣解嚴開放、民主化社會的到來，生活也一直過得樸質清苦。

但在訪問中，被問到：「這一生有沒有做過令你後悔的事？」

楊逵回答，他確實因為行動和信念吃盡了苦頭，受人誤解，但從不後悔。

雖然受著狹小地域和政治宿命的桎梏，有些歷史改變也沒能在一個世代看見，他仍然堅持揮下鋤頭當作寫作。

因為他知道，田地就是這樣，一畝一畝耕下去的。

作家小傳

楊逵

1906 — 1985

出生於臺南新化。創作以小說、評論為主，此外還有十多本劇作與數首詩歌。文學創作大致可劃分成兩大階段，第一階段的楊逵文學出現較為強烈的批判、現實主義精神；第二階段則寫下了許多以自身體驗、家庭、親情為基礎的勵志性作品。楊逵的文學就如同他的一生，儘管障礙重重、挫折不斷，但是仍然持續地將樂觀進取的希望注入作品中。

04

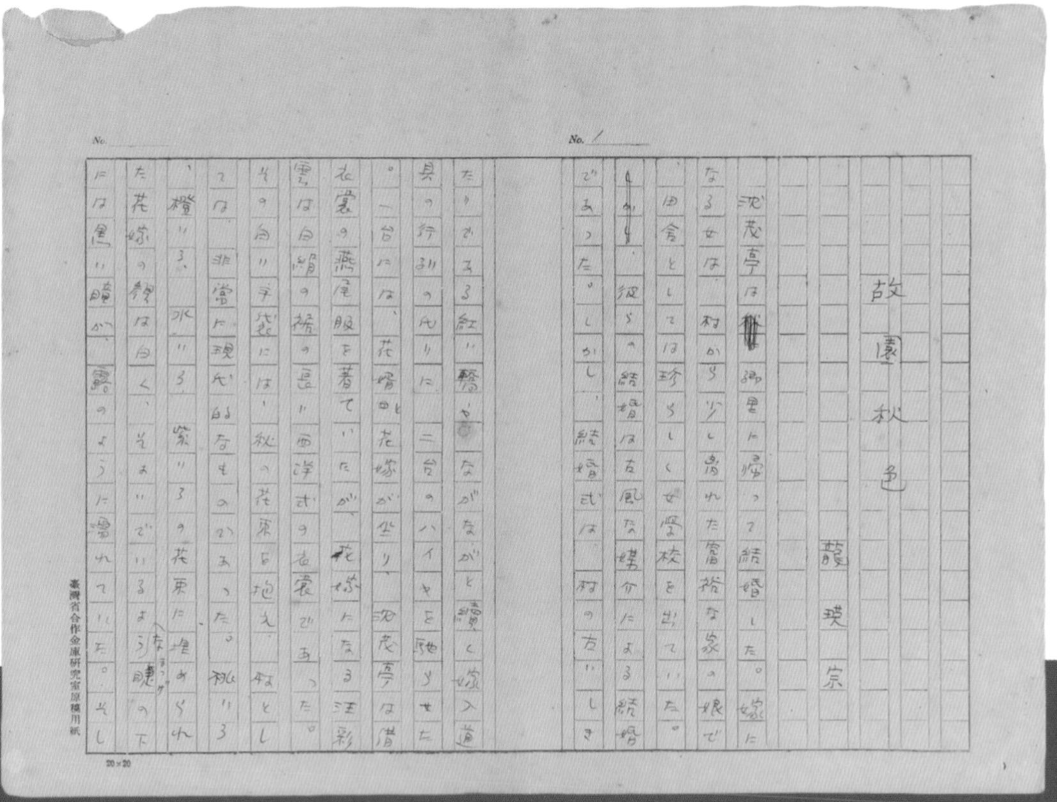

No. 1

故園秋色

龍瑛宗

沈茂亭は郷里に帰って結婚した。嫁になる女は村から少し離れた富裕な家の娘で田舎としては珍らしく女学校を出ていた。~~かつ~~彼らの結婚は古風な媒介による結婚であった。しかし、結婚式は村の古いしきたりである紅い轎やながながと續く嫁入道具の行列の代りに、二台のハイヤを馳らせた。一台には、花婿と花嫁が坐り、沈茂亭は借衣裳の燕尾服を着ていたが、花嫁たる汪彩雲は白絹の裾の長い西洋式の衣裳であった。その白い手袋には、秋の花束を抱え、村としては非常に現代的なものであった。桃いろ、橙いろ、水いろ、紫いろの花束に埋められた花嫁の顔は白く、そよいでいるような睫（まつげ）の下には黒い瞳が、露のように濡れていた。そし

臺灣省合作金庫研究室原稿用紙

20×20

龍瑛宗〈故園秋色〉

捐贈者／龍瑛宗

跨越語言前的嘆息

文 傅芃瑞

我們為什麼挑選這件藏品

終戰之後，龍瑛宗擔任《中華日報》日文版主編，積極發表小說、隨筆與社論，在報刊上撰文推介外國經典文學。一九四七年，國民黨廢止報刊日文欄，龍瑛宗自此失去工作。面對茫茫前途，這位曾以〈植有木瓜樹的小鎮〉躋身日本中央文壇，並且在大東亞文學者大會成為臺灣文學代表的文學家，不得不暫時放棄文學創作，到合作金庫當辦事員，養家餬口。

〈故園秋色〉這篇作品是他在一九五二年以日文寫就，卻遲遲未能發表。此篇之後，直到退休後的一九七七年，他才又以日文創作小說，並嘗試以中文寫作。這二十五年的空白，不僅是他個人從日文跨越到中文的漫長跋涉，也是所有「跨語世代作家」的集體命運。直到二〇〇六年，龍瑛宗離世後的第七年，〈故園秋色〉才得以重見天日。

跨越語言的一代

由於所受（日文）教育的浮（編按：深）刻影響，筆者迄今尚未能寫就純正的國文，終身至感為憾。[1]

一九五二年十二月的一天晚上，龍瑛宗終於寫完〈故園秋色〉小說原稿。他執起這疊五十多頁的稿紙，反覆閱讀了幾遍，或許這時的他心裡已經有底，這篇以日文寫成的小說，恐怕將無法在他有生之年刊登。他站起身，看著窗外的夜色，陷入沉思——這樣的黑夜不知會延續多久？

所有出身於戰前的臺籍日語作家，或許都有過同樣的疑問。

一九四五年八月十五日，日本投降，二戰結束，殖民地臺灣被國民政府接收。在一片「光復」熱潮裡，臺灣作家紛紛執起被戰時體制禁錮的筆，積極辦起刊物，為戰後的文化復甦盡一份心力。然而不久，臺灣行政長官公署宣布，自一九四六年十月二十六日起廢止報刊日文欄。

許多臺籍作家自幼受日語教育，更以日文思考和創作，在殖民統治下，他們歷經數十載的努力，終於創作出相較於日本作家毫不遜色的作品，甚至進出日本中央文壇。日文欄的廢除，卻在一夕之間使這些臺籍作家武功盡廢，許多人自此放棄創作職志，緘默面對眼前的時代；剩下的人則以十年、二十年的時間，重

1 龍瑛宗，〈新春閑談復興國劇〉，合作金庫《作業動態簡訊》稽核第八號，一九七四年一月二十五日。收錄於《龍瑛宗全集》第六冊，頁三一二。

新學習中文寫作。他們是「跨越語言的一代」，是被迫遷徙的一群人，被迫放棄長期耕耘的日文書寫，展開轉換中文寫作的漫漫長途。

龍瑛宗也是背負這個集體命運的其中一人。

戰前的他，已經練就水準極佳的日文創作能力。一九三七年，初作〈植有木瓜樹的小鎮〉便一舉獲得日本《改造》雜誌懸賞小說佳作獎，從此躋身日本中央文壇，更代表臺灣文學界出席「大東亞文學者大會」。戰後，從一九四六年三月參與編輯《中華日報》日文欄，到一九四六年日文欄廢除前，他一共發表至少六十六篇日文作品，介紹各國文學，發表文論與社論，從文學者的角度發聲，為臺灣大眾思考面對新世代的出路。

然而在日文欄廢止後，他的日文創作能力已無用武之地。不同於張我軍等幼時受過書房漢文教育的作家，龍瑛宗毫無漢文基礎，日文欄廢刊後，原本擔任《中華日報》日文欄主編的他就此失業。

面對失業與島內的通貨膨脹，前途茫茫的他輾轉在一九四九年進入合作金庫擔任基層事務員。沒有發表日文作

1942年舉辦的「大東亞文學者大會」留影，由左至右依序為濱田隼雄、龍瑛宗、西川滿、張文環。（龍瑛宗文學藝術教育基金會捐贈）

| 沒有發表日文作品的空間，文學之路被截斷，龍瑛宗一下子只剩普通銀行員的身分。

品的空間，文學之路被截斷，龍瑛宗一下子只剩普通銀行員的身分。經過數年的創作空白，直到一九五二年十二月才又創作了日文小說〈故園秋色〉，但這篇小說在他生前未曾刊登。

〈故園秋色〉描寫的是一則愛情悲劇：沈茂亭回到故鄉與汪彩雲結婚，雖是媒妁之婚，沈茂亭卻愛戀著彩雲，希望與她在故鄉靜謐的蜜柑園裡談戀愛。然而，沈茂亭看不出彩雲內心仍無法忘卻的繾綣回憶，那是就讀女學校時的她與上日本大學的男子馮式河在夏日的河邊幽會，她的少女心深深受馮式河的才華與神采撩動。後來，隨著婚姻生活步上軌道，兩人日漸情深。一次傷寒的來襲使彩雲病倒，在沈茂亭的悉心照顧下，她總算從瀕死的險境康復，但照顧她的沈茂亭卻反而染上傷寒，於是在家後的蜜柑園小屋養病。小說的最後，在彩雲送水給沈茂亭的途中，馮式河來向她告白，彩雲在一陣拉扯推辭之下才使馮式河死心離開，打開房門竟發現沈茂亭已經斷氣，倒臥地上。

內心荒野的孤獨跋涉

〈故園秋色〉雖是一則愛情悲劇，卻也暗示著龍瑛宗的命運——昔日以日文創作的風采無法重溫，眼前的時代又如傷寒般險惡，文學的夢想在現實中不可避免地死去。〈故園秋色〉沒有刊登，也許是無人幫忙翻譯，或是被退稿，又或是提及當時公共衛生不佳、疫情頻傳的時事而不敢投稿，現在的我們未能知道原因。

一九五二年至一九七六年間，龍瑛宗沉潛於銀行工作與日常生活之間。在大兒子劉文甫的眼中，父親每日下班回家吃過晚飯，便獨自坐在椅子上，閱讀，吸菸，沉思，但從未告訴家人他究竟在想什麼。在那安靜的一、兩個小時裡，龍瑛宗彷彿在內心的荒野進行孤獨的跋涉，日復一日。

這段時期是他生命中的苦悶時日。文友前輩與知己一一離世；因為不具大學學歷，工作升遷不順，開會報告時又無力以國語應對；與妻子感情不睦，心情抑鬱，經常到大兒子文甫的房間訴苦。他曾說想要跳樓，將自己拋離令他痛苦的這世界。

三十歲才開始學中文的他，起初透過同於合作金庫工作的作家張我軍學中文，張我軍死後則是透過作家文心（許炳成）、兒子文甫、下屬盧福地與孫女等人，但沒有一個人能夠長期教導他。他讀《國語日報》學中文，卻只能寫出生硬、稚氣的文字。

一九七六年，甫退休的龍瑛宗重新執筆創

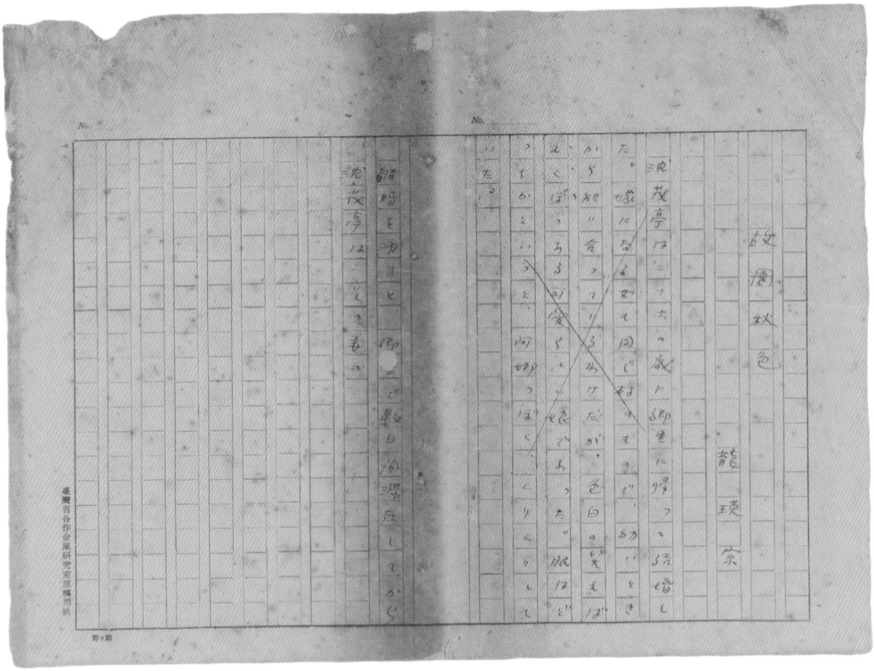

〈故園秋色〉手稿中，龍瑛宗全段落刪除作廢的痕跡。

作，先以日文創作小說《紅塵》，得不到讀者迴響，又嘗試以中文創作。殘酷的是創作量不如以往，他的中文文字又難以如日文那樣表達他細膩深邃的感受，於是再難受到文壇關注。

〈故園秋色〉這篇日文小說，在半世紀後才得以翻譯成中文，收錄於《龍瑛宗全集》出版。這是孤獨蠹魚[2]創作顛峰期的最後嘆息，此後則是庸碌浮沉於世的漫漫長夜。半世紀的等待，是這位沉默失意的臺灣文學家跨越語言的坎坷歷程。

作家小傳

龍瑛宗　1911 — 1999

出生於新竹北埔，客籍作家，本名劉榮宗。以知識分子的複雜心理為主要關懷、結合詩人纖細情感為特色，文學創作成果涵蓋小說、新詩、評論、隨筆。具有詩人性格的龍瑛宗相對較為偏好詩意、感性、藏而不露的表現方式，其文學有殖民地知識分子在批判、抗爭形象之外，纖細、複雜的感性面向。

2 《孤獨な蠹魚》是龍瑛宗於一九四三年出版的文學評論集，書名有自喻的意思。

05

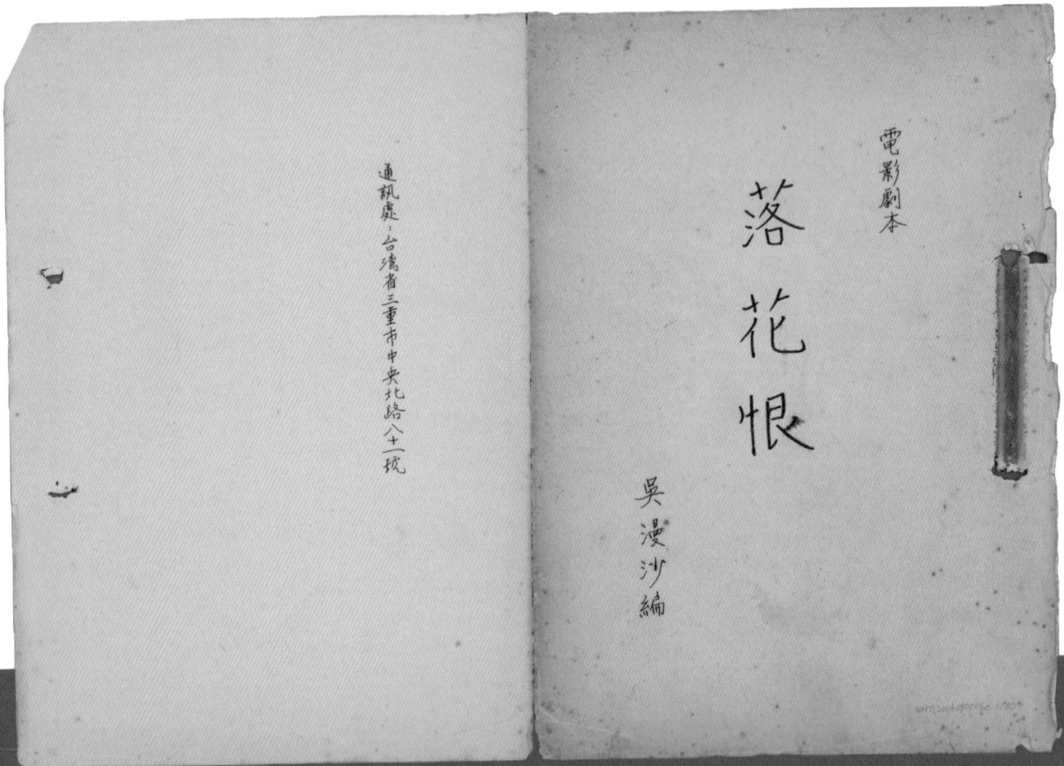

吳漫沙《落花恨》

捐贈者／吳明月

過時的新意

文 蕭詒徽

我們為什麼挑選這件藏品

近年，網路社群平臺常將臺灣九〇年代類戲劇畫面片段剪輯或擷圖再製，或原封不動，或改圖模仿，都能獲得熱烈傳布。

留下不少「大眾婚戀小說」的日治時期作家吳漫沙，作品常有「新女性」、「摩登女性」的形象描寫，以及現代與傳統觀念的拉鋸。如今讀他留下的劇本作品，我們竟能獲得類似「玫瑰包」的娛樂性——即便那娛樂性的成因可能不再是作者原先的企圖。

翻轉的美學效果

如今，上網搜尋《玫瑰瞳鈴眼》或《藍色蜘蛛網》，數量最多的結果不是盛竹如端嚴的旁白講稿，抑或劇情脫胎自哪一則真實社會案件，而是一張又一張迷因圖。從不同集數擷取的電視畫面裡，距今二十多年前粗糙而略顯浮誇的鏡頭構圖（一名女子頸上纏著蓮蓬頭翻著白眼），加上因抹去前後脈絡而顯得荒謬的字幕（李組長的心頭不由得震驚了一下），這類在臺灣電視節目史上佔一席之地的類戲劇，沉寂之後轉化，成了社群時代風行的素材庫。

無論是以重大刑案改編的《臺灣變色龍》，或是以女性為主角的《蝴蝶密碼》、《紫色曼陀羅》，節目中除了協助劇情推進的旁白，還有負責解讀故事、替案情加諸「寓意」的主持人，史筆般為劇中角色的行為做出道德判斷，以矯視聽，緩和劇中動輒謀殺、性暴力、不時有倫理悲劇的通俗元素。然而，就連這個部分也由於時代價值觀的變化，成為了笑料；主持人將角色動機與形象做扁平化的解釋，其中的不合理與權威感，恰成今日笑點之所在。顯然，幽默荒誕並非這些劇碼最初製作時所期待達到的美學效果，但作品與閱聽者之間語境的有機變化，自然造就了這樣殊異靈活的社群現象。

可以想像，當這個世代的年輕讀者翻開吳漫沙的《落花恨》，在劇本之中也會感受到類似的浮誇：

秋遠：不！這世界只有妳才配做我的妻子！

素娟：過去我們倆是理想的一對，現在，我已經沒有資格了！我已是殘花敗柳！秋遠，你把我當作死去吧！

媒婆：妳為什麼要把她賣掉？

趙妻：她年青（編按：輕）漂亮，佔我的丈夫，我恨她，我早就要把她賣掉，找不到機會，現在我丈夫到北京去了，所以我利用這個機會，把她賣出去。

如果你看著這些對話忍不住笑，旁人想必可以理解。不過，正如《玫瑰瞳鈴眼》最初不是為了迷因而生，吳漫沙這位日治時代作家的創作，也不能只是以當代的視角來定位。

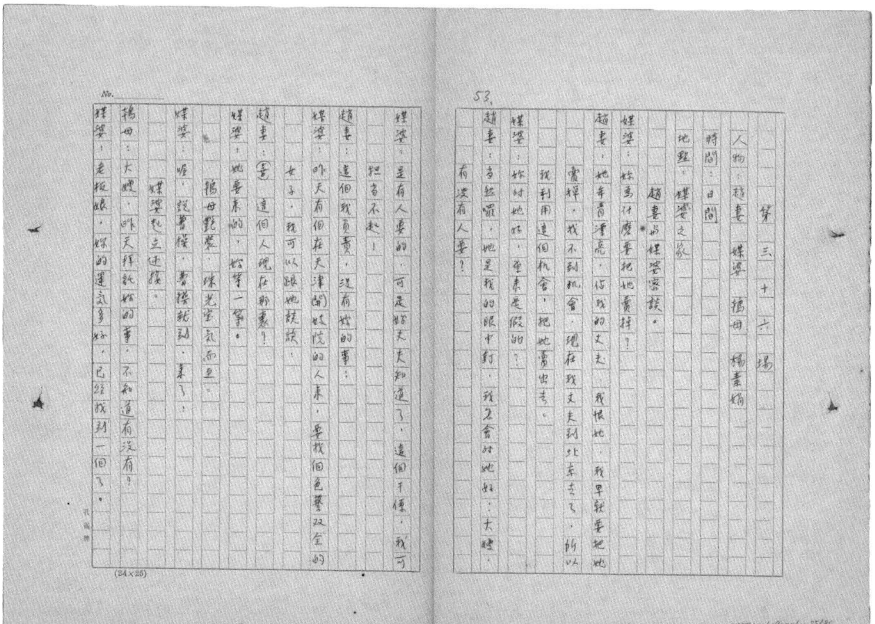
No.
53.
第三十六場
人物：趙妻 媒婆 鴇母 楊素娟
時間：日間
地點：媒婆之家
趙妻與媒婆密談。
媒婆：妳為什麼要把她賣掉？
趙妻：她年青漂亮，佔我的丈夫，我恨她，我早就要把她賣掉，找不到机會，現在我丈夫到北京去了，所以我利用這個机會，把她賣出去。
媒婆：妳對她好，全是假的？
趙妻：當然囉，她是我的眼中釘，我怎會對她好；大嫂，有沒有人要？
媒婆：是有人要的，可是妳丈夫知道了，這個不得，我可擔當不起！
趙妻：這個我負責，沒有妳的事；
媒婆：昨天有個在天津開妓院的人來，要找個色藝双全的女子，我可以跟她談談。
趙妻：這個人現在那裏？
媒婆：她要來的，妳等一等。
鴇母艷裝，珠光寶氣而至。
媒婆：喔，說曹操，曹操就到，來了！
媒婆把之述談。
鴇母：大嫂，昨天拜託妳的事，不知道有沒有？
媒婆：老板娘，妳的運氣多好，已經找到一個了。
(24×25)

當這個世代的年輕讀者翻開吳漫沙的《落花恨》，在劇本之中也會感受到類似《玫瑰瞳鈴眼》的浮誇。

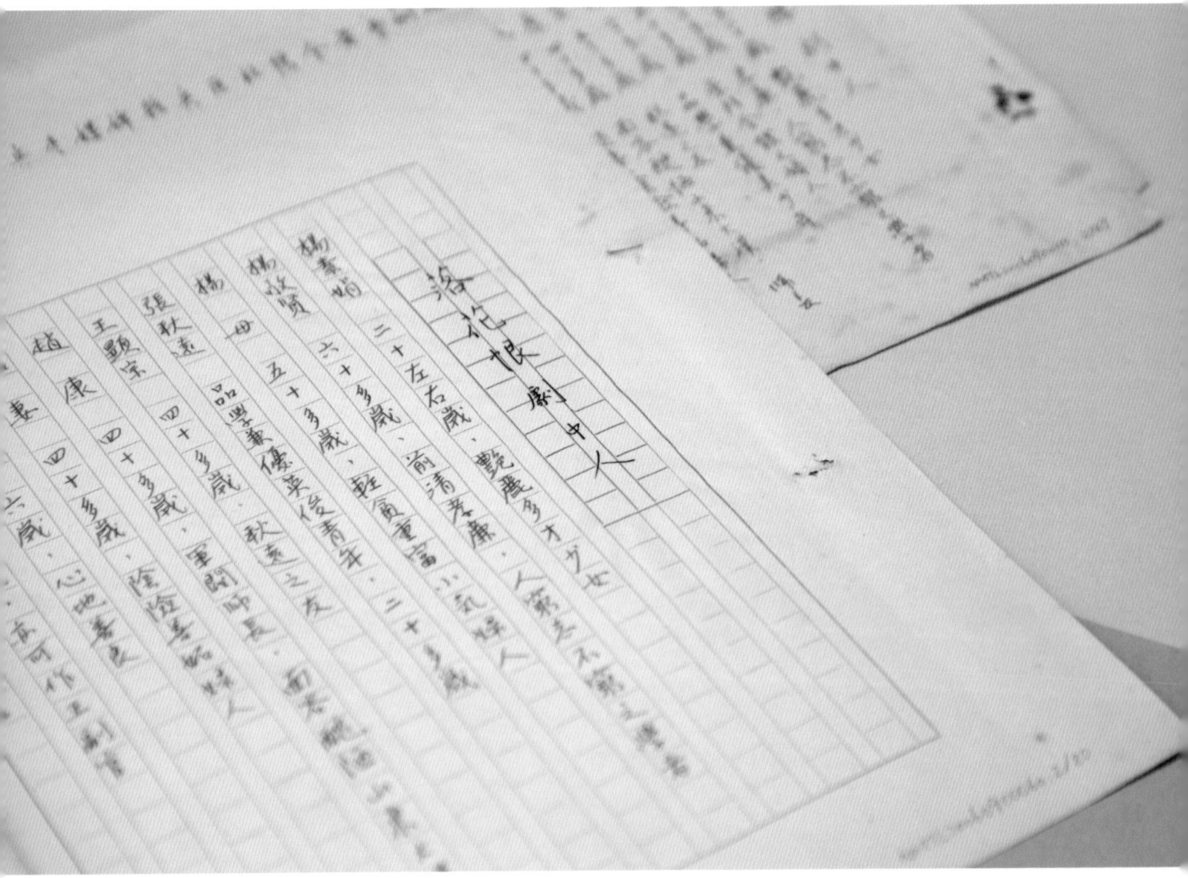

| 吳漫沙這位日治時代作家的創作，不能只是以當代的視角定位。

新與舊的換日線

臺灣第一家電視公司臺視開播那一年，吳漫沙五十一歲。那是六〇年代初，電視公司裡想必有幾個人曾經讀過吳漫沙手寫的電視劇本——挾帶強勢媒體的傳播力與資源，電視不只取代了野臺歌仔戲之類上個時代的娛樂，也吸納了舞臺劇作家和小說作者為電視臺寫故事，如廖清秀、文心、林鍾隆、鄭煥等。說是吸引，其實電視臺也需要這些創作者的生產來填補播出內容的需求。連鍾肇政也抱怨過自己曾被要求在一天內趕出一個小時的劇本，寫完馬上送到片場去拍，品質也就差強人意。

二戰結束前，吳漫沙已經是文學作家。日治時期，他受到大眾小說家兼《風月報》編輯徐坤泉的賞識與引薦，開始了小說創作。《風月報》的前身《風月》，是由大稻埕地方士紳組成的「風月俱樂部」的會刊，顧名得義，呈現了舞女、歌姬、女侍和知識分子的韻事與風光。吳漫沙既是編輯也擔任作家，他的創作《桃花江》、《韭菜花》一樣跟上了當時社會風行的話題：自由的戀愛，以及摩登的女性。

如今，學者觀察吳漫沙的文學作品中女性的發聲，多以偏向正面的態度將其描述為「現代的」「新女性」。例如《桃花江》的角色梅痕為了家計決定以舞女為職，但卻不因複雜環境而動搖，與正派文藝青年相戀，還不忘回到家鄉桃花江奉獻建設。這份表彰「新」的企圖，在《落花恨》的主角素娟身上也可見得：角色設定為清末民初「二十左右歲，豔麗多才少女」，生活在背景年代中相較開明的家庭，博覽群書、吟詩寫作，也差一點被允許有擇其所愛的自由。故事的動能與高潮，就建立在這樣一位處在時代交界的女性，必須面對「相對傳統」的環境所產生的衝突。

相對開明的父親過世之後，觀念陳舊的母親將素娟許配給富有的北洋軍閥趙氏，不讓素娟與一見鍾情的貧窮書生秋遠相戀。而那富有的軍閥早有另一段婚姻，元配得知丈夫在外的一段情，使計把素娟賣到妓院。這種與君生別離的不幸故事雖略嫌常見，本質卻是新舊觀念之間傾軋的悲劇。

除了主要角色，配角們也環繞著故事核心，明顯地可以大致分為「新／舊」、「開明／傳統」兩方。光譜一邊是故事中的正面角色，反之，則為反派：

趙女：媽，阿姨是名門閨秀，一時被爸爸騙去，我們不該這樣對她的。

趙妻：什麼不應該，她吃我們的飯！

趙女：媽，阿姨和我們一樣是女人，何必呢？

多年以後，素娟和秋遠在青樓重逢，滿懷自卑，在秋遠面前自盡——明明，秋遠奔波來此，就是為了親口告訴她：沒關係，我愛妳，跟我走。

素娟的故事是戀愛悲劇，更偏向女性的悲劇。現代的我們或許無法理解角色為何在那樣的時機選擇自盡、感到不自然，甚而認為太過誇張，其實那表現的是素娟內心依然無法掙脫「傳統」對自我的審視，認為自己「已是殘花敗柳」，再一次將故事命題指向傳統對人的宰制。

隱隱推移的痕跡

然而，正如《玫瑰瞳鈴眼》過了二十年變成迷因，過去的警世可能是如今的惡搞，過去意欲以彰顯進步為目標的作品，也可能在未來顯得落伍。此刻閱讀《落花恨》，讀者必能輕易從中感到這個意在突顯傳統之惡的文本中的「不新」。淺如故事中站在進步一方的素娟父親，仍以「男大當婚、女大當嫁，我等著抱外孫」這樣的言語來鼓勵素娟求愛；深如秋遠在尋獲素娟時說：

> 過去妳的遭遇是被迫的，妳的心地是清白的，妳的

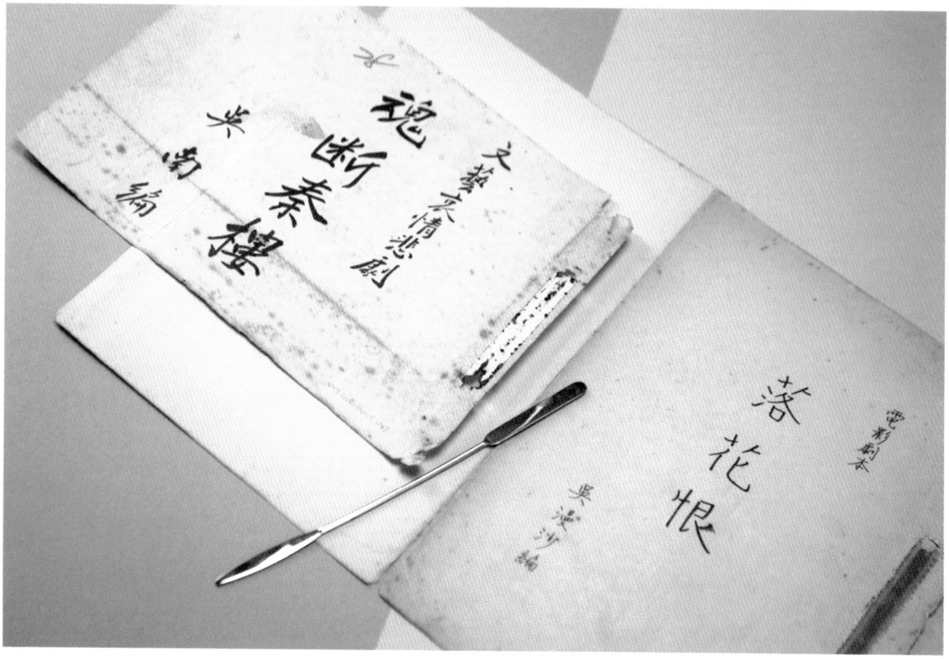

素娟的故事是戀愛悲劇，更偏向女性的悲劇，表現的是她內心依然無法掙脫「傳統」對自我的審視。

不幸，我也有責任，妳不嫁給我，我也終生不娶！

特意強調「心地是清白的」，暗示了發語者也默認素娟的身體已不清白。對身體潔與不潔的認知，在如今的臺灣也已鬆動。其實，當我們在讀到素娟的反應而失笑的瞬間，便是觀念在時代之中隱隱推移的痕跡。

若能知道這部劇本在被創作的時代搬演時的觀眾反應，或許更可印證其中差異。然而，我們不會知道上一個時代的觀眾對《落花恨》的反應如何，因為這個劇本壓根沒被

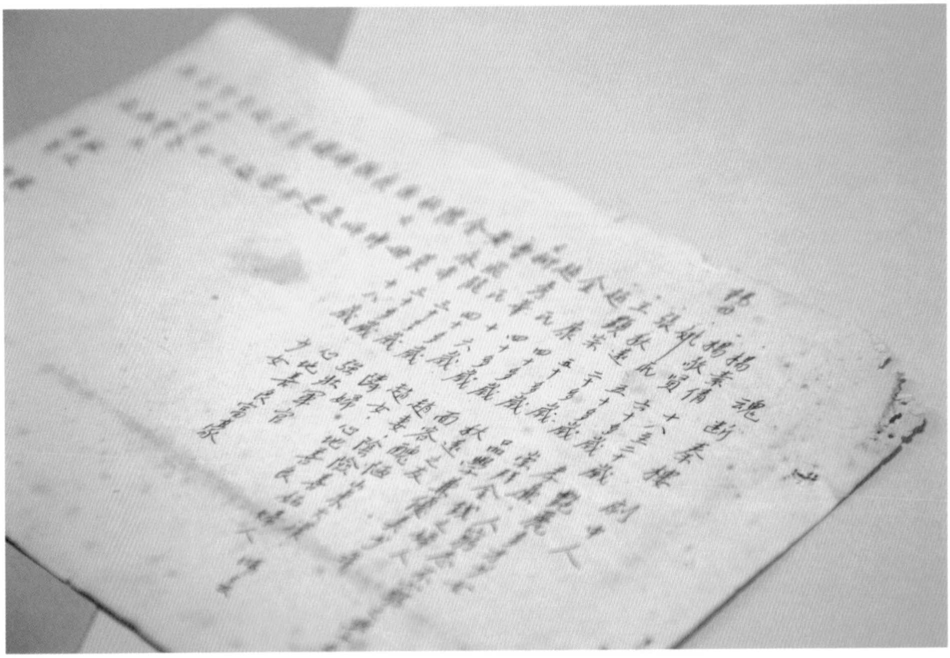

《魂斷秦樓》（吳明月捐贈）基本上與《落花恨》相同，只有小部分情節更動，女主角都以自身之死，留下一個時代對女性新舊想像的參考點。

製作為戲劇。吳漫沙的劇本作品只有《日久見人心》一部於一九七〇年播出，倒是吳漫沙本人對這個故事似乎情有獨鍾，他的另一部劇本《魂斷秦樓》基本上與《落花恨》相同，只有小部分情節更動……素娟在《魂斷秦樓》裡，名字改叫作素倩了。

可惜，素倩與素娟的結局依然相同。她們都以自身之死，留下一個時代對女性新舊想像的參考點。

作家小傳

吳漫沙

1912 — 2005

本名吳丙丁，主要筆名為漫沙，福建晉江縣泉州人，曾擔任過《風月報》、《南方》編輯。創作類型包含散文、小說、詩作、評論等，對於電影和新劇也有喜好，曾在《風月報》中刊載不少關於電影、新劇的論述，亦撰寫數本劇作。著作有《莎秧的鐘》、《大地之春》、《黎明之歌》、《韭菜花》等。

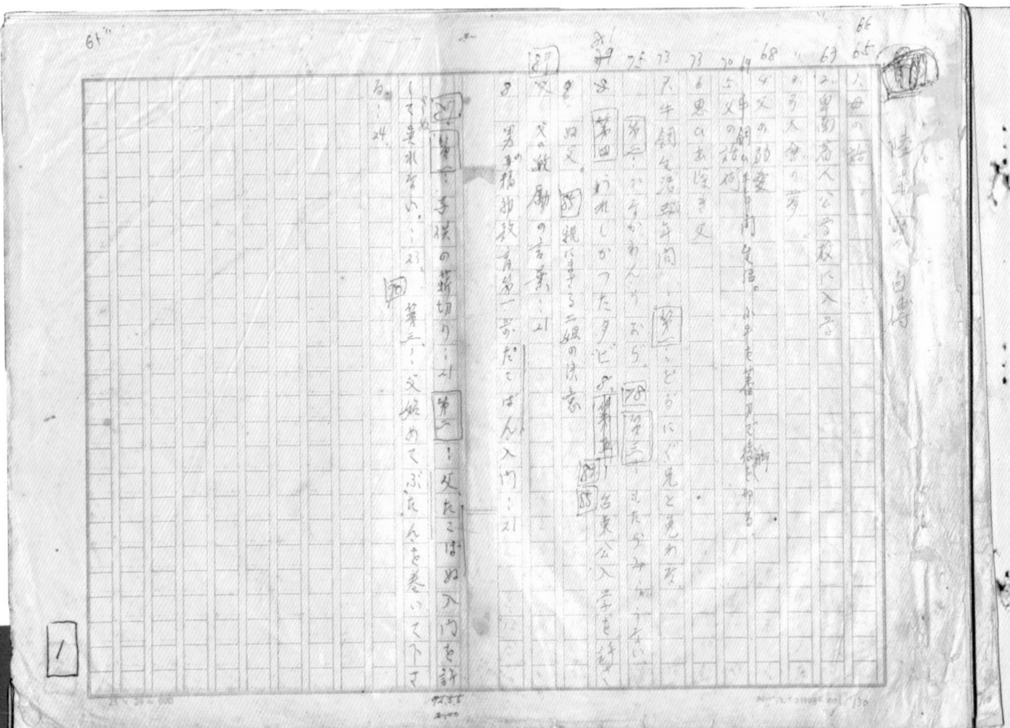

陸森寶《陸森寶自傳》

捐贈者／陸森寶

一張張變化的白紙

文
馬翊航

我們為什麼挑選這件藏品

陸森寶是日治時期臺東第一批接受現代教育的原住民知識分子，他長年透過音樂的創作、教學培育人才，以歌曲記錄生活場景、聯繫族人情感，留下時代的變遷痕跡；也因為他的天主教信仰，創作了許多與宗教儀典行事相關的歌曲，在神聖與日常、記錄與傳唱之間，帶出了豐富的故事。

陸森寶在一九八八年離世，但他生前以日文拼寫族語的自傳，二〇〇二年才被家人在衣櫃底層發現。

陸森寶傳記的出土、書寫形式、翻譯，以及孫大川教授的採訪、整理與再寫作，有著多重的音樂、記憶、敘述之間的關係。從他的自傳手稿，回到一百年前的童年，也讓我們聽見許多不同的歌在唱，深刻的意念在持續。

父親的手稿

陸森寶的二兒子陸誠惠在父親衣櫃的底層，發現了一疊以稿紙書寫、共三十頁的文件。那是二〇〇二年的十二月，距離父親離開已經十四年了。第二頁以數字標記起筆時間「72. 2. 17. 朝3時」，第三十頁下方標明「72. 3. 14.」，文件結尾處則註明「七五．八．七」。除去這些數字、目次中的日文漢字之外，自傳內文中父親所留下、以日文平假名拼寫卑南語的文章，不懂卑南語的陸誠惠與小弟陸賢文幾乎沒有辦法理解——這些經歷了近二十年尚未有人閱讀的文字，埋藏了父親什麼樣的記憶？

他人生中留下的最後一首歌，是一首名為〈懷念年祭〉的歌曲。卑南語歌詞的大意是「我有工作在遠方／不能常常回家／探望我的父母與朋友／但我從未忘記自己的傳統／與家人相聚的時光／我的母親為我佩戴花朵／讓我盛裝去跳舞歌唱」。他創作的歌曲，有好幾首都傳達了不同的移動與懷戀：〈美麗的稻穗〉中是在外島服兵役的心境；〈蘭嶼之戀〉的背景是為因天候受困蘭嶼島上的康樂隊員而做；〈再見大家〉是為出嫁至長濱的吳花枝女士所做的惜別之曲。「記得」，「不要忘記」，彷彿是他用另一種方式，反覆刻寫在歌中的印記。

手稿以日語拼寫卑南語的寫作方式，折射了陸森寶多語的人生狀態。陸森寶的族名是BaLiwakes，南王卑南語中，baLi是風的意思，BaLiwakes則有旋風之意。他在少年時期，曾從臺東前往臺南師範學校就讀，雖以音樂為其一生志業，但在南師就讀期間，優異的體育表現與他的音樂天分同樣出眾。名為BaLiwakes，似乎反映了他如旋風一般的力道與速度。陸森寶就讀南

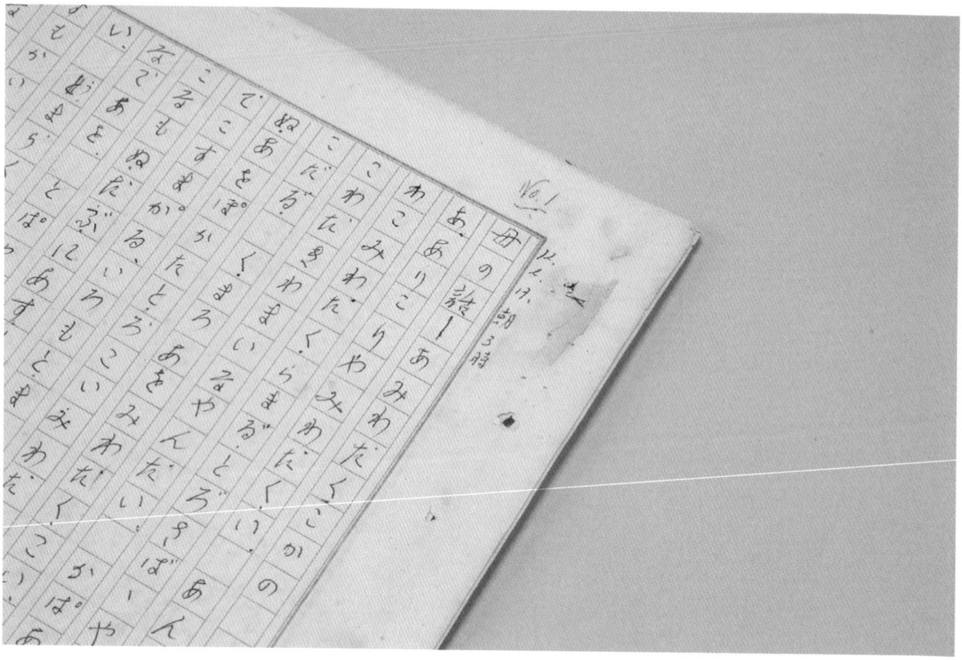

以日文平假名拼寫卑南語的文章，尚未有人閱讀的文字，埋藏了陸森寶什麼樣的記憶？

師時期，逢寒暑假返鄉，有時竟然選擇取道山路，步行至臺東，這可能與他童年時放牛，常在山中過夜的親近感有關。他日後為親自編輯的手抄歌曲集《山地歌》寫了一篇自序，說道：「我作詞作曲希望族人唱歌的理由是：我們的年輕人大都遺忘了『山上的話』（族語）。」原文中，「山上的話」用的是「山の言葉」——山的語言，或許他指的不只是卑南語，也是山對我們說的話。

為了留下山的話，他不斷地創作歌曲。陸森寶的子女們記得，在經濟狀況不甚理想、父母皆勞苦奔波的生活狀態下，父親仍不懈地創作著。在田裡工作，當靈感降臨時，他會放下手邊工作，鑽入一旁的香蕉園，拿起隨身的筆記，沉浸在創作中。即使出外旅行，他仍然在火車座位上哼唱、修改，引來旁人的好奇。父親說，

| 子女們記得許多情境、情緒，只是容器總是裝填不及，逝散溢流的似乎更多。（陸森寶捐贈）

靈感是活水，要隨時以容器裝填它。那音樂如水，流轉於家族的時間中。即興的、呼應當下情境的、玩鬧的、愉悅的……子女們記得許多情境、情緒，只是容器總是裝填不及，逝散溢流的似乎更多。

流動的歌

在與音樂為伴的人生中，他的靈感不只抄寫在筆記本。四女兒陸華英記得，父親在完成一首歌後，會將歌曲記寫在一張大大的白紙上，再把白紙帶到部落中，教導族人演唱。陸華英記得童年的一個冬夜，她與父母三人騎著腳踏車，依賴著小小的車燈，從家中前往部落。路旁的甘蔗園在寒風中搖晃，使人心生畏懼。但在抵達練唱地點後，眾人已經齊聚屋內，等待父親把嶄新的樂曲攤開，大大的白紙掛在牆上，像一扇新的窗。父親愉快懇切地一句一句示範，眾人聲音緩緩流淌在她的耳中，方才路途上的不安，已經像細沙輕輕地降落在泉水裡。

這些歌曲的記憶，伴隨著陸森寶子女成長。小兒子陸賢文記得童年時期，父親為子女們寫了一首歌曲，歌詞大意是：我們的住家屋後有一棵大芒果樹，我們常在樹下乘涼，母親編織花冠，我們愉悅地追逐玩耍。山與大地在夏日夕照中變得火紅，然而那美麗的情景僅是兒時回憶，永不再來。年幼的陸賢文感受到歌曲的美好動人，但尚未領會的是，父親凝視他們的眼神收藏了什麼樣的情意。無法重來的童年，如同沒有全數記錄下來的歌曲，使他們在父親離去後難免恍惚悵然。

那疊深藏於衣櫃多年的手稿，後來經由陸森寶同時熟悉日語與族語的女婿陳光榮翻譯，內容包含了記述至十五歲左右的少年自傳。在此之後，卻有一頁存有標題、尚未書寫內容的空白欄頁，在標題的「A冊」後，填下了編號「1.原稿歌曲」、「2.風俗習慣速記」。原稿歌曲可能是個人創作歌曲的整理，但「風俗習慣速記」的內容會是什麼呢？孫大川教授曾經透過陸森寶家人，聽取了十幾卷陸森寶生前留下的錄音資料，內容大致是請部落老人分享各種親身經歷與傳統風俗習慣。未經整理、凌亂細瑣的內容，像散生在時間裡的草木。陸森寶的採集紀錄，是另一段未及追趕的空白。

陸森寶的年少自傳裡，有一則夢境的記述。尚就讀蕃人公學校一年級的他，在夢境中參加了一場射箭比賽，但唯有他的箭矢直飛不墜，眾人嘖嘖稱奇。比賽的下一輪，箭靶向更遠推移，但眾人眼前卻出現了一張白紙，白紙幻化為小鳥，小鳥又化為巨鳥，最終成為人形。那形影站立於一艘船頂，船隻向著海的彼

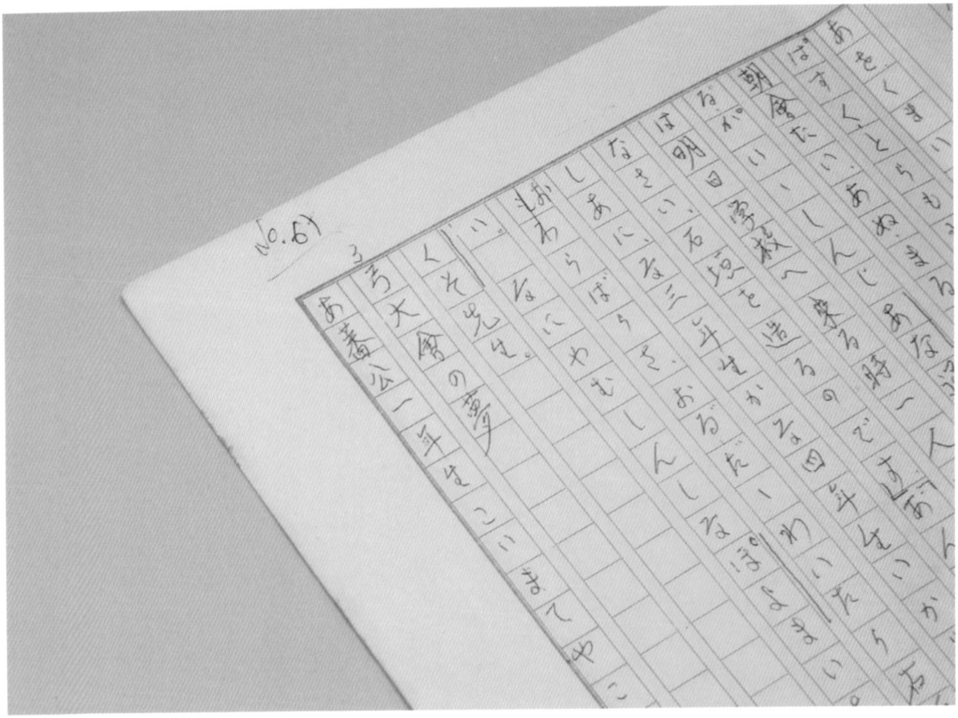

｜年少的夢境裡，尚就讀蕃人公學校一年級的陸森寶參加了一場射箭比賽，唯有他的箭矢直飛不墜。

端航行，直至消隱於海天之際。他的父親對他說，這個夢境是好的啟示，你將會突飛猛進。

所幸有更多的歌曲，也像那些幻變的白紙與鳥，航行在聽者與歌者的身體裡，記下部落的歷史，也成為部落或臺灣的歷史。他創作的〈美麗的稻穗〉曾被楊弦、胡德夫、陳建年、陳永龍、紀曉君所歌唱。在三兒子陸光朝的記憶裡，這首歌的旋律，彷彿使人自山頭眺望豐美的平野，更如同父親的性格，那是：

「清涼、安定、甜美及體貼的氣味。」

作家小傳

BaLiwake（漢名：陸森寶） 1910—1988

出身臺東縣卑南鄉，「baLi」是「風」的意思，BaLiwakes，即旋風，形容跑起步來猶如旋風。其於 1941 年改名森寶一郎，1946 年改漢名為陸森寶，戰前曾就讀臺南師範學校（今國立臺南大學），畢業後返回臺東任教，歷任多所學校教職。除了深耕教育，陸森寶退休後亦致力於卑南音樂的創作與推廣，素有「卑南族音樂靈魂」之稱。

07

洪醒夫〈崁頂村的無賴漢〉寫作大綱

捐贈者／林碧雲

崁頂村與洪醒夫剪影

文 廖崇倫

我們為什麼挑選這件藏品

〈無賴〉，或稱〈崁頂村的無賴漢〉，是洪醒夫未曾完成的小說。落筆當時年僅三十的他，三年後死於一起颱風天的車禍。四十年後，〈無賴〉中的崁頂村風光，有些不在了；有些依舊，卻同樣令人憂傷。

一九七九年春天，臺中神岡。一名年輕的國小教師隨手撕下了牆上的日帖仔紙，那是農會所發送的雙月曆，圖案寓意不明的白衣女子半身像。男人刁著原子筆，將在這光滑、土氣、但尚稱潔白的平面上，築起一座故鄉庄頭的故事——他是來自彰化二林的小說家洪醒夫，道地的農家子弟、草根氣息的讀冊人。

崁頂村的最後時光

在二林鎮北邊，有一大片廣闊無邊的臺灣糖業公司的甘蔗園。——〈無賴〉殘稿

一名寫實傳統的實踐者，近乎神聖的前置作業，莫過於將筆下「實的梁柱」勾勒得不容破綻。從日治時代便廣植甘蔗的二林，除了供應帝國的製糖事業，也曾爆發壯烈的抵抗運動——二林蔗農事件。至今，甘蔗仍是此地重要的作物，一個如此適於作為起點的二林意象。

從鎮中心菜市場東北角，那條約莫六公尺寬，兩旁整齊地種著木麻黃的柏油路一直向北，穿過那些甘蔗園大約三公里的地方，有一個小小的農民村落，這村群包括三個較具規模的村落和一些散置田間的獨立農舍，其中以崁頂村為最大。——〈無賴〉殘稿

日帖仔紙一角，洪醒夫構思著，如畫地圖般清楚標示了「崁頂村」與周邊聚落、街市、海邊的相對空間，及小說情節進展之所在。祖師廟、天公崁、公墳等鄉村地景，游子的少年記憶，同樣必須與文字緊緊鑲合。不過，如此煞有介事的崁頂村卻是虛構的。現實生活中，二林確有名為崁頂的庄頭，但位於南方的香田里，與臺糖地北端相隔十公里有餘。

不知道從什麼時候開始，鎮上的人口大量流向都市，很多人出去求學，或者謀生，回鄉

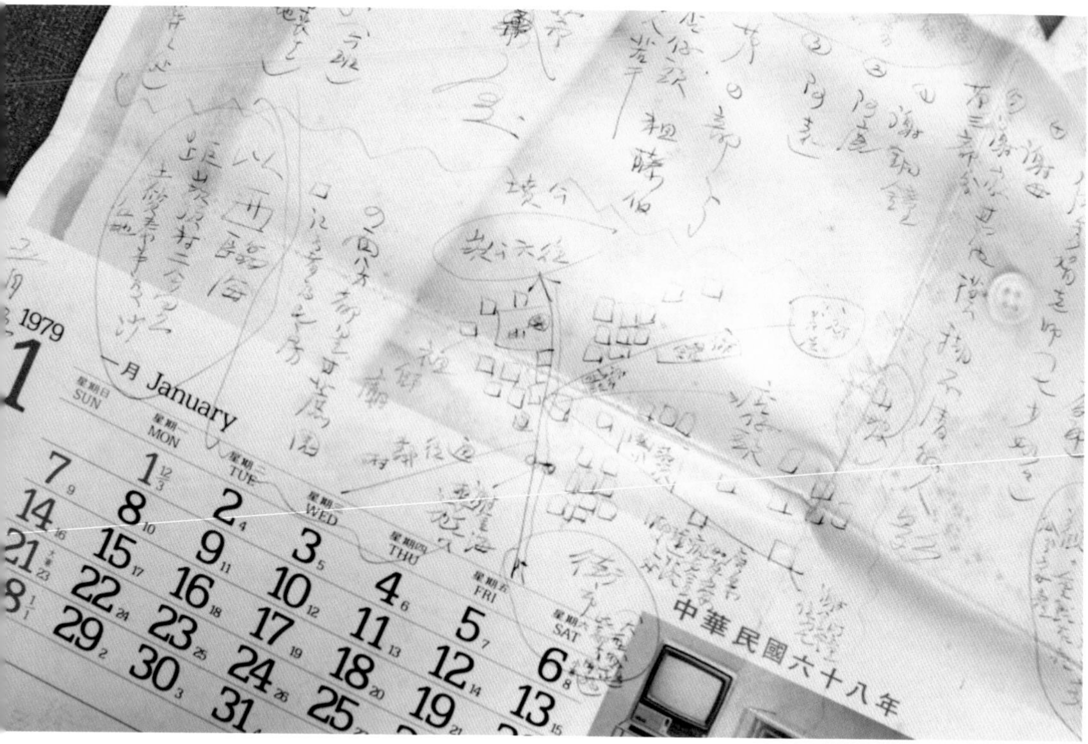

日帖仔紙一角，洪醒夫構思著，如畫地圖般清楚標示了「崁頂村」與周邊聚落、街市、海邊的相對空間。

時，便多多少少帶點都市氣味在身上，有些人甚至沾沾自喜地傳布給那些較少出門，甚或猶未出過遠門的鄉人，讓他們理解城市，想像城市，或在自己的心目中塑造城市的形象。

——〈無賴〉殘稿

有關主角住家「謝公館」，對洪醒夫而言，同樣是信手拈來的見聞。他在紙上框出一段註記，「破敗之謝家亦即農業家庭之破敗……重點在於瓜分家產」。那是七〇年代以降的彰化農村，子弟出走、鄉野的生活方式日漸凋零的景況，在這個意義下，崁頂村似也可以是二林的任何庄頭，直至今日。有著木

二林的人們，特別是年輕人，終究還是無可挽回地流向都市。洪醒夫知道，自己也曾是這樣的青年。（何經泰攝影）

麻黃大道、廣袤的田野、務農維生的洪三謝四，仰望著遠方鬧熱滾滾的都城，臺糖甘蔗園仍在，聲勢卻已大不如前。萬合仔的大排沙農場遭到中科四期徵收後，淪為數百公頃的空蕩閒置地；相鄰的萬興農場，也已被精密機械園區覬覦多時。如同無賴所描述的一般，工商業的氣息往偏鄉小鎮節節進逼；二林的人們，特別是年輕人，終究還是無可挽回地流向都市。

洪醒夫知道，自己也曾是這樣的青年。

鄉土知識分子洪醒夫斯基的最後時光

作為家中唯一的讀冊囡仔（gín-á），一九四九年出生的洪醒夫，也如其他鄉下學童一般，邊趕牛、邊念書。從風頭水尾的二林一路過關斬將，考上難如登天的臺中師專。成為老師的他，沒因此放棄一口草地的姦撟（kàn-kiāu），宛如發洩了經歷城鄉差距、產業轉型的痛楚。到臺中任教後，他仍然寫二林人、作穡人（tsoh-sit-lâng）的自卑與勤懇，也寫農村晦暗的一面。鄉土文學論戰期間，洪醒夫默不作聲，只不斷以書寫的實作，耕耘這塊給他文學養分的風沙土地，就如幼時熟悉的水牛一般。

寫作大綱一旁，他抄下了宋澤萊（來自同為濁水溪流域的二崙，任教於福興國中）的電話、即將到彰師附工演講的日期。一九八〇年前後的濁水溪流域，除了洪醒夫、宋澤萊，還有吳晟（彰化溪州人，任教於溪州國中）、林雙不（雲林東勢厝人，任教於員林高中）等作家崛起，幾乎可說是農村文學的一輪盛世。

最遲一九七九年六月三〇日脫稿，
此期尚應完成長篇小說「師表」、
系列散文「田莊人」
——〈崁頂村的無賴漢〉寫作大綱

青年洪醒夫嚮往著舊俄文學關懷弱勢、尤其是貧苦農民的傳統，因此取過「洪醒夫斯基」的筆名。在日帖仔紙上構思〈無賴〉的這年，是他寫作風格漸趨成熟的時期，代表作《田莊人》出版在即。就在二林作家邁力追趕俄國文學，可以預見的大鳴大放將要到來之際，三十出頭的洪醒夫卻過早面對了生命的結束。

一九八二年七月二十九日夜間，安迪颱風來襲。洪醒夫剛結束與黨外好友的熱炒聚會，從臺中搭計程車趕回神岡。狂風暴雨的途中，一行人遭遇車禍，坐在副駕駛座的

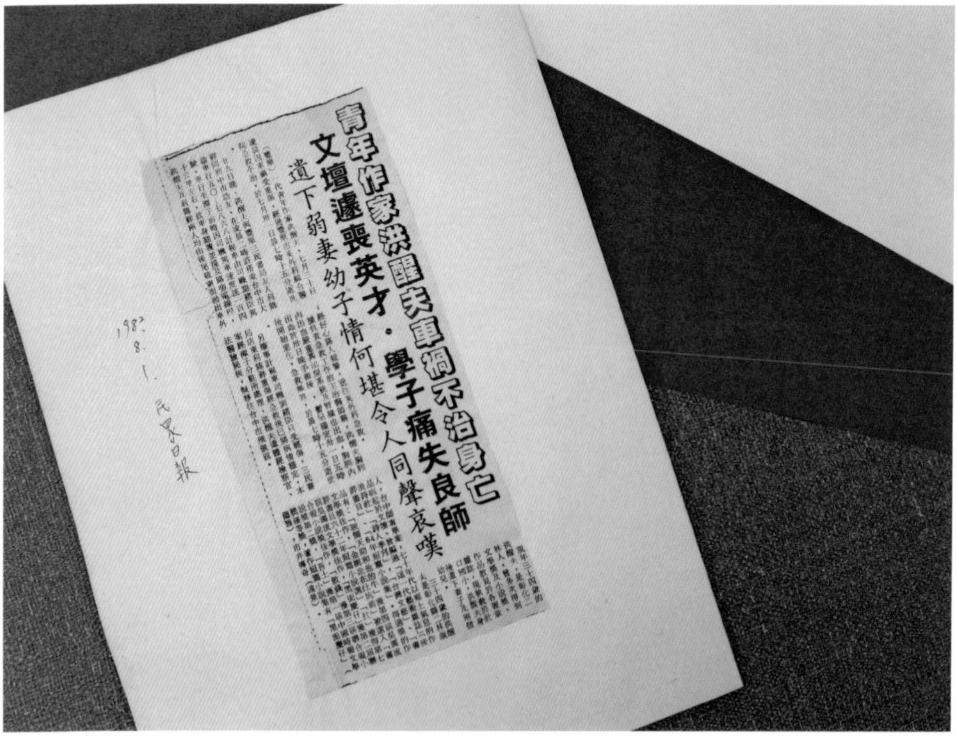

1982 年 7 月 29 日夜間，洪醒夫遭遇車禍身亡，小說〈無賴〉再也無法完稿。（莫渝捐贈）

他肝臟破裂身亡，再也無法完成當時已嚴重拖稿的〈無賴〉。

透過這份略顯潦草、留下許多錯愕與哀傷的寫作大綱，我們無從得知謝公館的命運將會走向何方。就如同沒有人知道，七〇年代尾聲的濁水溪會把農村的未來帶去哪裡。

作家小傳

洪醒夫 1949—1982

彰化縣二林鎮人，本名洪媽從。臺中師專畢業後，任教於神岡社口國小等校。他以身為「農民作家」而知名，又因見證了臺灣產業轉型階段，小說中對於鄉村、農業的不公多有強烈的寫實與控訴色彩。如〈四叔〉中鄉下人進城的受辱經驗、〈吾土〉所描寫的貧窮農家血淚史，又或是〈跛腳天助和他的牛〉以過勞而悲情的耕牛側寫農民，藉由平實的文字深情凝視受壓迫者，發出知識分子的不平之鳴。

平澤平七《臺灣歌謠與名著物語》（臺湾の歌謠と名著物語）

林幼春主編《櫟社第一集》

蔡培火《十項管見》（CHA̍P-HĀNG KOÁN-KIÀN）

王白淵《荊棘之道》（棘の道）

林亨泰《靈魂的產聲》（靈魂の産聲）

張漱菡主編《海燕集》

陳秀喜《陳秀喜詩集》

張系國《昨日之怒》

紙張的方寸

書籍篇

08

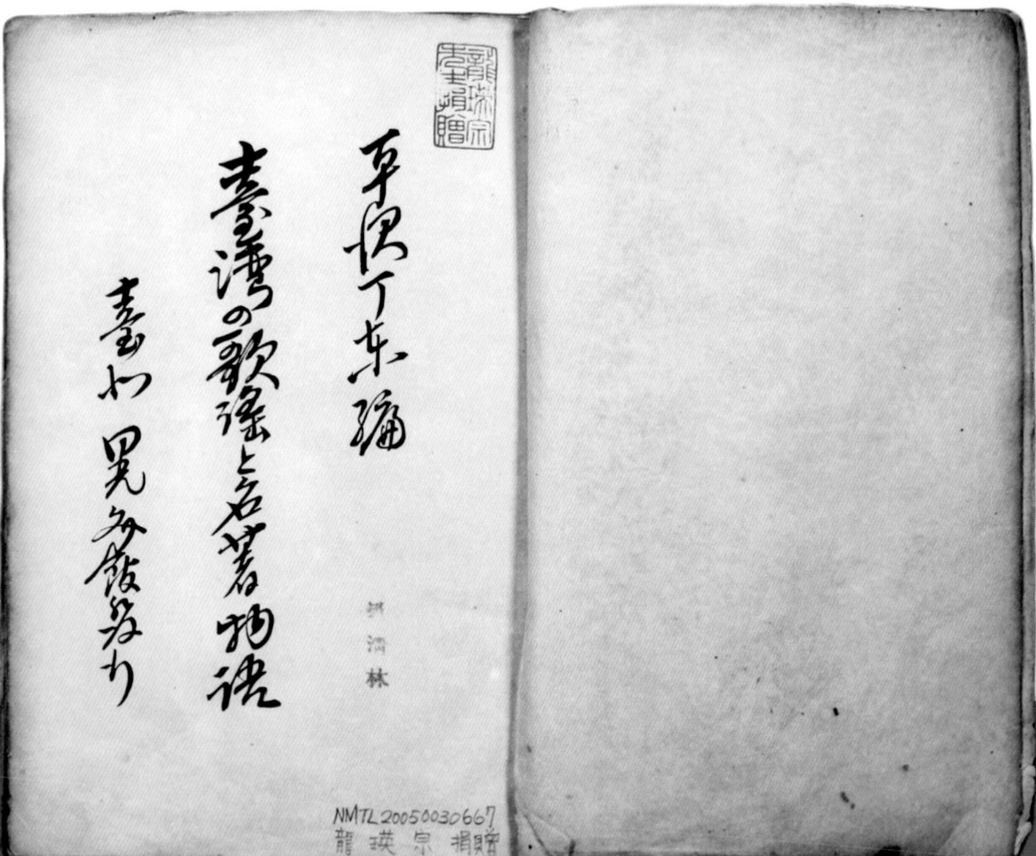

平澤平七《臺灣歌謠與名著物語》
（臺湾の歌謠と名著物語）

捐贈者／龍瑛宗

重要古物

一九一七桌來賓點唱

文 林廷璋

我們為什麼挑選這件藏品

遠在百年之前，島上的居民都按照過去的步調生活，日常作息中所哼唱的歌謠旋律，早已收納當時的風景人文，與那些口耳相傳的民間傳說，這不只成為人們閒暇時的娛樂記憶，同時也刻印著地方曾有過的軼事趣聞。

當象徵日治的前奏旋律響起，一位將這些視為瑰寶的先驅，踏上名為「臺灣」的南國島嶼，以自身的母語文字，將聽聞的歌謠與民間故事一一採集並收錄下來，編輯整理後，出版了一本歌謠精選的專書。要是沒有「他」的貢獻付出，我們或許還無法重現臺灣當時的地景與風土。

他的名字是——平澤平七。

首位採編臺灣歌謠和民間故事的日人

若要說起臺灣的往昔之美，每個第一次踏上這座島嶼的「外人」，總會為她如「南國美人」姿態的韻味所傾倒。除了適宜栽種各式花卉植物、水果農作的氣候之外，這座華麗的島嶼還收錄了多樣的語種聲腔、物質符號，或來自異國的建築工法與服裝樣式，但最終那些外來的文化軌跡，又與臺灣自身的土地人文相融合，匯流而成一條自成格局且獨特的滔滔川河。

一九〇〇年，語言學家平澤平七（丁東）來臺初期，先是擔任法院通譯，之後任職於臺灣總督府編修課，除了日語，他還精通漢文、客語和臺灣話。在現代，能像他一樣熟稔四種語言和文字的人，可說是極少數。

來臺之後，他對臺灣季節的更迭，以及各色景象所渲染出無窮的變化，深深感到著迷，甚至在《臺灣歌謠與名著物語・自序》中寫到，此地的驟雨夕陽、皎潔月色和樹下晚風，都是在內地完全感受不到的體驗。

為配合自一八九六年開始施行的臺灣風俗、舊慣與私法調查，平澤平七興起採集記錄臺灣歌謠與民間故事的念頭。那些看似輕鬆的曲調或平凡無奇的詞彙，在一個充滿浪漫情懷的語言學家眼中，或許就是帶著那麼一點奇異的光芒，然後折射出彷彿是來自另一個世界的奇幻光景。

以假名拼音標註，以優雅日文翻譯「臺灣之聲」

這冊在一九一七年由平澤平七負責編輯、臺北晃文堂出版的《臺灣歌謠與名著物語》，被認為是臺灣最早的歌謠專書，早於李獻璋的《臺灣民間文學集》。裡頭所蒐集的歌謠與民間故事，主要採錄自當時的北臺灣，包括艋舺、大稻埕、劍潭、淡水、新莊、板橋和基隆、三貂等，約兩百首以上。

精選收錄的內容分為三個篇章：〈臺灣的歌謠〉、〈臺灣的昔譚〉以及〈臺灣的小說〉。他首先將採錄到的臺灣歌謠細分成「俗謠」和「童謠」，共計兩百五十七首。俗謠大多為七言四句的「閒仔歌」，依照每一首前兩句的文字內容，又可再區分成植物、天象、地物、動物、人物等五類；而臺灣的童謠，在形式上與

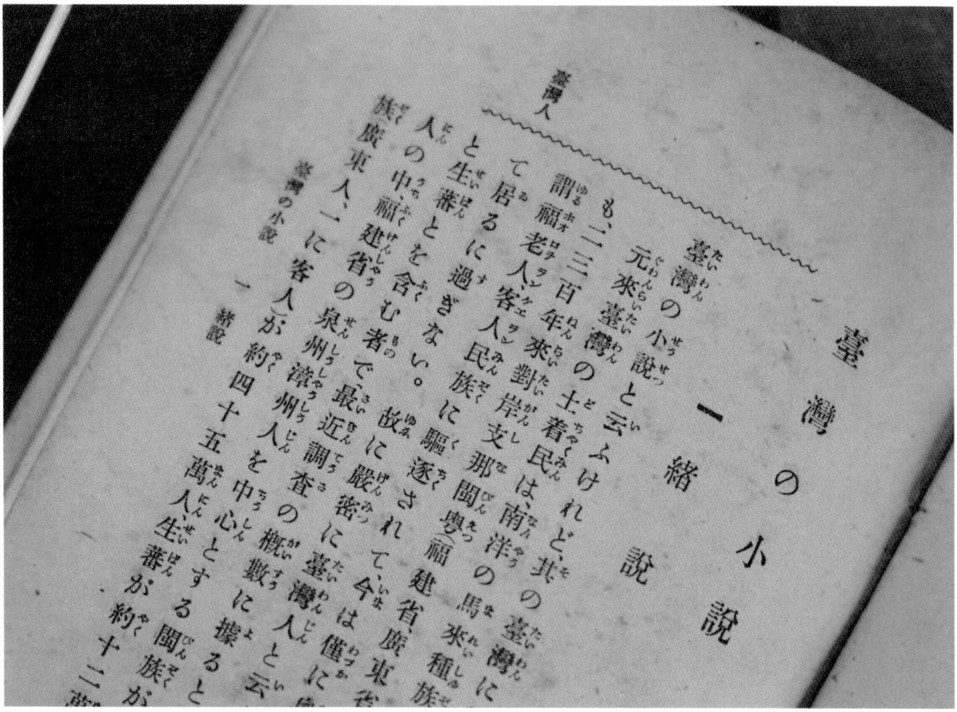
臺灣の小說

一　緒說

臺灣の小說と云ふけれど、其の臺灣に
元來臺灣の土着民は、南洋の馬來種族
も、二三百年來對岸支那閩粵(福建省、廣東省
謂福老人、客人民族に驅逐されて、今は僅に
て居るに過ぎない。故に嚴密に臺灣人と云
と生蕃とを含む者で、最近調查の概數に據ると
人の中、福建省の泉州漳州人を中心とする閩族が
族廣東人一に客人が約四十五萬人生蕃が約十二萬

臺灣人

臺灣の小說　一　緒說

《臺灣歌謠與名著物語》分為〈臺灣的歌謠〉、〈臺灣的昔譚〉及〈臺灣的小說〉三個篇章。

一般童謠雖相差不遠，但曲調較高，速度也較為輕快，與日本童謠邊玩邊唱的方式又不太相同。

當平澤平七重新「演繹」這些臺灣歌謠時，特別在每個漢字旁邊，以日文假名標音，並將歌謠中的意涵翻譯成日文的文句。雖說他還無法百分之百地將歌謠文字背後的韻味給標註出來，卻已是最接近原文的一次詮釋。

嘗試從聽聞的傳說中，找出臺灣獨有的故事

在〈臺灣的昔譚〉中，平澤平七挑選收錄了〈上天都知道〉、〈豬的看守人〉、〈白賊七〉、〈山裡的和尚〉、〈林本源的前生〉、〈十個天賜兒〉、〈李五〉、〈祝英台梁山伯〉等八篇臺灣的民間傳說，這些民間文學的主題，多半是帶有道德勸說意圖的警世故事，抑或是以智取來化險為夷的鄉里傳奇。

〈臺灣的昔譚〉中收錄了 8 篇臺灣的民間傳說，多半是帶有道德勸說意圖的警世故事，抑或是以智取來化險為夷的鄉里傳奇。

他自己特別提到，在內地母國比較常聽到像是山的起源或是地藏王菩薩的傳說，但像是講述臺灣知名的林家如何從平凡人崛起後致富的奇聞，是非常有趣的例子，便一併收錄其中。而在最後一章〈臺灣的小說〉中，則收錄作家創作的內容，分為「緒說」、「佳人才子物」、「史傳物」、「神怪物」、「裁判物」、「凌閒瑣談物」、「淫靡物」，光是這樣的類別取向，就已能想像內容的精彩多樣。

百年過去，網路為我們帶來了便利，卻也帶走了一些記憶與真實。人類若不繼續繁衍，或許就走向滅亡；「語言」若不被傳承或使用，終會有消失的危機。倘若「歌謠」和「民間故事」不再被傳唱，那我們所生存的這個世界，又將會失去多少色彩？我們是否還能再聽見記憶中母親哄睡幼子的搖籃曲調，或是鄰里村鎮中的耆老長輩曾經說過的俚語傳說？

下一個百年來臨之前，請讓我們循著前人的歌譜，再唱一段往昔的歌謠。

作家小傳

平澤平七

生卒年未詳

因擅長漢文、臺灣話和客語，1900 年來臺擔任法院通譯，後任職於臺灣總督府編修課。為配合 1896 年開始的臺灣風俗、舊慣與私法調查，以及 1901 年後該調查的制度化，平澤投入考察，更推動日籍警察以臺灣話、客語與臺灣居民溝通的訓練。1917 年，平澤將其蒐集的臺灣歌謠、故事及相關研究稿件集結出版，成為首位研究臺灣歌謠並發表相關研究論文、專書者。

09

林幼春主編《櫟社第一集》

捐贈者／陳雲程

櫟社與它並不廢材的文青夥伴

文 徐淑賢

我們為什麼挑選這件藏品

當臺灣步入日治時期，過去孜孜向學、為求功名的傳統文人，一夕之間失去未來的舞臺，有些人選擇自我放逐，有些人選擇重新磨合，也有一些人秉持所學帶動潮流，一九〇一年成立的櫟社便是一個以此自許，以古典文學帶動日治時期臺灣詩社、詩人交流，並對時代具有高度感知與關懷的古典詩社。

櫟社組織嚴謹，成員互動密切，更有記錄詩社活動的意識，不僅多次在詩會時透過攝影為詩社成員留下紀念，更在成立十、二十、三十、四十週年時，皆舉辦頗具意義的紀念活動。這冊《櫟社第一集》，正是櫟社二十週年時集結三十二位社友的作品集，更錄有創社成員與歷來重要社員的照片，展現了櫟社活躍期的活動成果，為詩社留下了具里程碑價值的紀錄，也對我們今日理解日治時期臺灣古典詩社提供了重要資訊。

一身所學，已昨是今非

櫟社是日治時期臺灣最具代表性的詩社之一，一九〇一年由臺中霧峰林家林癡仙、林幼春、賴紹堯發起，取難以為人所用的櫟木為社名，比喻政權轉移後的臺灣傳統文人，一身所學已昨是今非。

若僅僅用莊子於〈人間世〉篇中對櫟樹乃不材之木的理解，去認識這個與臺北瀛社、臺南南社三足鼎立的重要詩社，似乎只能看見在日本政權來臺後，創社者對自身學識再難施展的灰心與自我挖苦。但實際上，成員們的活力與彼此砥礪的心情，正在一次次活動中透露出來，包括舉行定期詩會、制定社則、選拔社長，甚至由社員往外與其他文友成立詩會、文會，再帶著這些組織回頭與櫟社互動等等。

大約自一九二〇年起，櫟社成員組織漸趨穩定，多次在林子瑾的瑾園（今臺中市東區大智路一〇四號）討論成立二十週年的紀念活動，一九二一年發行社員紀念章、一九二二年鐫刻二十週年紀念題名碑立於霧峰萊園，一九二四年印行社友詩選《櫟社第一集》。

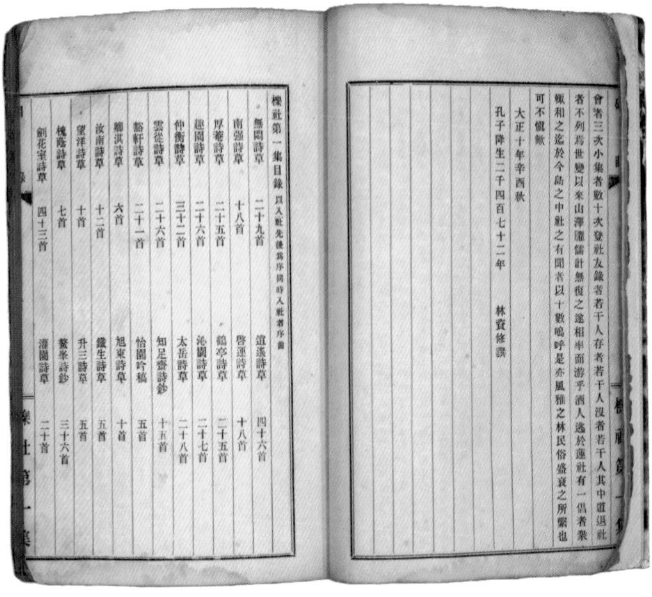

《櫟社第一集》收錄了包括連橫、林獻堂等32位故、存社友的作品，共617首。

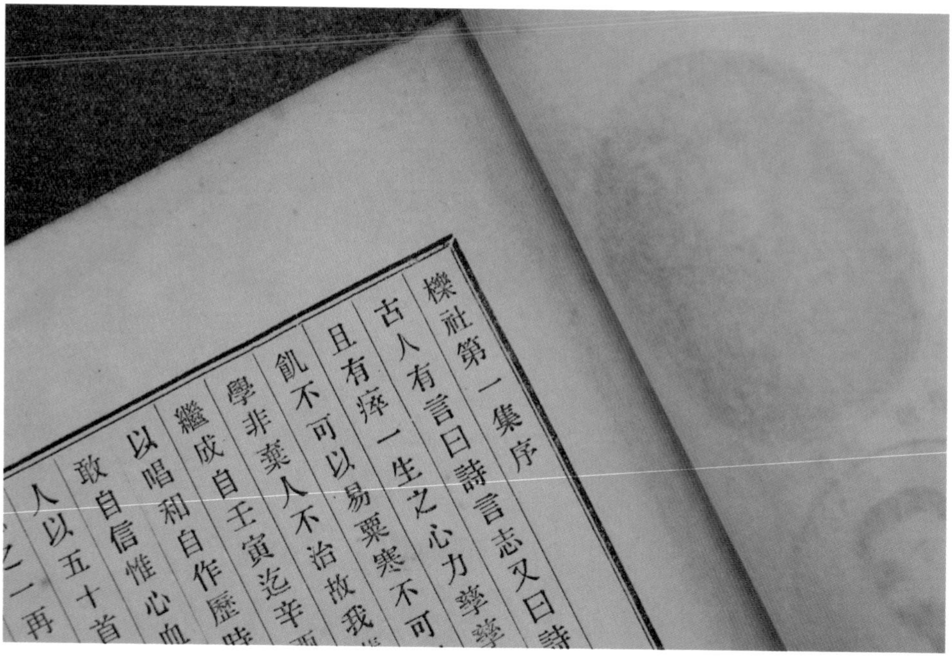

若把這本詩集放回 1920 年代的臺灣，它所存在的意義將完全不同。

《櫟社第一集》由傅錫祺蒐集、林幼春主編、陳懷澄題字，收錄了包括林癡仙、賴紹堯、林幼春、蔡啟運、呂敦禮、傅錫祺、陳滄玉、陳懷澄、林仲衡、莊太岳、莊雲從、張棟梁、王學潛、黃炎盛、鄭汝南、蔡惠如、林載釗、張麗俊、袁炳修、陳錫金、連橫、林獻堂、呂蘊白、林少英、蔡子昭、施肖峰、丁式周、林作敬、林耀亭、張玉書等三十二位故、存社友的作品，共六一七首。若單獨看待這樣一本臺灣傳統文人古典詩選集，或許會以為它不過就是一群過氣文人的取暖之作，但若將這本詩集放回一九二〇年代的臺灣，它所存在的意義則完全不同。

一九二〇年代的臺灣，正經歷第一次世界大戰後的民族自決風潮，也正在新文學、新文化、新風俗的革新與波動中，摸索自己的定位與可以發聲的方式和空間。

《櫟社第一集》刊印 300 冊，印有創社 20 年間的社友照片與社友的創作成果。

大力投入臺灣文化協會的林獻堂，正是櫟社創社者林癡仙的堂弟、林幼春的堂叔，自己也是櫟社的成員。

《櫟社第一集》的刊印，不僅是櫟社成員內部的紀念之舉，更是櫟社作為一個具有號召性的文化戰隊，在這麼多年的組織運作中再一次華麗登臺。此次刊印三百冊，印有創社二十年間的社友照片與社友的創作成果。透過將這些詩集分送全臺詩社與圖書館，櫟社使用在帝國控管的空間之中可以操作的手法，向文學與文化圈宣告成立二十週年的臺中櫟社所具備的文學動能和團隊運作能力。他們早在當今各種偶像團體產生之前，就已經有成立「文青」團體的意圖。

當然，這支華麗的「文青」團體，其實組成人員難以「青年」稱之。出生於一八七〇年代至一八八〇年代的他們，活到了一九二〇年代，多已四、五十歲，但也是這樣的年歲，使他們親身經歷改隸的動盪，在攜家人逃難遷徙、重建家園的過程裡，逐漸長成各自家族的中流砥柱。他們處於多重壓力的夾縫之中，既須面對殖民政權的監控管束，也須考量家族維繫的問題；在新文學開展的年代中，支援新知識分子，並推動臺灣議會設置請願運動與臺灣文化啟蒙等政治活動，更同時堅持文學創作，維持多年古典詩社運作，轉出一條古典文學與文化傳承的道路。

「其有樂從吾遊者，志吾幟」

只是這條路終究艱險難行，日本帝國在一九三七年盧溝橋事變爆發後，宣告臺灣進入戰時體制，有些詩人轉化各種典故潛伏於創作中，有些詩人則減少發表，然戰爭的嚴峻到一九四〇年愈趨轉烈，對於古典文學創作題材影響加劇，詩人們的處境愈見困難。

一九四三年秋天，櫟社為紀念創社四十週年出版《櫟社第二集》，卻遭沒收銷毀、禁止發行。根據鍾美芳口訪莊幼岳的紀錄，以及時任社長的傅錫祺收於《鶴亭詩集》中的創作可知，此集延續《櫟社第一集》習慣，選錄已故、生存社員共三十二人，合計五百三十一首詩。陳逢源曾留有一本，但如今也不知輾轉何方。在戰爭的高壓下，櫟社只能低調行事；戰後的櫟社成員雖有意重振，但終究因傅錫祺於一九四六年逝世，林獻堂於一九四九年以治病之名遠渡日本，復歸沉寂。

從櫟社與它的奮鬥夥伴漫漫四十多年來積極經營、投入各項活動的歷程，也許我們可以重新回頭思考林癡仙當年以「櫟」為社名，回推《莊子．人間世》的原文去探究他的深意。或許癡

櫟社所象徵的民間詩社活動，迄今仍然在保留在我們身邊，為推廣古典文學的認識與創作持續貢獻心力，勃發熱情。

仙期待的，正是透過櫟樹難以成材的外表，追求平穩生長至枝繁葉茂，以此轉換自己在人們心中的位置，成為有神靈意義的社樹。縱使因時代、因政治、因種種文學走向的變遷，這棵櫟樹最後還是被視為一棵無用之樹，湮沒在歷史之中，但「其有樂從吾遊者，志吾幟」。它所象徵的民間詩社活動，從北到南，迄今仍然在保留在我們身邊，為推廣古典文學的認識與創作持續貢獻心力，勃發熱情。

作家小傳

林幼春

1880－1939

名資修，字幼春，號南強，晚號老秋，臺中霧峰人。自幼聰穎好學，博覽群書，喜讀雜誌，學識新舊兼具而長於詩文，與丘逢甲、連雅堂並稱為日治時期臺灣三大詩人。1921年櫟社20週年社慶，林幼春負責撰寫櫟社20年題名碑碑文，主編《櫟社第一集》。

10

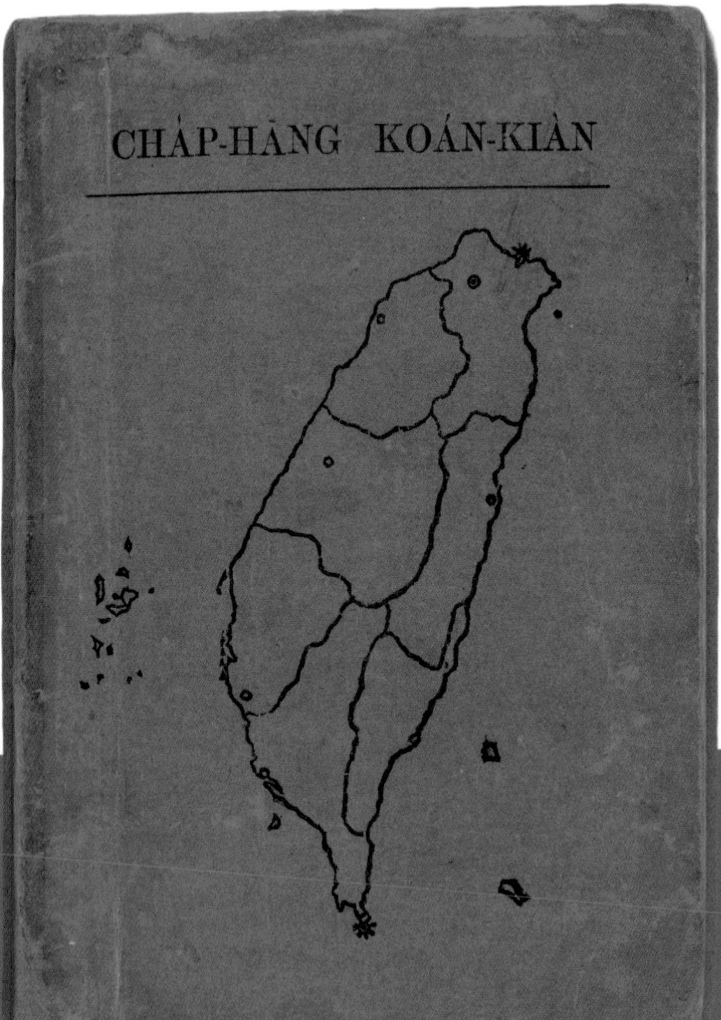

蔡培火《十項管見》
（CHA̍P-HĀNG KOÁN-KIÀN）

重要古物

我媽問我為什麼跪著讀

文 黃震南

我們為什麼挑選這件藏品

在網路上，常有些文章被鄉民（網路使用者）推文「我媽問我為什麼跪著看螢幕」，以誇張的方式表達對於文章的極度佩服。這樣的文章，舉證有實例、論說有條理、知人所不能知、言人所不能言，至少要這樣，才能令讀者心悅誠服說出「請收下我的膝蓋」；如果作者的論述發表時並不引人注意，若干時日後重新檢視，竟然不幸言中，這便不是雙膝一軟就能解決的，鄉民甚至會湧入文章頁面推文「朝聖」，將作者譽為「先知」。

今天，有一本書值得我們回頭「朝聖」，只是這一回頭未免也回得太遠——是一九二三年動筆、一九二五年出版的《十項管見》。作者蔡培火寫了十篇社論針砭臺灣的社會狀況，今日讀來，方知蔡先生根本先知一尊。好了，穿好護膝，來翻翻這本書吧。

先猜猜看，「管見」是什麼意思？是「管見」喔，不是管仁健，更不是管仲的意見。

「我是將我所有感覺著，閣再是上第一愛代先佮同胞參詳斟酌的代誌，分做十个題目寫佇遮[1]（我將我心有所感，並且是首要先和同胞們斟酌商量的事情，分成十個題目寫在這裡）」，蔡培火在《十項管見》的自序中，如此表達這本書的主旨。他自己或許不知道，這本書的出版，締造了臺灣歷史上第一本白話字社論專書的紀錄，從此在臺灣文獻上留名。

身在知識金字塔頂端的蔡培火卻相當低調，謙稱這本書不敢說是要讓大眾增加多少知識的，只不過是表達他個人的淺見，拋磚引玉希望大家討論臺灣的現況罷了。經過研究討論，大眾方知辨別真假、好壞、美醜，這才是「學問」。讀理科的蔡培火，很喜歡像這樣做邏輯推論說理，例如：「總是毋通講：溪水是一去無回頭（中略）溪水流到海裡的中間，著受日頭曝燒，對按呢水就變做水煙衝上天頂去，水煙佇天頂見著冷風，就閣變成水交落對山頂地面來，這就是叫做雨。」用台語講解「水循環」耶，沒聽過吧？因為水會循環，得證：常言說「河水一去不回頭」這句話是錯的，可見他理科人的硬邏輯。

為什麼要在這個時間點推行「學問」？臺灣總督府推行新式教育，不是頗有

1 引文原用「白話字」，即教會使用的台語羅馬拼音，筆者將之譯為漢字。

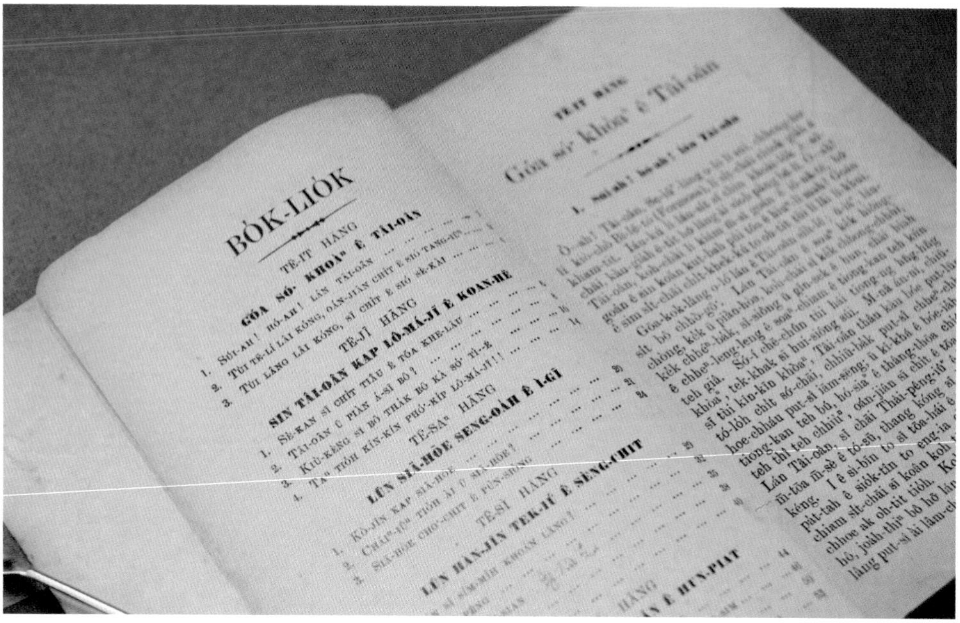

蔡培火將眼光放在「社會教育」上，推行不必學漢字的「白話字」快速識字法，讓文盲在幾個月內快速學會讀書寫字。

績效了嗎？事實上，臺灣人的日文理解率要突破百分之五十，是一九四〇年之後的事。在他動筆的彼時，他估計臺灣人中受過舊式教育的人約剩十萬，受新式教育的人可能還不到十萬，合計全島臺灣人中，受過教育者最多只有二十萬，整個社會可謂離「現代文明」還遠得很。尤其是島上二、三十歲的社會中堅，反而是小時候沒錢讀漢文、長大來不及學日文的一群文盲。由這樣的人掌握臺灣社會？快逃啊！

因此，蔣渭水曾寫了膾炙人口的〈臨床講義〉，診斷臺灣社會的問題是「智識的營養不良」；蔡培火則將眼光放在「社會教育」上，推行不必學漢字的「白話字」快速識字法。因為不必學漢字，省下大量習字時間（想想我們小學寫了幾年生字簿吧），能讓文盲在幾個月內快速學會讀書寫字，是掃除文盲的特效藥。

白話字原本是在教會裡面，讓外國傳教士快速學會台語，也讓臺灣一般民眾快速識讀《聖經》的工具，終於突破同溫層，走出教會推廣給社會大眾，蔡培火可以說是關鍵人物。這本《十項管見》的出版，不只是臺灣社會運動的敲門磚，也是台語文學的問路石。

哈伯望遠鏡等級的「管見」

臺南新樓書房的出版品一向離不開教會，這本《十項管見》卻難得地與教會無關——更何況蔡培火還是虔誠的教徒。這本書沒有藉社論之名偷渡傳教，十個章節分別是〈我所看的臺灣〉、〈新臺灣佮羅馬字的關係〉、〈論社會生活的意義〉、〈論漢人特有的性質〉、〈文明佮野蠻的分別〉、〈論女子的代誌〉、〈論活命〉、〈論仁愛〉、〈論健康〉、〈論錢銀的代誌〉。這些社論並非蔡氏紙上談兵、夸夸其談而已，熟讀蔡培火日記的人自然可以察覺《十項管見》的「理論」與他日記中「實踐」的連結。例如一九二九年四月二十二日的

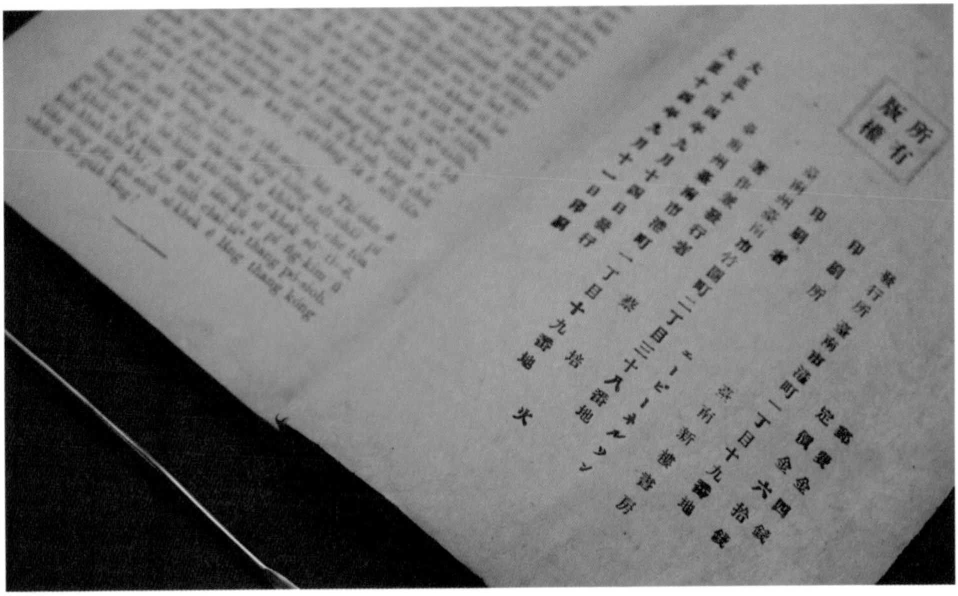

| 臺南新樓書房的出版品一向離不開教會，這本《十項管見》卻難得地與教會無關。

日記：「下晡四點佇武廟翕記念寫真，婦人人較濟驚見笑無參加。毋知著到底時才會通悉婦人人佮查埔人平坐徛!?」可說是延續〈論女子的代誌〉的男女平等思想；一九三〇年十月三十一的日記：「新聞報講霧社的山內人反亂，刣死能高郡守以下日本人兩百外人。」不稱原住民「番仔」、「生蕃」而叫「山內人」，與〈我所看的臺灣〉尊重原住民的呼籲一致。第一章開篇首句「喔啊！臺灣，西洋人呵咾你婧，稱呼你叫做美麗島」的讚嘆，更寫進他一九二九年創作的流行歌曲〈咱臺灣〉中：「遠來人客講你婧，日月潭，阿里山……」

一開始要大家猜的小謎題：「管見」是什麼？「以管窺天之淺見」也。蔡先生您太客氣了。我們看看《十項管見》這段：「我敢講，臺灣是一個人種的展覽會場。世界若會現出平和，我想著對臺灣代先；通講咱臺灣是世界平和、人類和好的試驗所。」換句話說，他認為以臺灣族群之複雜，若能不紛爭，世界早就和平了！這已經不是淺見了是先知啊，如果這真是「以管窺天之淺見」，蔡培火你窺天的那個管至少是哈伯望遠鏡啊！

蔡培火將〈我所看的臺灣〉第1章開篇首句寫進他1929年創作的流行歌曲〈咱臺灣〉中。（林章峯捐贈）

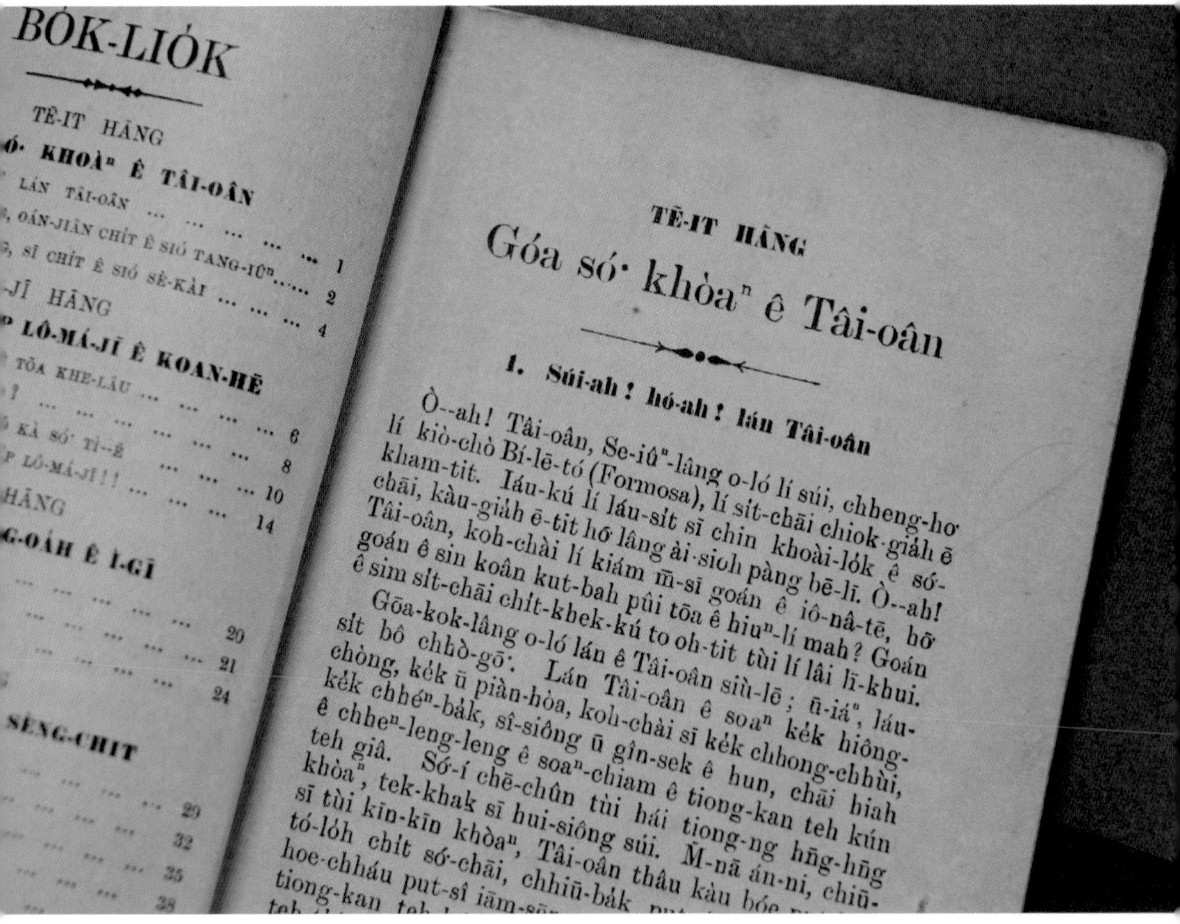

｜如果《十項管見》是「以管窺天之淺見」，那麼蔡培火窺天的那個管至少是哈伯望遠鏡！

作家小傳

蔡培火

1889 — 1983

雲林北港人，號峰山。臺灣總督府國語學校師範部畢業，1914 年加入同化會，隔年被任教學校革職，在林獻堂資助下赴日深造，就讀東京高等師範學校理科二部。留日期間加入教會，擔任臺灣人第一份社論雜誌《臺灣青年》主編，提出「臺灣乃帝國之臺灣，同時又為我等臺灣人之臺灣」，後成為社運名言。返臺後曾加入臺灣文化協會、臺灣議會設置請願運動、臺灣民眾黨、臺灣地方自治聯盟等團體，為日治時代專業社會運動家。二戰時赴中國推行日華和平運動，戰後加入國民黨返臺，任立法委員、政務委員、紅十字會臺灣省分會會長等。

11

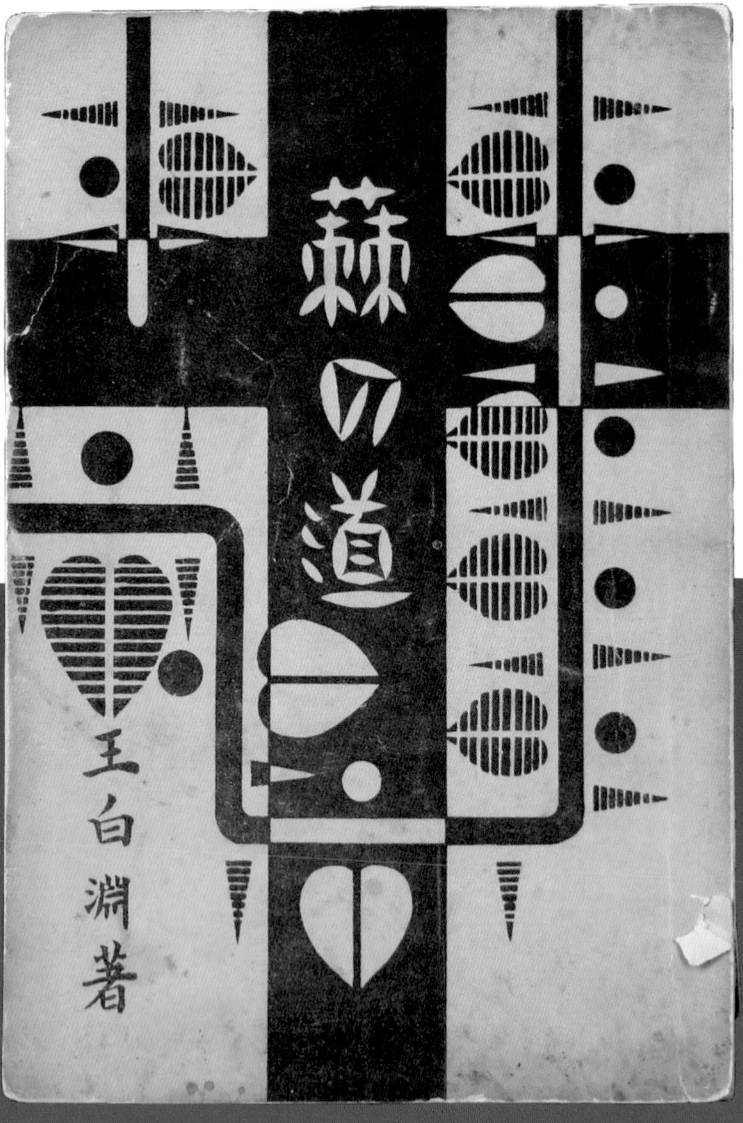

王白淵《荊棘之道》（蕀の道）

捐贈者／龍瑛宗

覺青王白淵的第一哨

文 劉怡臻

我們為什麼挑選這件藏品

王白淵過世後，王昶雄曾寫過一篇文章紀念他，說王白淵是不折不扣的文化人，可是他不是文人；他是書生，但並非弱不禁風、細皮肉白的書生。

王白淵將觸角延伸到文化的每一個環節，從美術出發，寫詩、撰寫評論、著史，如謝里法所言，「他的文學創作與社會運動，已經離開美術的單軌好遠好遠」，王昶雄讚賞這就是書生本色，文人辦不到的，書生卻辦到了！

《荊棘之道》是王白淵的第一本詩文集，彷彿預言似地，出版以後，他的人生走上真正的荊棘之道。如今看來，這作品其實成了臨行餞別禮。從臺灣負笈東京，於不同政權變遷下，在盛岡、上海、臺北分別進過多次牢獄的王白淵，從此不曾提筆寫詩。

細細爬梳史料，會發現戰後積極參與建設臺灣新文化運動時的他，反覆提及詩文集裡頭的「佇立揚子江」和「蝴蝶」，並且自行翻譯詩作，顯然這本謝春木口中的一帖「清算藥」吞下後，王白淵還持續咀嚼著。相較於白色恐怖時代，在牢獄中的他所留下的三行短歌多半為心情歌詠，《荊棘之道》詩文集裡，則充滿對人生和自然的諦觀、對理想鄉的憧憬。

從他曲折顛簸的人生路來看，這部詩文集，反而是種類似北極星般的存在，不得不蟄伏於地底時，黑暗中能遙望的那顆北極星。終究，艱苦很多年的王白淵，並沒有等到暗暝過去，《荊棘之道》反倒成了他留給臺灣後輩窺看的天光。

泛黃照片中的人梳著帥氣的髮型，穿西裝打上領帶側坐，是少數能找到的年輕時代的王白淵照片，背面留著兩行字「一九三〇年攝影」、「學兄澄波惠存」，連同詩文集《荊棘之道》一起寄到上海的國語師範學長陳澄波手上，這張照片還珍藏在陳澄波文化基金會裡。

詩文集封面由紅色十字架、三角形、切半的愛心等幾何圖案所構成，一共只有黑、紅、白三色，紅色十字架上突出「棘の道」三個日文字，字體也和畫面中的造形感合而為一，令人立刻聯想到一九二〇年代俄國前衛藝術家馬列維奇的十字架。在馬列維奇的至上主義風格裡最常運用的黑、紅、白分別代表極致、活力和純粹，恰恰都出現在王白淵的詩文集封面上，透過純粹造形想要表達對傳統的反叛之心，呼之欲出。[1]

這本臺灣文學史上第二本日語詩文集《荊棘之道》，於一九三一年六月在日本岩手縣盛岡市誕生，裡頭集結王白淵旅日八年的思想結晶，內容包含六十四首詩、兩篇論文、一篇短篇小說及一篇日譯的劇本。他的盟友、也是臺灣第一批留日知青謝春木，在序中說「這是一帖清算用的苦藥」。

1 編按：此版本現存於陳澄波文化基金會，臺文館所典藏為單色版本。

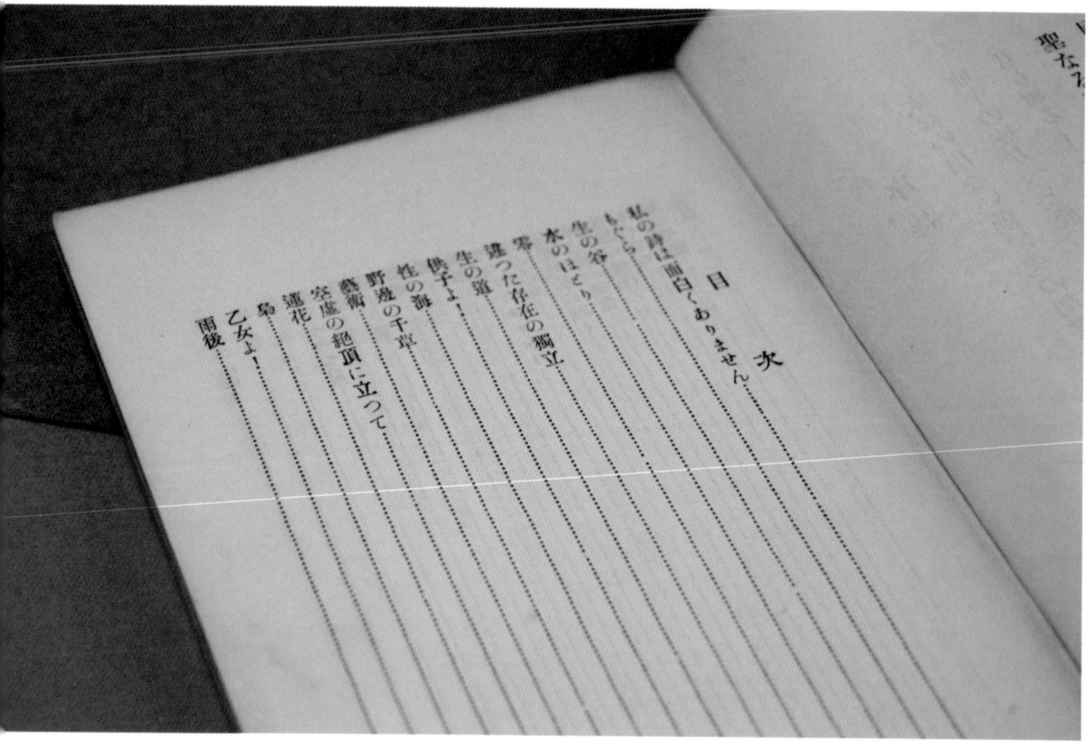

臺灣文學史上第二本日語詩文集《荊棘之道》，於 1931 年 6 月在日本岩手縣盛岡市誕生，集結了王白淵旅日 8 年的思想結晶。

> 《荊棘之道》是他二十九歲前生活的反映，同時又說明著他要往哪裡去，與其說是他，不如說是他所屬的社會更妥當。在殖民地長大的我們，特別是站在兩重的荊棘之道，但要掃開它只有一條路而已，那條路是什麼呢？在這裡我不必明言，但我們需要大家團結起來，踏入荊棘之道，而掃開它。

王白淵在謝春木的眼裡，一直像是隻天真無邪的小鳥，來到東京求學以後才真正地覺醒，目光從美術轉向到文學、政治。

在王白淵還活在他的象牙塔裡時，師範同學謝春木已耽讀歌德的《浮士德》，質疑殖民統治。

他們曾在畢業時拍過 cosplay 照，王白淵扮演一個穿西裝的女人，有同學扮算命先生，有同學扮卓別林，謝春木則穿著一身臺灣服，騎著腳踏車，擺出要出發的姿勢，車後方還放著一個牌子，寫著「提高臺灣文化」，前面扮演日本警察的同學擋著不讓他走，提著一張牌子寫著「不，再等一些罷！」的字樣。

這張照片，王白淵留學東京時也隨時帶在身上。《荊棘之道》封面上的十字架，以黑、紅、白構成的元素所訴諸的，就是對「不，再等一些罷！」的抗議。

他們無法再等下去了，不惜冒險流血，也必須前進。

思索從這塊岩石滑向另一塊
思緒從這波浪移往另一波
接連叩響生之門
縫隙流瀉而出的光影裡完全忘卻我自己
當鮮紅的一滴血落於生之白紙上
我的詩因此誕生
在滿布荊棘的道路上摸索前進
經過愛之森林

穿越生之沙漠
泳渡生命之河
抵達驚異之里時
我的詩不可思議地現出一片黑色
——〈不同存在的獨立〉

如這首作品代表的，《荊棘之道》的詩作大多屬於這樣探索生命意義、思索宇宙萬象的哲理詩，反映出大正生命主義潮流和人道主義的底蘊。作品中看得見來自米勒、盧梭、拜倫、葉慈、老子、孔子等國內外思想家哲理背後刻鑿的痕跡，也能從中知曉王白淵關心的當代思潮，一九二〇年代獲諾貝爾文學獎的泰戈爾、羅曼．羅蘭和伯格森都對他產生很大的影響。

薔薇靜靜盛開
在無言之中凋零
詩人沒沒無聞地活著

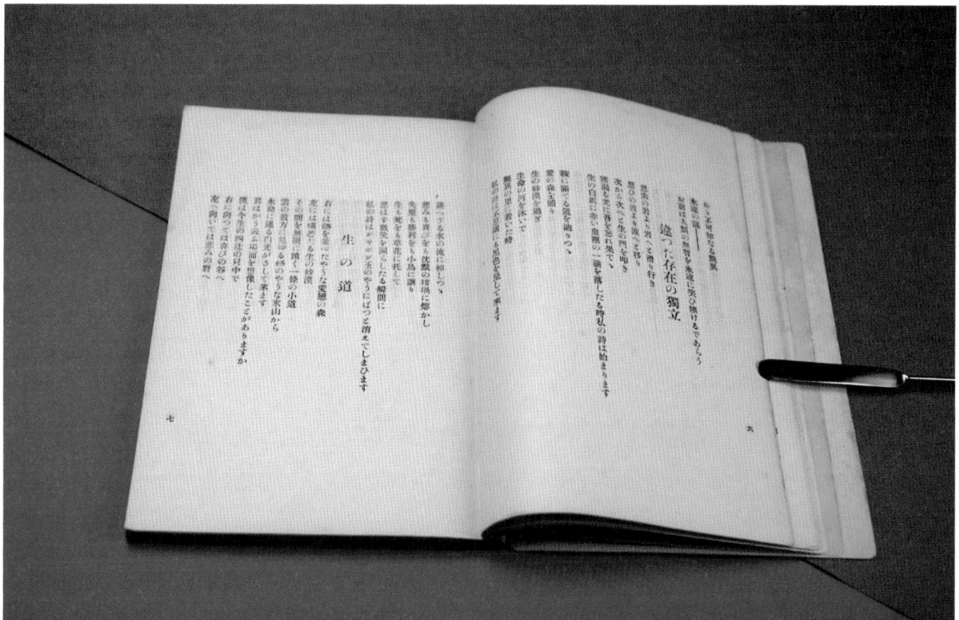

《荊棘之道》的詩作大多屬於探索生命意義、思索宇宙萬象的哲理詩，反映出大正生命主義潮流和人道主義的底蘊。

吃著自己的美而死

蟬在空中唱歌
不問收穫就飛走
詩人於心中寫詩
寫了又擦去

月獨自行走
照亮夜的黑暗
詩人孤獨地吟唱
訴說萬人的胸懷

這首最為後人所知的〈詩人〉，是王白淵一九二五年九月發表在東京美術學校《校友會月報》上的作品，相較於同年代臺灣人如王宗英、張耀堂或謝春木在一九二〇年代所發表的日語詩

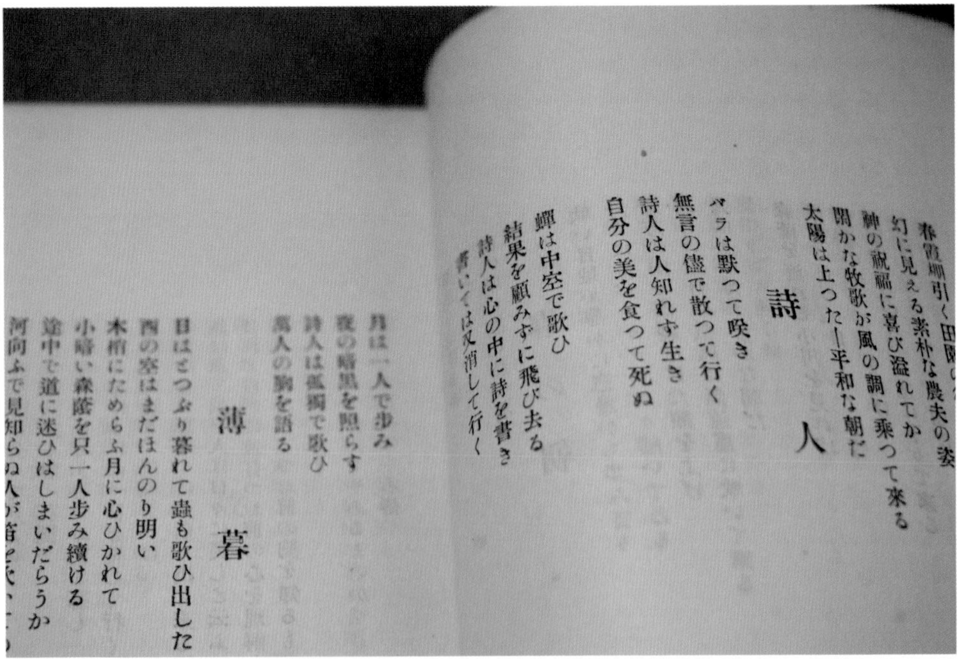
春霞棚引く田園の
幻に見える素朴な農夫の姿
神の祝福に喜び溢れてか
閑かな牧歌が風の調に乗つて來る
太陽は上つた—平和な朝だ

詩　人

バラは默つて咲き
無言の儘で散つて行く
詩人は人知れず生き
自分の美を食つて死ぬ

蟬は中空で歌ひ
結果を顧みずに飛び去る
詩人は心の中に詩を書き
書いては又消して行く

月は一人で歩み
夜の暗黒を照らす
詩人は孤獨で歌ひ
萬人の胸を語る

薄　暮

日はとつぷり暮れて蟲も歌ひ出した
西の空はまだほんのり明い
木梢にためらふ月に心ひかれて
小暗い森蔭を只一人歩み續ける
途中で道に迷ひはしまいだらうか
河向ふで見知らぬ人が

〈詩人〉是王白淵 1925 年 9 月發表在東京美術學校《校友會月報》上的作品，文體接近成熟的口語自由詩，用字遣詞淺顯易懂。

來說，王白淵的文體接近成熟的口語自由詩，用字遣詞淺顯易懂，題材、取譬、構句的組合上，明顯承襲自在英美文壇成名，回國後掀起詩壇浪潮的野口米次郎。「薔薇吃著它的美而死。詩人以他的詩為糧食……」爬梳野口米次郎的作品，竟也跳出這麼一首同樣名為〈詩人〉的詩！

拉開荊棘之道的序幕

翻開《荊棘之道》，不只詩作，還收錄戲作〈偶像之家〉、論文〈詩聖泰戈爾〉、〈甘地與印度的獨立運動〉，王白淵在這兩篇論文裡，批判帝國主義與西方物質文明的病態，倡導亞細亞的文明復興。同時，也對當時的日本發出警鐘。

> 明治維新以後嫁給歐洲的日本，也被迫重新評價她曾經捨棄的娘家亞洲。屏除印度和支那，將無法思考日本。（中略）支那大陸上生成的文化和印度森林裡誕生的文化，傳到日本後結下最美麗的果實。在這意義上，日本可說是東洋文化的寶庫。朝世界發展的日本，必須再次重新評價亞洲的意義在此。高唱「亞洲是永遠的過去」的黑格爾，是何等目光短淺的御用學者啊！

他認為新興日本就這樣遺忘印度，只將中國當成榨取對象，甚至還支援英國，阻撓印度的獨立運動，是亞細亞復興運動上的恥辱。

王白淵在詩文集最後詩篇〈佇立於揚子江邊〉中，更是高昂地寫下對革命、新中國的期待：

老子冥想孔子教訓，
貴妃結夢的過去呀，
葬了罷！把一切的過去葬了罷！
連同封建的殘渣與殖民地的壓迫
青年中國與揚子江同時振羽兒而醒了！
未開的千年扉，
揚子江啊！揚子江！
曙光訪問到了偉大的揚子江，
孕育著赫赫的光輝——（節錄）

這樣激昂憤慨的詩文集出版後，得到在日留學青年們的共鳴，王白淵因而與林兌、張文環、蘇維熊、吳坤煌等人組織成「東京臺灣人文化同好會」，歷經一回解散後，鍥而不捨又組成「臺灣藝術研究會」，發行同人誌《福爾摩沙》。

王白淵等同人在「東京臺灣人文化同好會」解散後，又組成「臺灣藝術研究會」，發行同人誌《福爾摩沙》。（黃得時捐贈）

沒想到詩文集的標題一語成讖，等著王白淵的人生荊棘之道，出版後才拉開序幕。他先因「東京臺灣人文化同好會」成員參與遊行，遭逮捕而被革職，離開妻女與盛岡，輾轉到東京、上海、四川，又因參與戰時的地下情報工作，遭日本政府以「抗日分子」之名逮捕，回臺灣坐牢。

無法與臺灣夥伴一起奮鬥期間，《荊棘之道》點起的火苗，仍然在同世代文青詩作裡燃燒、接棒，《福爾摩沙》同人將對王白淵的推崇和尊敬都表達在詩作裡。

「踏出永遠昏暗的路吧／尋求一線眾生的光吧／負了殖民苦難的重架／故鄉／永開冥門的扉吧／看過苦難的荊棘之道／雖會流出多少辛酸血淚／故鄉呀　步步　探索勇敢求取／為你子孫代代的榮光。」（巫永福自譯）巫永福這首詩作〈故鄉〉，可見對當時離開東京赴上海的前輩王白淵的呼應，他在戰後也曾公開表示王白淵是他最愛的臺灣詩人。

鹽分地帶詩人吳新榮也寫下日文詩：「從思想逃開的詩人們呀／別說什麼為擁護詩的本質而討論／如果不明白就問前行的人吧／雖然可能得不到什麼回覆／若是如此，

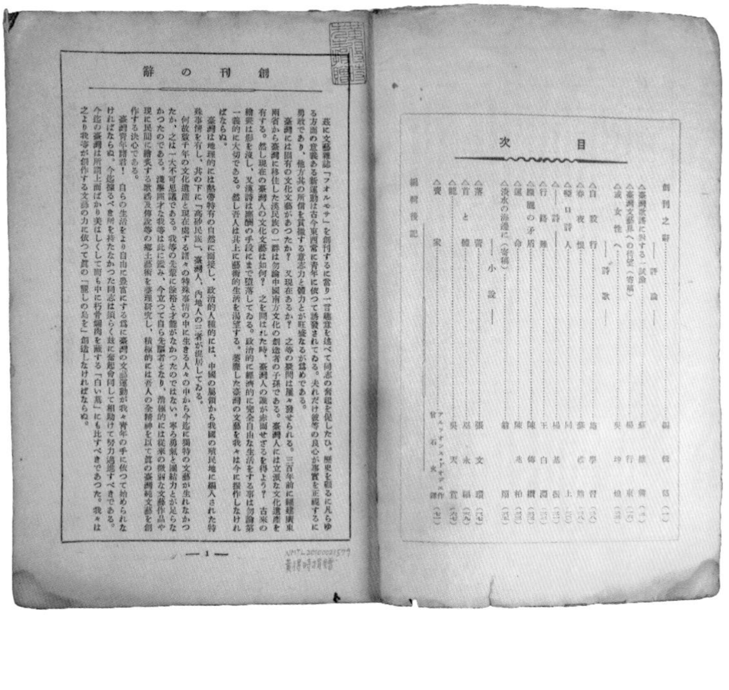

就問自己的胸膛與心／迸發著溫熱血流的這肉塊／從誕生於地的那瞬間起自身已是詩」，〈不同存在的獨立〉裡所謂的「落在生之白紙上的那一滴鮮紅」，與島上新血相連。

《荊棘之道》裡對於靈魂故鄉的嚮往，特別是序詩所標榜的超越國界的「世界主義」精神：「日出之前蝴蝶的魂魄／飛往地平線那邊／你知道蝴蝶往哪兒去嗎？／朋友啊／為了共同的作業／撤廢標界柱吧！」和《福爾摩沙》後與臺灣文藝聯盟合流創刊的《臺灣文藝》創刊號的〈熱語〉「把臺灣的一切路線築向全世界的心臟去！」同聲相應。

遭逮捕回臺，一九四三年出獄後，王白淵在好友龍瑛宗熱心介紹下進入《臺灣新報》工作，依舊不改其熱心與革命之志，力撰〈府展雜感〉、〈批評與作家〉等文章，戰後更繼續懷抱著對新中國的各種期待，集結有志一同為文化事業打拚，在《臺灣新生報》擔任編輯主任，也在《政經報》、《臺灣文化》等媒體上發表政治、文化評論。滿心與夥伴共同奮鬥，欲將臺灣視為新中國復興起點的王白淵，作夢也想不到隨後等著他與臺灣的命運吧？

三月洪水，傾瀉而來，沒有輕易地放過誰，王白淵的荊棘之道，從此打不上句點。

二二八事件中遭牽連逮捕後的王白淵，不再寫詩，也不寫評論。三進三出牢獄的他，在情治人員監視的壓力下過世，當年《荊棘之道》序文裡，謝春木說「我不知道詩是什麼，但是我比任何人都更詳細知道他不能不寫詩的生活」，這句話現在想起來，反倒像在追問著後代的臺灣人，我們能否憶起何以他不再動筆、不能動筆？是否還能記得荊棘如何跨到戰後，屢屢攀附在王白淵與同代人身上，烙成了傷痛？這恐怕又是另外一個課題。

作家小傳

王白淵 1902 — 1965

臺北國語學校畢業。曾任教於溪湖、二水公學校，1923年赴日本留學，在學期間投稿詩文，刊載於東京美術學校《校友會月報》。1926年畢業於東京美術學校圖畫師範科，隔年12月赴岩手縣女子師範學校就任。1931年出版日語詩文集《荊棘之道》。1932年8月，與東京的臺灣文藝愛好者如吳坤煌等人成立「東京臺灣人文化同好會」，9月遭日本警察逮捕，11月，同人再次組成「臺灣藝術研究會」，發行《福爾摩沙》雜誌，每回發表石川啄木調的三行短歌作品。

其後赴上海，於華聯通訊社工作、上海美術專科學校任教。1937年，上海八一三事變爆發，遭日軍逮捕，送往臺北監獄，1943年出獄後，於《臺灣新報》工作。戰後積極參與「臺灣文化協進會」，亦撰寫文化評論，於二二八事件時遭逮捕入獄，1950年又受蔡孝乾案牽連入獄，終其一生都受到特務監視。

12

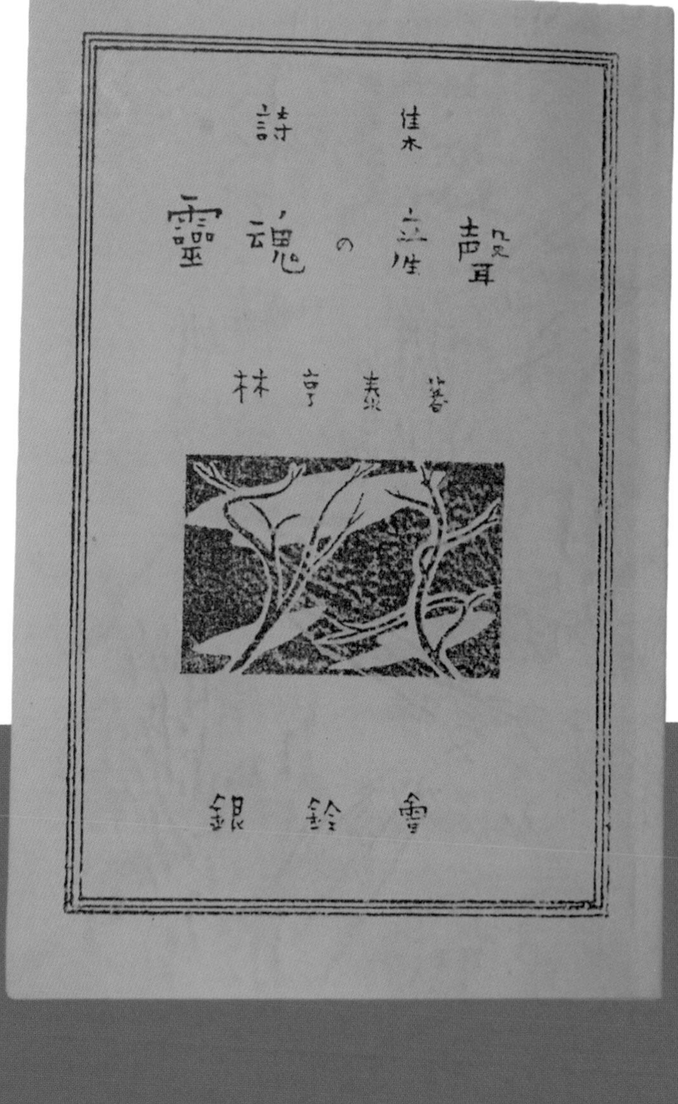

林亨泰《靈魂的產聲》（靈魂の産聲）

捐贈者／林亨泰

時代的夾層，一粒現代詩的煉金石

文　呂珮綾

我們為什麼挑選這件藏品

一九四九年，國民黨政府全面敗退來臺，同年，臺灣進行幣制改革，開始發行新幣。時代正急急地變遷，也正是那年，一本極度不合時宜、由民間文藝團體「銀鈴會」所發行的日文詩集，悄悄地出刊了。這本《靈魂的產聲》是詩人林亨泰的首部詩集。七年後，林亨泰參加了由紀弦在一九五六年發起的「現代派詩人第一屆年會」九人籌備委員會，同樣跟上了這波風潮。但早在現代派之前，所謂的「現代」，已經悄悄地發出一道啼聲。

複數的挪移，複數的聲音

昭和十四年（一九三九），一個出身於臺中州的本島學生林亨泰，考前歷經了喪母之慟，與臺中的第一志願擦身而過，考入私立臺北中學校。仍然使用日語思考、學習、對話的中學時期，少年的文學養分頗為多元，除了課本裡的長詩、俳句、漢詩之外，升上高年級後，他也開始在假日頻繁造訪那些聚集在西門町或古亭町一帶的舊書店。或許在任何一個時代裡，那些低調安靜的舊書店，永遠都是文藝愛好者的寶庫。

書籍流通快速，思潮也是。歐美的新思潮漸次影響日本，震盪了日本現代詩的版圖，又經由翻譯與混雜的過程，層層傳入殖民地臺灣，抵達這些本島青年面前。在舊書店裡，少年接觸、閱讀、抄寫到自內地來的「新體詩」與「現代」讀物，包含以主知派的春山行夫為首，在文藝雜誌集結的《詩與詩論》作家群、橫光利一、川端康成、萩原恭次郎，以及日語譯介而來的龐德、艾略特、布魯東、里爾克、卡夫卡等西方近代作家。

這種閱讀經驗與身體經驗，是出自對文學最純粹的喜愛，同時，也是鍛造出第一本日文詩集《靈魂的產聲》以前，所必然經過的摸索與留白。當時的林亨泰，並沒有即刻產生「要成為詩人」的欲望，但卻養成了一個習慣：當腦海偶然浮現帶有詩意的詞句時，就將閃現的語言寫在地面的小石塊，然後拋擲到天上，或者拿去打水漂。

然而，他（們）也注定要夾在時代的浪潮，被歷史推著走。

他們正被時代經過

戰後，對教育事業懷有熱忱的林亨泰報考師範學院，被同學朱實邀請加入重組《潮流》階段的銀鈴會。儘管時間短暫，但這件事對林亨泰而言，是極其重要的起點與轉捩點。二二八事件後，臺灣作家的情緒與動力普遍呈現低迷。大時局的變遷、凋零的發表舞臺、緊縮的語言限制，種種內外條件都極為惡劣，此時，有個同人誌般的日語文藝刊物，並且得以與文友交流鼓舞，是極為珍貴的一件事。

除了投稿詩作、討論詩觀、與銀鈴會成員通訊之外，林亨泰也積極參與銀鈴會的大小活動，而他的第一本詩集，便是這本由「銀鈴會編輯部」在一九四九年四月十五日發行的《靈魂的產聲》。從某個角度來說，這個初試啼聲可說是聲勢浩大。畢竟，當時詩集在戰後臺灣的出版極為稀少，除了銀鈴會的《潮流》、林曙光主編的《龍安文藝》刊登書訊告知文友；在銀行就職、同為銀鈴會成員的陳素吟願意提供經費五十萬（那是戰後通貨膨脹最嚴重的高峰）援助；詩集封面更由後人尊稱為「臺灣膠彩畫之父」的名畫家林之助繪製設計。

只是，作為這「潮流叢書第一號」的文學鳴響，有些事卻已經走到了終點。林亨泰前半生所習得的語言與文化，即將在他生活的土地上失效。

一九四九年四六事件爆發，臺灣史上漫長的白色恐怖時期才正要揭幕。擔任學生幹部、也是「外圍組織」銀鈴會重要推手的朱實，被國民黨列入黑名單通緝，於是開始逃亡。此時林亨泰仍然輾轉透過其家人聯繫上朱實，繞過彎彎繞繞的小徑，抵達他所在的暫時避難所——時局如此

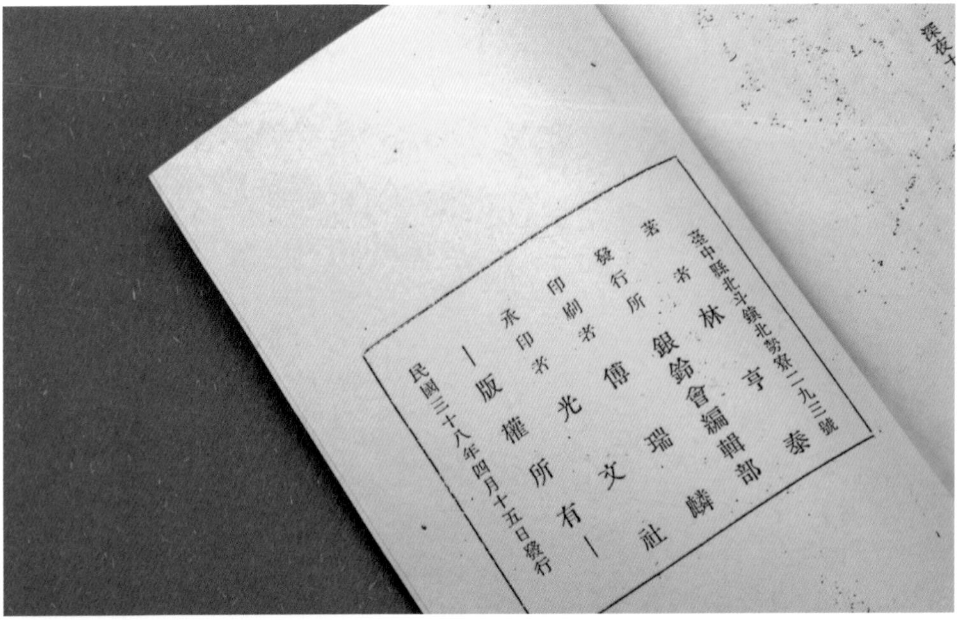

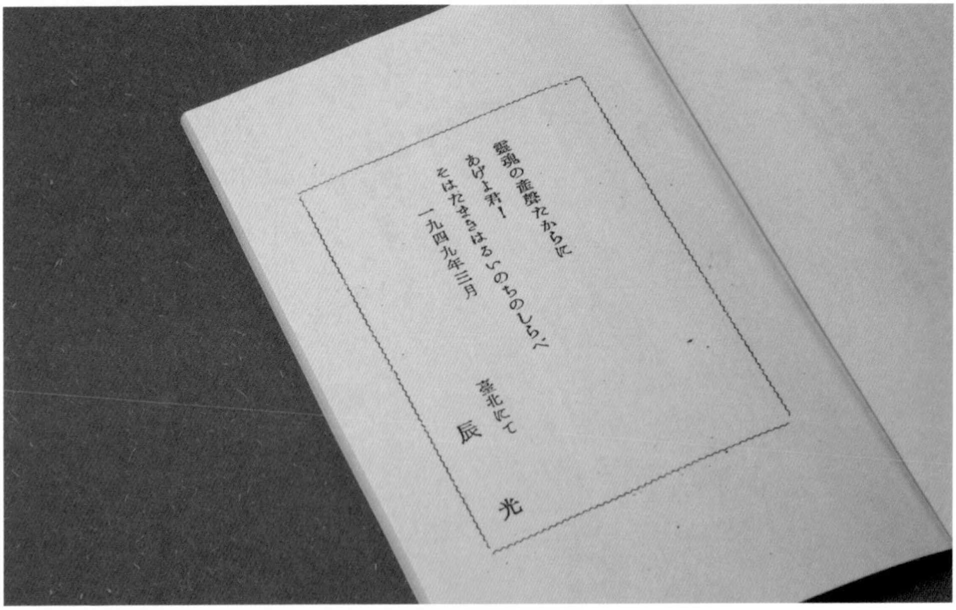

從某個角度來說，《靈魂的產聲》的發行堪稱聲勢浩大，且儘管時局險惡，朱實仍信守承諾，以辰光為化名題了一首極具力道的短歌作為代序。

險惡，朱實仍信守當初答應幫林亨泰作序的承諾。他以辰光為化名，為這本詩集題了一首極具力道的短歌作為代序：「請高昂地喊出／靈魂的產聲吧／那是響徹靈魂的生命樂章。」[1]即使時局不允許，也請在文字裡高昂地喊出聲吧。

後來，林亨泰與昔日戰友朱實的下一次再見，是五十多年以後的事了。

靈魂的產聲、幻滅與新生

所謂的「產聲」是什麼？對林亨泰而言，這本《靈魂的產聲》是他以詩鍛造的第三次「生命之聲」。在後記裡，林亨泰寫下：「人初生時的呱呱產聲是喜悅的。」[2]第一次的產聲，是嬰兒誕生在這個世界上的呱呱產聲。然而，飽受喪母之痛、異地飄泊的他，年少時代的第二次「產聲」彷彿一首漫長的哀歌。於焉，有了這本《靈魂的產聲》作為階段性的回答。這本詩集不只是林亨泰年輕時期以日文書寫的結晶，也是詩人對前半生的回顧與重生。對林亨泰而言，詩不僅是意志的產物與現實的反映，更是要用此生來面對的嚴肅志業。作為創作者，他必須以一生的時間發出自己的聲音。

一九四八年，臺灣省政府公布〈臺灣省各縣市國語推行委員會組織規程〉，並在各縣市設立國語推行委員會。隔年，四六事件不僅直接瓦解了銀鈴會，瓦解了蔡德本、林曙光等人籌辦的校園刊物《龍安文藝》，也瓦解了他們青春時代對

1 原文為「靈魂の産聲たからに／あげよ君！／そはたまきはるいのちのしらべ」。

2 原文為「人間誕生の呱々の産聲は喜びだ」。

文學最初的理想。為了保全彼此，許多書籍都必須焚毀。在這樣的時局之下，林亨泰的第一本詩集不僅不合時宜，甚至悲傷且累贅，因此，他將自己手邊的詩集全數寄放在表親家中的壁櫥。

過了一陣子，表姊來信詢問林亨泰要如何處理這些擱置的詩集，林亨泰心灰意冷地想，反正這些以日文寫成的作品，遲早逃不了被焚毀的命運，就回信告知表姊，不如當作炊飯的柴薪燒了吧。數百本《靈魂的產聲》就這麼付之一炬。那些被燒掉的書裡，收錄了這樣一首詩：

一頁又一頁
繞巡著的我的手指一寺又一寺
心如苦行僧的悽愴

而我祈禱
如香爐裡的熏香
我點燃一捲煙草……

——〈書籍〉（節錄，林巾力譯）[3]

四六事件不僅直接瓦解了銀鈴會，瓦解了蔡德本、林曙光等人籌辦的《龍安文藝》，也瓦解了他們青春時代對文學最初的理想。（龍瑛宗捐贈）

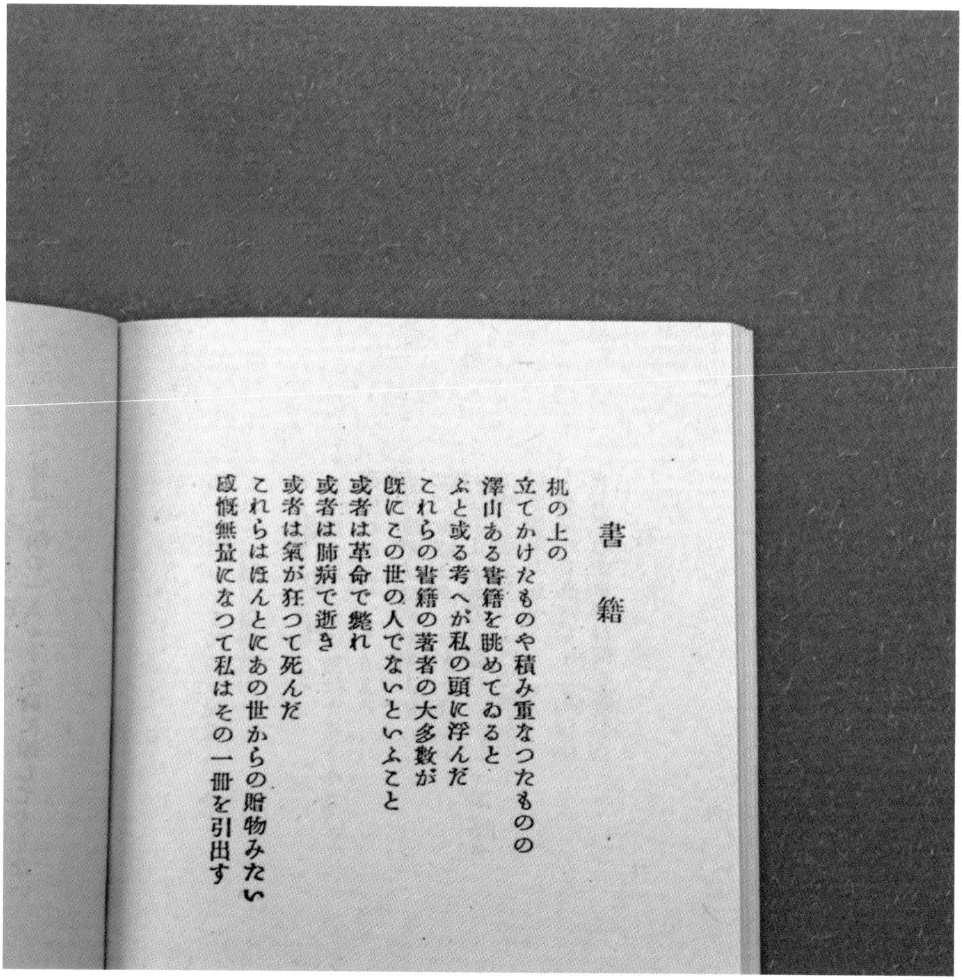

書籍

机の上の
立てかけたものや積み重なつたものの
澤山ある書籍を眺めてゐると
ふと或る考へが私の頭に浮んだ
これらの書籍の著者の大多數が
既にこの世の人でないといふこと
或者は革命で斃れ
或者は肺病で逝き
或者は氣が狂つて死んだ
これらはほんとにあの世からの贈物みたい
感慨無量になつて私はその一冊を引出す

林亨泰與他來時的文學路，也有幾分苦行僧的坎坷，但詩人並未就此放下筆。

3 原文為「一枚　一枚と
それをめくつてゆく
私の指は
寺から寺へと
尋ね歩く苦行僧のよ
うに哀しい
それで私は祈るのだ
香爐から燻上る線香
の煙のように
莨を燻らして……」。

林亨泰與他來時的文學路，也有幾分苦行僧的坎坷。但詩人沒有放下筆，在這本日語詩集正式出版前，林亨泰已經寫下了〈新路〉一詩，作為人生中第一首華語詩的起點，於一九四八年十月刊登在較願意給予本省作家發表空間的「橋」副刊。寫作者從未放棄寫作。無論要以什麼樣的策略，無論要以什麼樣的語言。除了寫作，林亨泰也曾積極參與詩人紀弦的現代派，爾後在一九六〇年代與一些同樣為「跨越語言世代」的詩人，如吳瀛濤、錦連、詹冰、陳千武等人共同創辦了笠詩社，並擔任首任主編，積極發表創作、詩論。

在一九五三年紀弦在臺創辦《現代詩》刊物、成功燃起臺灣新一波新詩革命以前，這裡就已經有許多故事的碎石被拋出。它們以微小的肉身對抗了層層淘選，泛起了一圈難以忽視的漣漪。走過時代夾層，跨越了語言的坎站（khám-tsām），林亨泰的詩藝其實是漫長的提煉之術。在〈新路〉的最後一句詩行裡，他寫道：「也要讓那火炬亮得使罪惡無處可逃。」

作家小傳

林亨泰

1924 — 2023

彰化縣北斗人。戰後曾進入省立臺灣師範學院（今臺灣師範大學）就讀。早期為「銀鈴會」成員，亦參與過現代派運動，在文學系譜上為「跨越語言的一代」的詩人。1964 年與幾位臺籍詩人共同籌組「笠詩社」，並擔任首任主編。著有詩集《靈魂的產聲》、《長的咽喉》等，詩論《現代詩的基本精神——論真摯性》。

13

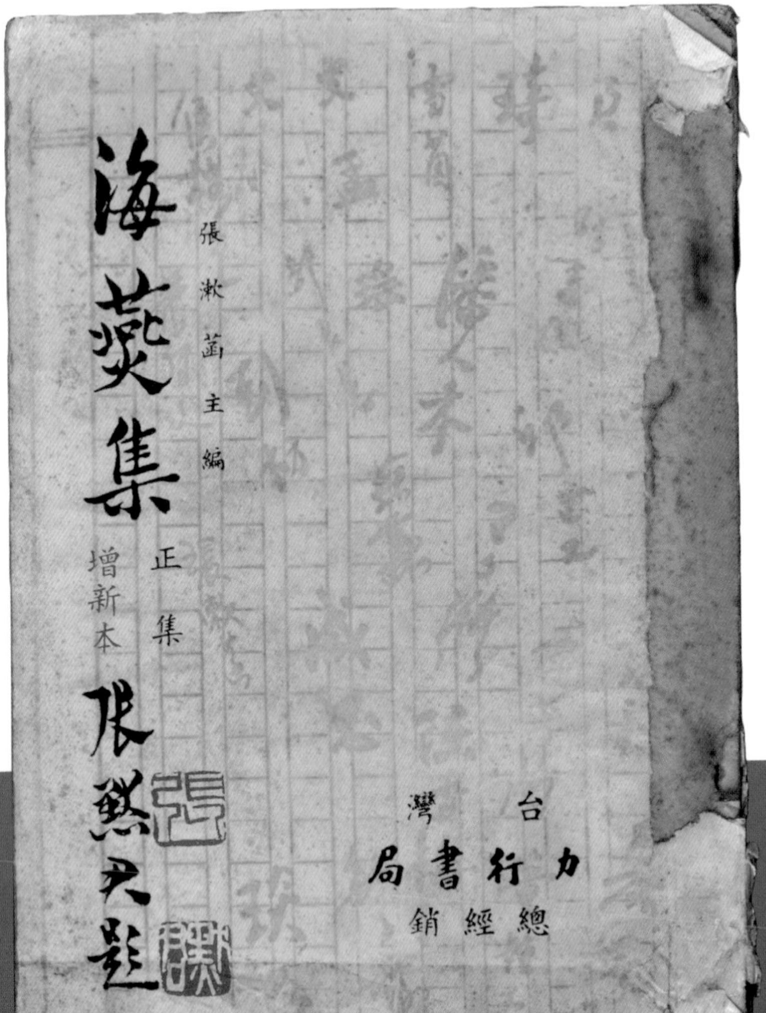

張漱菡主編《海燕集》

捐贈者／崔右明

臺灣第一批文學女團與她們的產地

文 李筱涵

我們為什麼挑選這件藏品

在這個只要滑開手機、連上網路，人人都能成為作家的自媒體時代，身為「女作家」並不是什麼稀奇古怪的事。但在媒體平臺稀有的年代裡，作家可不是人人都能當，而能夠逃脫困守家庭雜務命運的女性，大概少之又少。然而，在這樣的時代當中，臺灣竟然還是出現了一群女作家，而且是在國共內戰情勢緊張、白色恐怖蔓延籠罩下的一九五〇年代。到底是什麼契機或條件，促成臺灣史上第一批文學女團的誕生？

張漱菡與她的《海燕集》，見證了這個時代女性作家的現身與突圍，在為女作家創作的拓荒路上，她與她的作品扮演了怎樣的關鍵角色？

讓我們重返那個年代，看看臺灣第一批文學女團如何亮麗登場吧！

一九五〇・雙面海燕的誕生

是的，這是一個偉大的時代，也是一個苦難的時代！

當少女張漱菡在編輯處女作《海燕集》寫下這句話的時候，感觸良多。才二十五歲的年紀，她已經歷父親驟逝和家國飄搖的傷痛；跟著母親避難，一路遠漂到臺灣這座小島，不僅被迫中斷上海大學學業，副熱帶氣候的燠熱難耐也使她染上瘧疾。久病不癒的她，既無法持續未完的學業，也無法打工分擔家計，只能終日在病榻上寫東西。這苦難，好像從歷史降臨到個人身上，但身體病痛並沒有阻止她以故事記憶時代的傷痕。就這樣，她在病中完成十萬多字的長篇小說《意難忘》。

儘管戰時的青年故事深刻動人，但有哪間出版社願意冒險出一個無名小卒的書呢？而且還是個年輕女孩？許多出版社甚至連稿都不審就直接讓她吃了閉門羹。但連續幾次冷水都沒有澆熄這個年輕女作家的心，她持續在《旅行雜誌》發表散文，結識暢流社主編吳愷玄，結果竟獲得在《暢流》半月刊上連載小說《意難忘》的機會。更意想不到的是，小說一連載便出乎意料地引發讀者熱烈迴響。

這項成功為張漱菡注下一劑強心針，她打鐵趁熱，以初生之犢的勇氣一舉創立「海洋出版社」。她事後雖自嘲海洋出版社已成為「一書出版社」，但這本唯一被出版的《海燕集》，卻是臺灣第一本女作家的作品選集，裡面收錄了張秀亞、潘人木、琦君、郭良蕙、孟瑤等知名女作家

《海燕集》收錄了張秀亞、琦君、郭良蕙等知名女作家初始的作品，意外成為一窺臺灣女性文學史脈絡的時空膠囊。

初始創作的作品。這些名字一字排開，意外成為一窺臺灣女性文學史脈絡的時空膠囊。

在那個「使筆如使槍」的一九五〇年代，「中國文藝協會」成立，《臺灣新生報》創刊，讓軍人在報紙副刊養成「軍中文藝」專欄，希望透過媒體和藝文將「健康思想」帶到社會。在這樣的時代背景下，張漱菡《海燕集》自述編輯動機，自然也得呼應國家文藝政策走向：她向二十幾位文人邀稿，並強調這些作家都「熱愛祖國」，有正確的思想見地與豐富的情感，能代表自由中國的文化與精神。她希望這樣一部文學選集行銷到海外，能夠讓

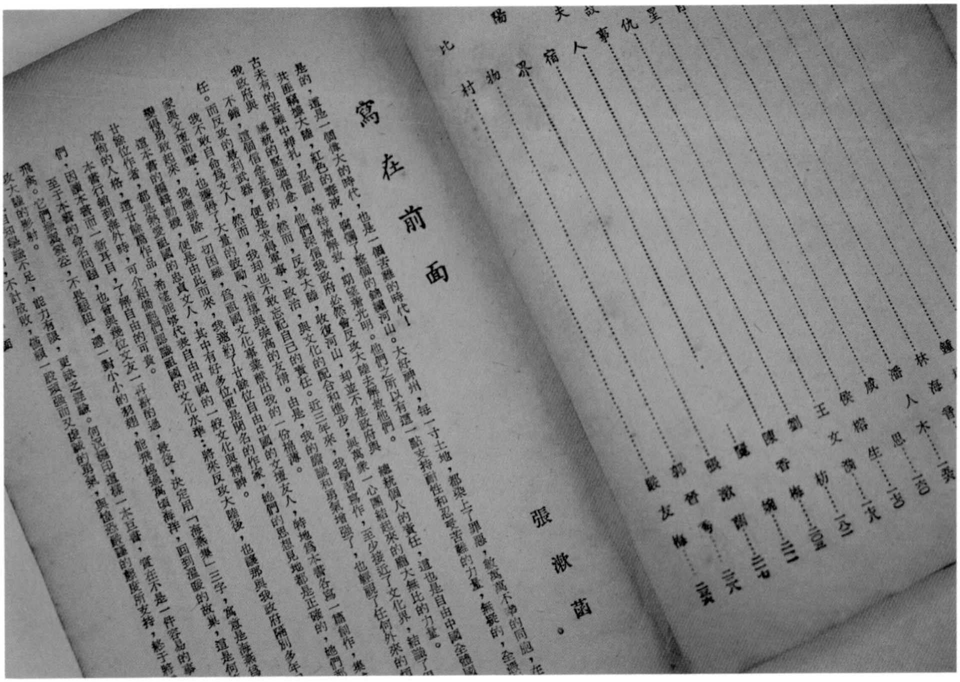

張漱菡在《海燕集》中自述編輯動機，強調所邀稿的作家都「熱愛祖國」，有正確的思想見地與豐富的情感，能代表自由中國的文化與精神。

僑胞認識祖國的文化水準，以待反攻大陸之後，也讓受難的同胞們了解自由的可貴。而《海燕集》之所以要叫「海燕」，則是用這種意志堅強的小鳥，如何憑著一雙小羽翅飛越海洋回到故居的意象，來隱喻反攻大陸。

有趣的是，這看似刻板的書前呼告，在一九八九年再版的時候被重寫了。最初的版本興許是要寫給政府審查，編者在書裡先聲明：本書作家全為女性，不過是因為她多認識女作家。事實上，張漱菡試圖在以眾多男性為主的文壇裡，用文學選集為女性撐出一片天地。三十多年後，她在新版序中自白，的確早有計畫要先編一部女作家的小說專輯，並嘗試在每篇作品前附上作者近照，突破當時千篇一律通篇以文稿排版的文學書籍樣貌。這時候，女作家終於可以無罣礙地以「性別」身分浮出檯面。同一隻海燕，從反攻大陸的意象，蛻變為女性嚮往凌空飛越的自由象徵，可謂「一隻海燕，各自表述」。

《海燕集》不只在性別上有所突破，在書市也刮起一陣旋風。初版五千本不僅一次售罄，且轟動海內外文壇，數月間連續加印了六、七刷，各方書店仍然索書信件不斷，是現在看來簡直難以想像的書市行情。但，到底是什麼樣的小說內容可以引起這般暢銷狂潮？

從一到多：藏身團裡的多部女聲

綜觀《海燕集》所收錄的故事，除了政黨色彩較強的蘇雪林和謝冰瑩，各自以動物寓言或大饑荒來暗示共產黨造成的罪惡之外，張雪茵、張秀亞、艾雯和郭良蕙等其他女作家，則較精細描繪時代戰亂頻仍下的女性或弱勢的個體命運。像是靠縫紉軍被維生的女工，如何因時代作弄而婚戀失意，最終不幸投河；或者一個貴族養女如何因為不敵家族聯姻而與愛侶分散，不得不離家隨軍工作討生活，最後留下愛人孩子抑鬱而終；甚至女作家會注意到在整體強調男性陽剛的氛圍裡，容貌和個性皆陰柔的男性所遭遇的生命困境。諸如此類，在戰場內外或邊緣，訴說有情人們的悲歡離合與世事變化無常。在白色恐怖的氛圍裡，她們遊走在言論緊縮的縫隙間，描寫離亂時代裡真實的命運困境和情緒感受，也許正好為這個緊縮的時空提供了思想破口與心靈慰藉，反而在苦悶的年代切出一條文藝自由之路。

但在言論備受箝制的時代，女作家要名正言順出版作品，必須依附在大家國神話底下，自我的文學實踐才能展開。《海燕集》所收錄的女作家多數後來都加入一九五五年成立的「台灣省婦女寫作協會」，帶頭籌組的蘇雪林也是國民黨資助的文藝協會成員；它奇妙地成為一個由民間發起卻官方色彩強烈的女作家團體，就像軍中社團，每人一張會員證，清楚標記年齡、籍貫和編號。後來臺北市改制，「台灣省婦女寫作協會」為免除省籍問題而改名為「中國婦女寫作協會」，並應邀參觀臺北監獄，這表示婦女協會已與官方站在同一陣線。歷史照片上題著「行刑即教育」，文字顯然和這群風姿曼妙的女作家身影形成一種微妙的畫面，呈顯出當年全民皆兵、崇尚武化教育的文化環境，從而讓我們更理解張漱菡在《海燕集》初版序文強調的國族敘事。

歷史照片上題著「行刑即教育」，和風姿曼妙的女作家身影形成一種微妙的畫面，
呈顯出當年全民皆兵、崇尚武化教育的文化環境。（劉枋捐贈）

｜女作家慶生會留影（劉枋捐贈）與台灣省婦女寫作協會會員證（艾雯捐贈）。

從日常開枝散葉的女作家群

時事扭曲日常，卻無意間催生出新的歷史產物。

這個屬於女作家的小團體，日後持續出版女作家的紀實報導，集結臺灣各行業婦女事蹟出版，累積會員早已突破三百人，為一九五〇年代臺灣女性撐出一片文化園地。而總是把文學活動辦得風生水起的林海音也順勢舉辦「女作家慶生會」，讓女作家們在討論文學之餘，形成姊妹互助會，一遣離家、失婚和喪偶的創傷。

命運，要求她們必然被時代政治捲入，然而武化的要求並不能抹除女作家們原有的敏銳審美感受與患難與共的細膩情誼。我們不會懷疑能細緻描繪一襲蟬翼紗花旗袍的艾雯，如何擁有一件金屬雕花墊絨的精緻珠寶盒；也能想像張秀亞筆下那個美貌如花、手工藝精湛的美少年，也許只能在夜裡捧著一只精巧的寶石藥盒暗自療傷。但無論如何，這個由文學所牽起的女性集團在當時的苦悶環境裡，為女作家們營造出一個精神療癒場所，而日治時代在臺日人留下的小銅瓶和黑底麥穗花紋盤等精美器物，也穿梭在日常，成為張漱菡與張秀亞的友情小物。

這些被遺留下來的女作家文集與貼身小物，都隨著物質流轉不斷疊加起它們的歷史記憶。時間的推移將書中的話語賦予今昔多層的詮釋角度，如今，我們走出那肅殺的時局，透過今日眼光，重新發現臺灣文學女團在那個時代的誕生意義。而女作家們專注日常的書寫和彼此在地的情誼結盟，則在一片女性文學陣線中醞釀了「家臺灣」的搖籃，也更樂於面對戰後在臺灣安家落戶的現實。

作家小傳

張漱菡

1929 — 2000

本名張欣禾，筆名寒柯，出生於北平，本籍安徽桐城。其出身名門望族，先祖張英、張廷玉父子是清朝的宰相，外祖父馬其昶為清末學者，父母則皆為早期的留日學生，在書香門第的薰陶下，張漱菡自幼便喜讀古典詩詞，進一步形成了日後創作的靈感來源與基石。1949 年，父親過世，她隨母親來臺，儘管未能完成上海震旦大學文理學院的學業，卻也因此踏上了寫作之路。

張漱菡所著長、短篇小說和散文集總共多達近 40 本，尤以長篇小說最受歡迎，《飛夢天涯》、《多色的霧》、《櫻城舊事》等代表作曾翻拍成電視劇，《七孔笛》、《碧雲秋夢》、《意難忘》也都是紅極一時的連續劇。

參考資料

梅家玲、馬翊航、劉于慈合撰，〈使筆如使槍—重探國軍新文藝運動〉，《文訊》352 期（2015 年 1 月），頁 64-69。

張漱菡，《海燕集》（臺北：海洋，1953 年）。

張漱菡，《海燕集》（臺北：錦冠，1989 年）。

應鳳凰，《文學風華——戰後初期 13 著名女作家》（臺北：秀威，2007 年）。

范銘如，〈臺灣新故鄉——五十年代女性小說〉，《中外文學》28 卷 4 期（1999 年 9 月），頁 106-125。

應鳳凰、鄭秀婷，〈開創文壇合集風氣的先驅——張漱菡〉，「五〇年代文藝雜誌及作家影像資料庫」

http://tlm50.twl.ncku.edu.tw/wwzsh1.html

14

陳秀喜《陳秀喜詩集》

捐贈者／康文榮

跨越語言的一代，沒有跨過的那些

文◎熊一蘋

我們為什麼挑選這件藏品

在文壇中，陳秀喜的形象經常被描述為充滿母性、樂於照顧所有人的「姑媽」詩人，不只是笠詩社的社長，更像是家長般的存在。她刻苦自學中文，最後成為跨越語言一代少數的女詩人的故事，也讓她成為傳奇性的人物。

陳秀喜的婚姻帶給她的痛苦，也是許多人關注的面向。從少女時代被丈夫半拐半騙帶到中國，努力侍奉厭惡自己的婆婆、懷著身孕逃家卻遭到空襲，返臺後又長期面對丈夫的冷淡，留下〈棘鎖〉等控訴婚姻束縛的詩作。

然而在陳秀喜的晚年，由於踏入文壇，結識了幾位親密的男性友人，雖有曖昧，卻始終謹守友伴的名分。她晚年的這些故事，正反映了跨越語言的一代的孤獨，與渴望心靈撫慰的寂寞。陳秀喜贈蔡瑞洋的無名詩以友愛為名，內藏的沉重與糾葛，正是把時代的重量壓在人性之上，才能展現出的複雜樣貌。

遙遠的鄉愁與心靈慰藉

一九六七年四月，東京「枸橘」短歌會在臺北悄悄成立了分會，後來成為笠詩社社長、被眾人稱為「姑媽」的傳奇女詩人陳秀喜也是會員之一。

這時的陳秀喜沒有作家的名聲，只是一名普通的主婦，兒女們成年後有了工作和歸宿，她總算不必堅守母親的職位，但當時她也已經四十六歲了。之所以加入短歌會，是因為透過大女兒未婚夫的高校學長，認識了筆名孤蓬萬里的歌人吳建堂。

透過層層轉述，陳秀喜告訴當時已有文名的吳建堂：「我也是短歌的愛好者，想和你見上一面。」這樣短短的一條訊息，讓陳秀喜的下半生與臺灣文壇結下不解的淵源。

在亟欲抹去日本殖民痕跡的國民政府統治下，日本文學的愛好者要集結在一起，還是得冒相當大的風險。之後擔任臺北俳句會主持人的黃靈芝曾說，他們就像是在做地下活動，甚至黃靈芝參加俳句會時總是帶著一把短刀，萬一遭到攻擊就能立刻出手。

雖然是這樣備受壓迫的時局，「枸橘」臺北分會的成立還是讓喜愛日本文學的人們成功碰面了。隔年，歌人們成立了「臺北短歌會」，會員慣稱為「臺北歌壇」。雖以臺北為名，但臺北歌壇在臺灣南北都有固定的活動。主持人吳建堂說，之所以不取名為「臺灣歌壇」，是害怕讓政府聯想到臺獨思想。

在密密麻麻的政治雷區中努力保有一席之地，這樣的執著，也反映了歌壇會員們的寂寞。

在臺北歌壇中，陳秀喜認識了吳瀛濤，應邀加入笠詩社，開始學習創作中文現代詩，成為

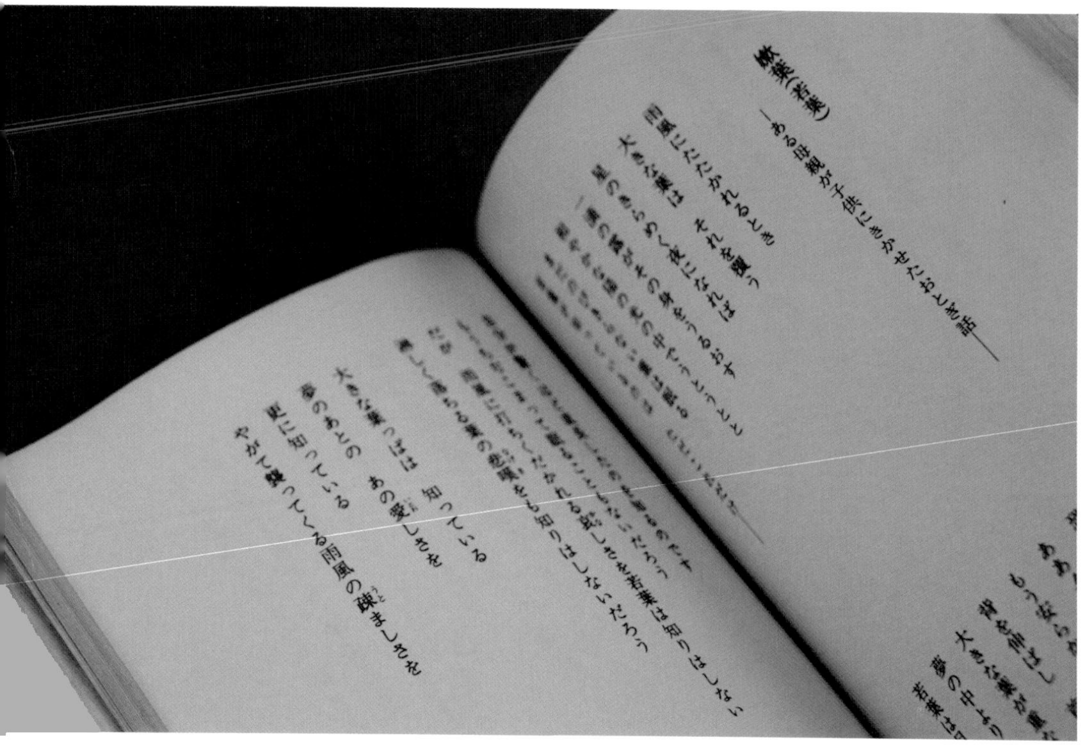

陳秀喜應邀加入笠詩社，開始學習創作中文現代詩，並在 1975 年由作家大野芳日譯後於東京出版《陳秀喜詩集》。

「跨越語言的一代」的代表性女詩人。在這段期間，她也時常在歌壇的刊物發表短歌，那是曾受過日本教育的她，沒有跨過去的一面。

公學校畢業後，陳秀喜因故錯過了升學考試，之後因為這份不甘心開始自學，模仿自己喜歡的詩和短歌，開始用日文創作。對同樣經歷過日本教育的人來說，經常被當作公學校教材的短歌是他們童年回憶的一部分。日治時代成為禁忌以後，無論民族的認同為何，短歌成為了遙遠的鄉愁與心靈慰藉，除了陳秀喜，龍瑛宗、巫永福等人都提過類似的心情。

在晚輩後進不斷加入的笠

詩社中，陳秀喜是令人敬重的「姑媽」和社長；但對同為跨越語言的一代、甚至失語的文學家來說，陳秀喜是少數理解跨越時代的寂寞，能與自己心靈共鳴的女性。也因為這樣，在她晚年，與經歷過日治時代的男性文人間，留下了幾段深厚的情誼與韻事。

懷抱友愛光輝之石

加入臺北歌壇後，陳秀喜還認識了中南分會的會長蔡瑞洋。蔡瑞洋是臺南的醫生，因熱愛文學而結識張文環、楊逵、鍾逸人等人，經常出錢資助文壇活動，自己也從事文學創作。

透過蔡瑞洋的介紹，陳秀喜、蔡瑞洋和張文環成為了知交密友，三人經常在張文環經營的日月潭大飯店碰頭，清晨時在附近散步，聊著詩與山村的寧靜生活。陳秀喜曾隨興往路邊的玫瑰花叢一站，要蔡、張兩人各選一朵，看哪一朵最像是他們心中的自己。

蔡瑞洋和張文環都是喜歡歌詠女性之美的浪漫性格，言語間多少容易牽扯到陳秀喜。陳秀喜也是厲害角色，曾經當著兩人的面隨口做了一首打油詩，抱怨三人明明在美好山色中共宿一晚，卻沒人前來偷香，可見這兩個都算不上是男人。

當時三人都有各自的家庭，還是謹守友情的界線，即使如此，婚姻帶給陳秀喜的痛苦，也難免向友人傾訴。在一篇名為〈知己〉的短文中，陳秀喜回憶自己因某個重大挫折決定暫時離開臺北，前往南投探望張文環。談話中，張文環突然告訴陳秀喜，能與他生活的男人，是最幸福的男人。陳秀喜聽了，反問：「那你敢不敢與我共同生活？」

雖然妻子就在身邊，張文環依然回答：「我是敢。」

這次見面的三個月後，張文環就因病離世。陳秀喜的悲傷尚未平復，又遭到丈夫外遇的打擊，經歷上吊自殺失敗後，終於協議離婚，獨自搬到關子嶺隱居，和同樣在關子嶺有別墅的蔡瑞洋成了鄰居，不時外出散步、閒聊。

在這段期間，妻子過世的楊逵想找個老伴安慰晚年獨居的寂寞，一度託鍾逸人前去試探。沒想到陳秀喜說，自己早就在等楊逵前來求婚，只是他老人家每次來都只顧著喝酒、講瘋話，害她失望了好幾次。鍾逸人當面碰了釘子，又看陳秀喜這時和蔡瑞洋已漸行漸近，便不再提起這件事。

然而，陳秀喜和蔡瑞洋的山居時光還不到半年，蔡瑞洋也因病匆匆去世。病發當晚，他一再挽留陳秀喜待在自家用晚餐、喝咖啡，不斷說著：「現在回去，明天妳就孤單了。」

年近半百才走進文壇，在交遊中重圓少女時代的夢想，好不容易得到兩位知己，卻在短短兩年間先後離自己而去，陳秀喜的悲傷久久難以平復。

蔡瑞洋沒有安葬在預定的關子嶺公墓，他的妻子也不願將遺稿交給陳秀喜等人。最後蔡瑞洋只有少量作品發表在第九十期

楊逵與陳秀喜攝於笠園。（楊建捐贈）

的《笠》詩刊上，當期封面是一個令人聯想到上吊的繩圈。

蔡瑞洋最後發表的作品中，有一篇悼念張文環的文章，原先發表在《臺灣文藝》，但發表在《笠》詩刊上的版本多了許多段落。其中一個段落是，蔡瑞洋和張文環在日月潭大飯店的房間裡，激昂地討論起某位女性，兩人一致同意，如果能和那位女性共同生活，那真是死了也甘心。

政治的壓力、禮教的束縛，種種阻礙都沒有讓跨語一代停止在餘生中追尋倖存的友伴。沒有跨越過來、一直咬在心中的兩個時代的矛盾，也許只能在彼此的共鳴中和解。

陳秀喜贈送給蔡瑞洋的這首無名的日文詩，是在她剛結束被盛大歡迎的日本之旅、生命正因文學重新閃發光的時刻寫成。詩句描述著友愛，語氣既熱情又猶疑。這樣的文字，也許就是背負兩個時代重量的這一代人，情感燃燒得最為燦爛的模樣：

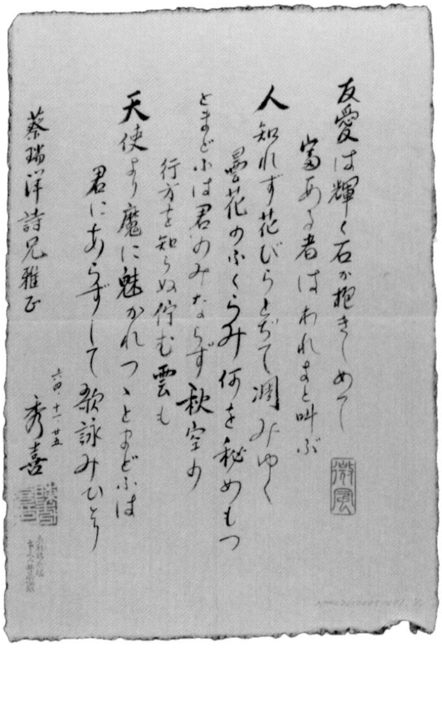

陳秀喜贈蔡瑞洋的無名詩描述著友愛，語氣既熱情又猶疑，也許就是背負兩個時代重量的這一代人，情感燃燒得最為燦爛的模樣。（康文榮捐贈）

懷抱友愛光輝之石
富者只顧己
不為人知花朵瓣閉合凋謝
曇花苞中隱含著什麼
感到疑惑的不只是你
還有不知秋空去處而駐足的雲朵
比起天使更受到魔鬼誘惑的人
不是你，所以就吟詠吧（趙誼譯）

作家小傳

陳秀喜

1921 — 1991

新竹人。早期以日文寫作，包括日本傳統詩俳句和短歌，乃至現代詩。她在日文短歌集《斗室》出版以後，發現自己的兒女都無法欣賞，因此又努力使用中文來創作現代詩。陳秀喜的詩創清朗易懂，意象鮮明，情感充沛，大部分主題以自然草木或日常生活為素材，詩句內容則直接表現出作者情感的真摯與民族意識的強烈。

15

張系國《昨日之怒》

捐贈者／李魁賢

「一點都不能少」的幻覺與真實

文 許宸碩

我們為什麼挑選這件藏品

「中國，一點都不能少」是中國面對南海議題乃至臺灣獨立的一貫態度。然而，在「中華民國」還自認是「中國」時，曾經因為「少一點」釣魚臺而激發了保釣運動。這場運動啟發了一代青年的愛國心，促使他們接觸中國近代史資料與社會主義等，開啟了他們的眼界——張系國正是參與保釣運動的成員之一。

然而，中華民國對釣魚臺卻相當消極，使他們對政府失望。後來為了避免保釣人士回國作亂，政府將其中許多人列入黑名單，讓國家「少一點」人，而張系國也曾被列入黑名單。

面對運動一無所獲的失落，他寫下《昨日之怒》。在當今幾乎遺忘保釣運動的臺灣，《昨日之怒》不只見證了憤怒的存在，也見證了它的消逝。

政治覺醒青年的誕生

「中國，一點都不能少」。

二〇一八年金馬獎頒獎典禮，當《我們的青春，在台灣》獲得最佳紀錄片後，中國導演與演員幾乎缺席會後晚宴，並在社群媒體上轉發「中國，一點都不能少」的圖片，表達自身的立場。

其實，用國族情感處理領土議題，在華人社會中並不是第一次發生，爭議土地也不只有臺灣（雖然中國明顯沒有臺灣的主權）。

「中國，一點都不能少」第一次出現，是二〇一六年南沙群島爭議時，中國宣稱擁有南沙群島中部分島嶼的主權，媒體製作了圖片，並解說官方觀點。

在更久以前，中華民國也曾少了一點島，激起青年的憤怒，開始了「保衛釣魚臺運動」。而臺灣著名的科幻作家張系國，也曾參與其中。

張系國向來對人文學科有興趣，縱使讀的是臺大電機，也會去聽殷海光講課，成為《大學雜誌》主筆之一。即便那是壓抑的年代，他仍試圖追求言論自由與正義。一九六五年，他留學柏克萊，當年柏克萊的著名文人還有楊牧、郭松棻、劉大任、唐文標等，這些留美華人見識了美國黑人民權運動、反越戰運動後，才知道政治該是怎麼一回事。

一九七〇年，日本派軍艦驅逐在釣魚臺工作的臺灣漁民，導致釣魚臺事件爆發。這群在美國的青年決定學習美國的社運經驗，發動遊行。張系國作為柏克萊大風社的核心成員之一，也參與了運動從開始到分裂的過程。

張系國作為柏克萊大風社的核心成員之一，參與了保釣運動從開始到分裂的過程。

當時的口號不是「中國，一點也不能少」，而是「釣魚臺，我們的」。釣魚臺事件召喚了青年心中被灌輸的國族痛苦記憶：列強割據、日本侵略。他們燃燒著愛國之心，組織著社會運動，誓言讓保釣成為第二個五四，捍衛中國主權，改變臺灣政治。

隔年一月，他們在美國各大城市舉辦保釣遊行，四月在華盛頓舉辦規模最大的遊行，還去美國國務院抗議，對方卻只是不斷重複官方說法。運動者第一次發現美國不是過去他們以為的正義一方，失望之餘來到中華民國大使館，結果自己的國家最使人失望，不但大使本人根本沒出來接見，接見的官員也僅僅是打官腔。

青年們不知道，國民黨要的從來不是愛國者，因為熱忱的愛國者可以震撼統治者的正當性。如果他們不能成為可操作的傀儡，那統治者寧願徹底切割這些青年。

同一刻，彷彿是歷史的巧合，季辛吉祕密

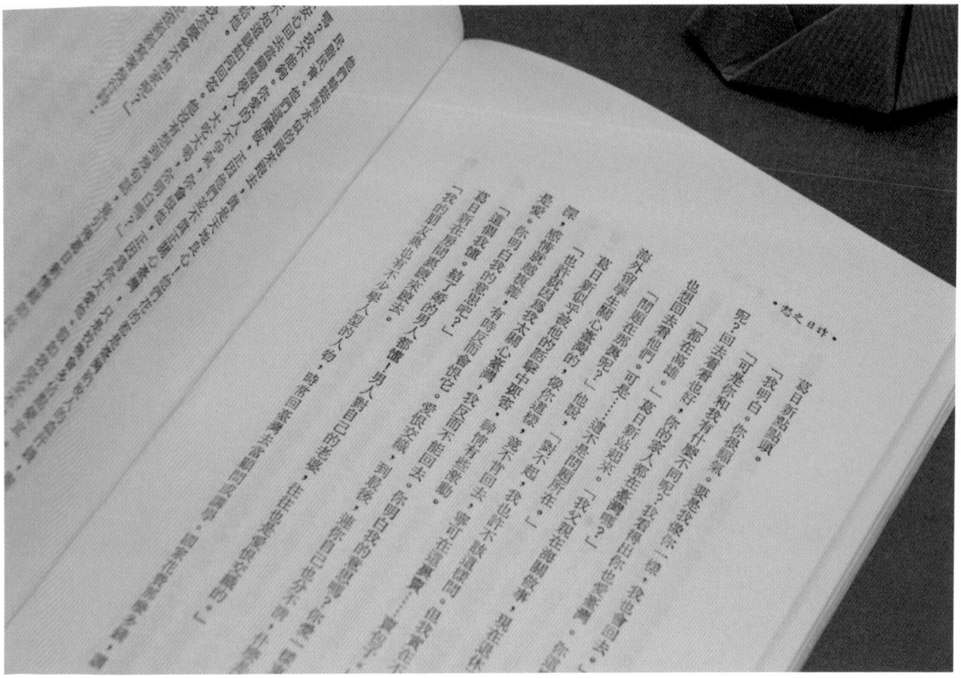

| 保釣幾年後，張系國寫下《昨日之怒》，重新反思這改變他一生的事件。

訪中後回美，預告隔年尼克森將會拜訪中國。此時，青年們終於發現，除了中華民國，還有另一個被遺忘的對岸正在崛起。

分裂從那一刻就注定了。有些人看到中共的崛起後傾心中共，接觸共產思想，學習鬥爭，讚揚文化大革命；有些人決議改革臺灣政治；有些人不說，但希望臺灣獨立。戰後第一批政治覺醒青年就這樣誕生了。

然後他們就被列入黑名單，一生命運從此改變。

九月，安娜堡國是大會召開，左派與其他人決裂，獲得大會主導權，從此保釣運動急速左傾。左傾者被列入黑名單中，但即便是支持臺灣政治改革者，國民黨也照樣列入黑名單。

也許就因為我太關心臺灣，我反而不能回去。你明白我的意思嗎？你愛一樣東西，愛得越深，感情就越複雜，有時反而會恨它。愛恨交織，到最後，連你自己也分不清，什麼是恨，什麼是愛，你明白我的意思吧？——《昨日之怒》

張系國親眼見證這一切，被人認同也被人所恨，更曾經成為黑名單之一。保釣幾年後，他寫下《昨日之怒》，重新反思這改變他一生的事件。

真的「一點都不能少」？

《昨日之怒》的劇情主軸，是臺灣知識分子陳澤雄去美國出差，順便探訪朋友，意外知道美國幾年前保釣運動的風雨。小說時常切換敘事者，藉由不同敘事者的角度看待美國保釣運動。張系國大多是藉由人物的對話來說出過去發生的事件，而不是直接切換到事件發生的時空，描寫人物的動作與細節。

比如安娜堡國是大會，這場大會是由美國的保釣青年們為決議臺灣的前途而開的。張系國沒有直接描寫該場景，在安娜堡的鐵皮屋中有太多人、太多種說法，他只能用最大略的方式「說」出來，細節不復存在。

但有些保釣運動的細節，還是被小說保留了下來。

當主角之一的葛日新面臨現實的考驗時，他回想起華府的保釣大遊行。或許是那時刻太令人震撼，在場的他們第一次感受到「想像的共同體」的真切存在。

> 窗外一陣閃亮，接著傳出隆隆的雷聲，綿延不絕的響著。他免不了又想起保衛釣魚臺運動最高潮時，在華盛頓的示威遊行。他站在公園的草地上，四周都是中國人的臉孔。一輛輛的巴士還繼續駛來，一會兒又增加了新的一羣中國人。人們越聚越多，五百人、一千人、一千五百人、兩千人、三千人……。
>
> 「中華兒女們團結起來！」他彷彿又聽到擴音機傳出的呼聲。
>
> 「中華兒女們團結起來！」擴音機又重複一遍。
>
> 「中華兒女們團結起來了！」他終於熱淚滿眶。——《昨日之怒》

但那終究只是夢。後來參與保釣的每個人，都在幻滅中度過餘生。為了政權，有什麼是可以少的，又有什麼是不能少？當被獨裁者統治的人民，連愛自己的國家都是一件如此痛苦的事情。

有著「中國」之名的彼岸，真的少不了臺灣嗎？「一點都不能少」的憤怒到最後只會留下虛幻，政府的態度才是真的。

臺灣對中國庶民而言是太遙遠的議題。然而在中國，許多的「少一點」正在繼續：香港、維吾爾、圖博、同性戀、自由思想、豬肉、美國晶片與藥物……。

作家小傳

張系國 1944—

江西南昌人，1949 年隨父母來臺。臺灣大學電機系畢業，美國加州柏克萊大學博士，曾任教於美國康乃爾大學、匹茲堡大學，以及臺灣交通大學、清華大學等校。不僅在學術領域享有盛名，亦擅長文學創作，尤以科幻小說見長，筆名有三等兵、域外人、白丁、醒石等。

1982 年成立以出版科幻文學作品為主的知識系統出版社，1989 年創刊《幻象》科幻小說雜誌，為臺灣科幻小說的重要推手。著作等身，代表作品有《地》、《棋王》、《昨日之怒》、《星雲組曲》等。

參考資料

陳韋廷，《知識分子與疏離——張系國前期小說研究》（臺中：東海大學中國文學系碩士論文，2011 年）。

張系國，《昨日之怒》（臺北：洪範，1978 年）。

謝小芩、劉容生、王智明主編，《啟蒙・狂飆・反思——保釣運動四十年》（新竹：清華大學出版社，2010 年）

《南溟樂園》第四號

《臺灣新民報》第七八八至九九九號

《風車》（*LE MOULIN*）第三號

《民俗臺灣》第二卷第十二號

《劇場》第五、六、七／八期

鉛字的重量

報刊篇

16

《南溟樂園》第 4 號

捐贈者／郭昇平

重要古物

詩的燃點

文
盛浩偉

我們為什麼挑選這件藏品

在書店裡面閒晃，或許我們都習慣了一本雜誌或一本書展示在書架上。但這些書籍的出版，乃至於報章雜誌、文章刊登的背後，有許多細緻的溝通、討論與掙扎，是大多數讀者看不見的。

而有許多創作者在寫作、投稿的過程當中，充滿著自信，但又猶疑，遠方未曾謀面的編輯是否可以體會自己的匠心獨到，成為自己的伯樂……

在〈多田南溟致郭水潭函〉當中，我們便發現了這個靈光碰撞的珍貴瞬間。更特別的是，在臺日本詩人多田南溟對臺灣詩人郭水潭的激賞與肯認，似乎也告訴我們：在複雜的殖民統治當中，文學如何超越政治，成為臺日詩人共同的思想接點與現實關懷。

就讓本文帶你深入兩位詩人、同時也是作者與編輯詩心交會、激盪的歷史時刻。

故事的肇端

你創作嗎？你希望讓自己的作品公諸於世，被人們閱讀嗎？

現今，這一切其實並不如想像中困難，網路、自媒體、社群網站，只要你願意、只要你敢，那麼點擊滑鼠按下送出，就可能被看見。但是在從前，發聲的管道與工具並非這麼普及，人們能發表作品的空間不只有限，而且還有門檻。無論是想刊登在報章雜誌，抑或出版成冊，往往都需要通過守門人，也就是報社與出版社編輯的層層把關，只有被認可的作品，才有發表的資格，才足以被稱為「文學」。

退稿的故事我們在文學史裡也聽多了，甚至有很多先被退稿而後卻證明退稿者眼光錯誤的故事。可是，我們反而不常聽到稿件留用的故事。為什麼？也許，是那太平淡無奇，畢竟太順利的故事缺乏張力；也或許，是我們的目光都被後來刊載出來的作品所攫獲，而忽略刊載之前也有伯樂識馬的可貴。

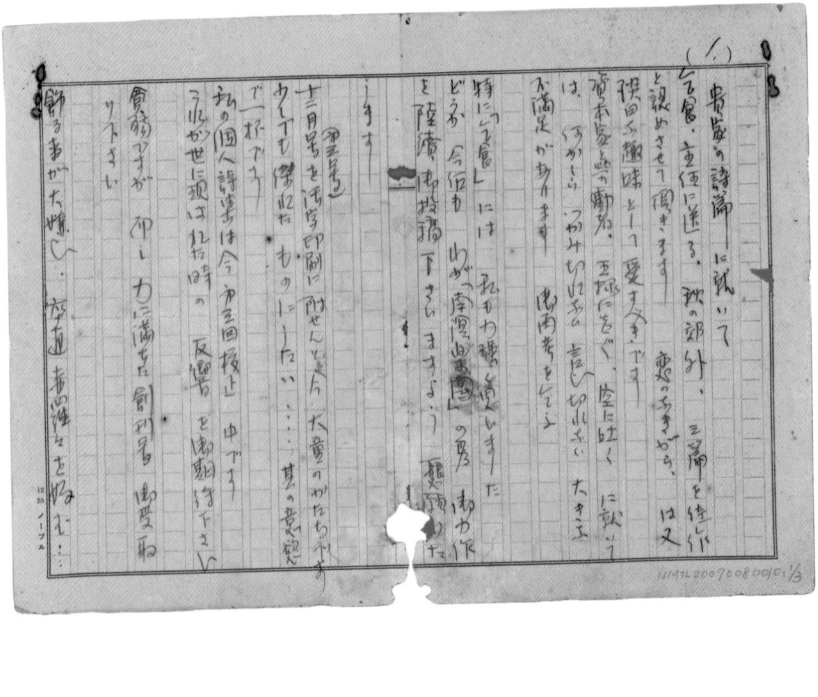

〈多田南溟致郭水潭函〉讓我們窺見了伯樂識馬的可貴。（郭昇平捐贈）

幸運的是，在〈多田南溟致郭水潭函〉（一九二九年十一月二十一日）裡，我們有機會窺見這難得的一刻。

那一年，二十二歲的郭水潭將自己的創作投稿至多田南溟創立的《南溟樂園》雜誌上。青年郭水潭滿懷詩心，早以創作短歌見長，甚至十九歲自佳里公學校高等科畢業的時候，就因為短歌作品之優異而獲得重用，得以擔任通譯。但是，即使已經掌握了短歌這種能表現日語精髓的傳統日本文學文類，郭水潭仍想開拓未知的領域，此時，他正決定跳脫短歌三十一音的格律限制，嘗試更為自由、題材也更為廣闊的新詩。他寄出多首作品到《南溟樂園》這份詩誌，旋即獲得回音。

「〈乞丐〉、〈送主任〉、〈秋天的郊外〉，這三篇堪為佳作。」回信的開頭就這樣明白寫道。面對這般直截了當的肯定，不難想像青年郭水潭內心的雀躍；雖然繼續往下，也在信中看到了對其他作品的批評，但在批評之後，又是更大的鼓勵：「特別是〈乞丐〉這首，我認為力道十分強烈。今後，也懇切期望您將大作陸續投稿至我《南溟樂園》。」——對寫作者而言，他人的肯定比什麼

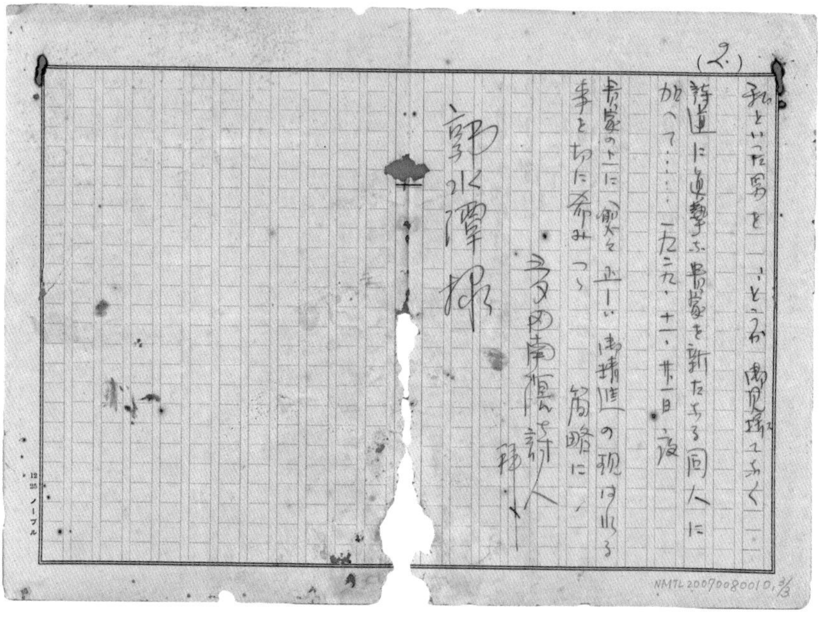

都寶貴。也或許，就是這樣順利的投稿經驗，鼓舞了青年郭水潭堅定走上詩歌創作之路，使他在日後成為鹽分地帶文學陣營中，詩歌藝術成就最高的一位吧。

但，故事不只是這樣。

這封回函，隨信附贈了《南溟樂園》的創刊號，信件的最後還有這樣澎湃的結尾：「請收下這本雖然貧瘠，但卻充滿力量的創刊號。我討厭矯飾，偏好坦率直白，還請您不要離棄我這樣的男人。在詩的道路上，能有真摯如您這樣的新同人加入，實在是……」從那細瘦蜿蜒的筆跡裡，我們幾乎就要聽見哽咽。為什麼多田南溟會如此激動？又，多田南溟身為日本人、身為殖民者，卻如此滿懷欣喜地肯認、歡迎一位年輕的被殖民者與他的作品（甚至日語還不是他的母語），這在三〇年代前夕的臺灣，也極為罕見。

開始放光的一刻

真正的答案，我們不得而知。而且以後見之明來看，在臺灣文學史上，郭水潭也比多田南溟要有名多了，就連時代相近、同為日本人的文學研究者島田謹二，也不曾提及多田南溟，而他所留下的資料、對他的相關研究，更是少之又少。不過，我們也許還是能旁敲側擊，去推想多田南溟的心境。

在同一年，多田南溟所出版的詩集《黎明的呼吸》，卷頭語如此寫著：「——所謂詩魂／是忠於自由．平等．博愛的／純心……」也就是說，他認為詩不只是文藝，更是超越身分、種

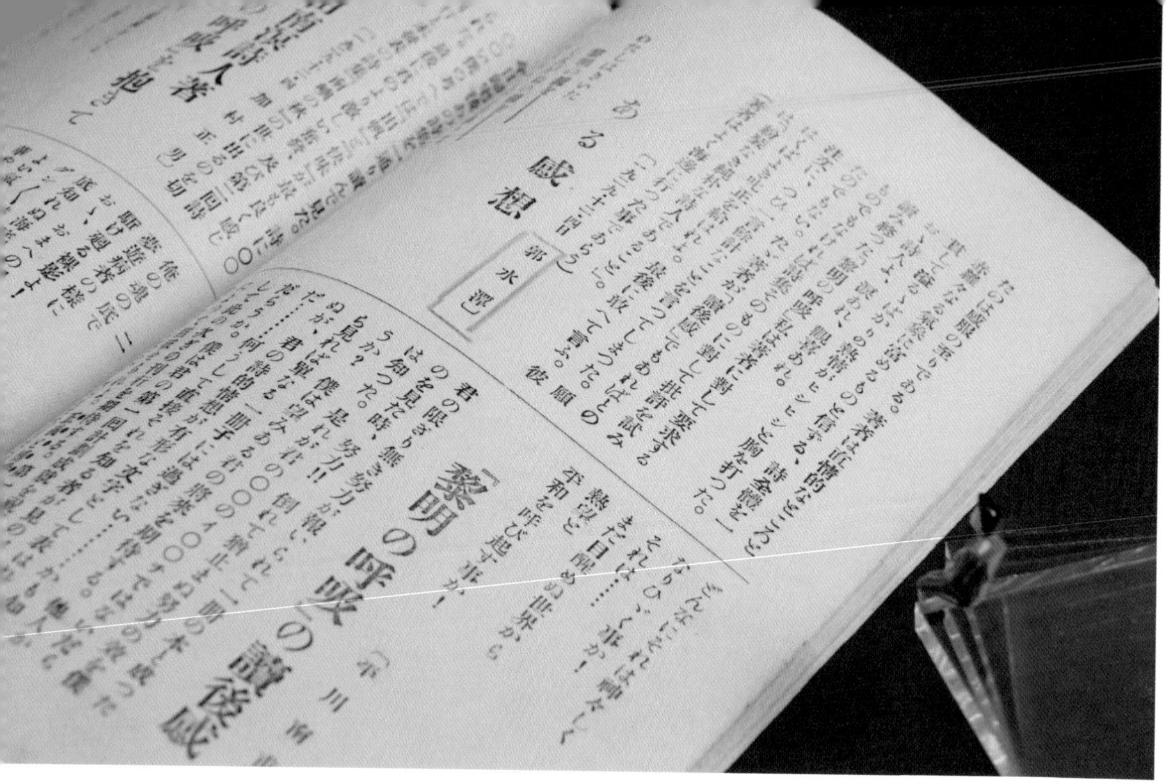

青年郭水潭或許也敏銳地嗅到了同類的氣息，才會持續投稿至《南溟樂園》。

族、階級與地位的一種精神與價值。所以他願意離開日本、前往殖民地臺灣，在異地追求詩，寫詩，創立詩社和詩誌，目的就是讓詩藝從學院知識分子高高在上的眼光中解放，真正成為所有民眾的「樂園」。然而，在當時臺灣這座南方島嶼上，他還沒有太多志同道合的夥伴，也與日本中央文壇、詩壇的主流體制格格不入。正是因為在如此孤絕的情境裡，能夠讀到郭水潭的詩，發現這個遙遠的南方島嶼，居然真的有人和他有相近的眼光、類似的關懷，這怎麼能教人不感動？

回過頭來，青年郭水潭或許也敏銳地嗅到了同類的氣息，才會將詩作投稿至此吧。所以這也許才是完整的故事：多田南溟與郭水潭互相以慧眼辨識了彼此，伯樂識得千里馬，反之亦然。

於是，那彷彿是詩的燃點，啪地一聲，遂燃起照亮未來的火光。

之後郭水潭果真持續創作新詩，且亦持續投稿至《南溟樂園》。這份刊物現在已十分罕見，而這僅存的一九三〇年新春第四號，則記錄了在那之後的軌跡。郭水潭在這份雜誌上發表〈秋心〉一詩，主題是悠久且典型的吟詠季節，透露出詩人主體小我與自然運行大我的交融，顯現了典型的抒情情懷；另一方面，他也持續關注社會邊緣人，寫下了〈妓女〉一詩，描繪了女性被迫賣身的辛酸，反映現實，而多田南溟則寫下〈爭鬥著不斷的鬥爭〉一文，歌詠著所有在困境裡堅強求生的底層階級，兩人都踏上了同一條懷有理想的詩道之上。

此時，這還只是個小小的、僅有二十二位同人的社團刊物，他們也許都沒有料到，兩年之後，以此為中心改組的「無鑑查民眾美術組織」與《南溟藝園》，會成為擁有一千五百位會員的大團體。

火花也有形成燎原之勢的一天。而這封信件，這個讓兩人抵達燃點、開始放光的一刻，遂象徵著一切的肇端。

郭水潭獨照。他與多田南溟的相知相惜彷彿是詩的燃點，啪地一聲，燃起了照亮未來的火光。（郭昇平捐贈）

作家小傳

郭水潭 1908 — 1995

別號「千尺」，出生於臺南佳里，乃橫跨日治及二戰後的重要作家，鹽分地帶文學的代表人物，有短歌、俳句、新詩、小說、散文等創作及評論。日治時期加入過許多文學團體，小說〈某男人的手記〉曾獲新人創作獎。戰後仍持續創作，並致力於文史研究，1993 年獲頒南瀛文學「特別貢獻獎」。作品大多描寫鄉土、親情，也仗義揭露不平等的社會現況。

臺灣新民報

對中東路問題
滿國決取最後手段
因俄方拒絕開理事會
故該問題已成尖銳化

秘露大統領
被狙擊即日死去
於觀兵式之歸途中

松岡代表歸朝

秘露大統領暗殺
犯人一射殺一逮捕

秘露後任大統領
舉威那維地斯將軍

對關稅休戰案
法政府表示同意

印度聖雄甘地氏
聲明決行斷食
但謂吾人非希望死
願全世界朋友共禱

對經濟會議代表
六省協議最終訓令

督府計畫
設立物產介紹所

日滿通信社
開第一回審查會

灤河華軍
一齊開始進出

昨日勞働節
左右兩翼各別行列

依中國軍態度如何
難斷言不出兵華北

臺中厚生信組
開第一回總代會

臺北市協月例會
討論都市街問題

被燒一棟

服地!!大賣出

訪友合作聲明書

《臺灣新民報》第 788 至 999 號

捐贈者／中島利郎

重要古物

《臺灣新民報》的日常戰鬥

文　徐淑賢

我們為什麼挑選這件藏品

每逢重大選舉之前，各種宣傳造勢、政策批評、和公眾權益有關的訊息，往往透過電視、報紙、網路新聞、社群媒體鋪天蓋地而來。在電子通訊普及的今日，除了報紙之外，我們早就有許多獲得資訊的管道，Facebook、Line、新媒體紛紛出籠，傳統報刊的影響力早已不如以往。

但在沒有網路的一百年前，臺灣人在日常生活中，是如何獲取最新的世界大事、各地報導與廣告訊息？

在那個傳統的時代中，一方報紙、一本雜誌，很可能就是我們認識這個世界最重要的管道了。只不過，以前的報紙也沒有這麼簡單。在被殖民的情況下，報業受到政府掌控，臺灣人的思想和眼界等同於受到控制。在這種時候，臺灣人自己的報紙，就顯得格外重要了。

而《臺灣新民報》，就是臺灣人建構自己、認識自己的重要里程碑。

打開臺灣新文化運動的第一頁

一八九八年，《臺灣日日新報》在總督府的指揮與授意下，整合《臺灣新報》、《臺灣日報》，與《臺南新報》、《臺灣新聞》成為總督府宣傳的「御用三紙」，並透過媒體政策與相關法令，嚴格控管臺灣報業的發展，同時把關著著臺灣人的思想與認識世界的大門。

然而在第一次世界大戰後，受到民族自決與民主風潮席捲，在日本東京留學的臺灣學生迎向新潮流與新文化的衝擊，開始回頭觀看自己的故鄉，深深感受到「被殖民」的種種問題，於是開始在啟蒙民智、改善風俗、反對集權統治的主軸下，透過小說、透過社論，打開臺灣新文化運動風風火火的第一頁。

他們在日本東京接連發行了《臺灣青年》、《臺灣》、《臺灣民報》等一系列以「臺灣」為名的雜誌，然後回銷臺灣，不斷地將這批留日臺灣學生所學習與見聞的新知、對政治社會的想法，隨著海水一波波激盪回故鄉。就像ＦＢ貼文分享數量的爬升，「臺灣」系列刊物的印行量也日漸增加，勾起臺島人士與旅日青年關心世界局勢與臺灣未來的熱情。總督府也意識到這份報刊可能帶來的騷動，因而嚴密監控，甚至多次透過檢閱、割除、拖延檢查時程、禁止發行等手段，讓這份跨地域傳播的刊物，變成過期的廢紙。

一九二七年，《臺灣民報》經歷多年的申請、延宕、被拒，終於獲得批准回臺發行，一九三〇年增資改組為《臺灣新民報》週刊，一九三二年四月正式發行《臺灣新民報》日刊（日報），一九三四年一月獲准發行夕刊（晚報）。同時在東京、大阪、上海、廈門、基隆、新竹、臺中、嘉義、彰化、臺南、高雄、屏東、花蓮等地，成立十三個分社，以「臺灣人唯一言論機關」之姿，投入臺灣本島的傳媒市場。

但三大「御用紙」在臺灣的勢力依舊盤旋不去，總督府操縱與監控的手段也未曾停歇，更有電影、廣播、唱片等新式影音媒體的興起，《臺灣新民報》肩負著啟迪民智、檢討風俗，以及突破官方言論、建立從臺灣人角度報導時事與時局的企圖，也不得不思考閱讀受眾的來源與需求。

為了擴大讀報者的階層，《臺灣新民報》一面持續透過新聞報導，積極介入政治與社會事件的報導與評議；另一面則透過學藝欄（副刊），刊登連結時尚風潮又結合熱門時事、呼應新聞報導的「新聞小說」，邀集讀者遨遊在文學的想像與新聞的真實之間，進一步深入百姓的日常生活。透過日常的描寫形成論述的力量，召喚大眾對時局與自我處境的認識。

開拓這條路線的先鋒作品，無疑是一九三二年

臺灣新民報

對東鐵買收問題
政府部內有力意見
須由撤議政府開始交涉

非南國合議之決定
依中俄協定作為無效

對於戰債改訂問題
美國務長官發聲明

就日印日英通商
英大使會有田次官

刑事補償法
施行於臺灣

中國軍損害甚巨

百十七師潰滅
師長生死不明

下長城線攻擊命後
華軍之配備及陣容

中央部隊
向○○集結

皇軍薄近灤河

十日發行本報
被禁止頒布
臺灣新民報社

英語通信講座
研究社

日本一の英語獨學機關！

1932 年 4 月正式發行的《臺灣新民報》日刊以「臺灣人唯一言論機關」之姿，投入臺灣本島的傳媒市場。

連載的《命運難違》[1]。這篇小說描寫當時摩登男女在臺北城追求自由戀愛，卻又陰差陽錯地發現束縛自我命運的枷鎖。愛情在現代與傳統的價值中拉扯的劇情吸引了百姓的目光，那個時代許多類似的真實事件，就像故事描寫的內容一樣，正在人們身邊發生。無論是茶餘飯後的閒聊，或者正經八百地告誡小輩，愛情與現實、摩登與傳統，都是人們生活中熱門的議題。但在連載的故事裡，作者不忘將臺灣對滿洲國經濟的評論以及發動戰爭的討論帶入劇情，遙遠的滿洲國、嚴肅的政經情勢以及戰爭的風雲，也就悄悄隨著一個發生在臺北城的愛情故事，進入人們的生活。或許在哪個家庭，父親談起自由戀愛不可行時，也會說幾句滿洲國如何，預測一下戰爭的發展。

《臺灣新民報》的另類影響力

另一篇賴慶的〈美人局〉，故事的梗概則是鴛鴦詐騙集團的行騙經過。離奇的劇情與《三言》、《二拍》、《杜騙新書》的情節相去不遠，但是在大家習以為常的詐騙傳聞中，卻搭配少數人才能體驗的留學經驗。於是人們讀到的不再是城市背景下的騙局，而是發生在航向日本的大船上；被騙的也不是流連歡場的生意人，而是正準備往日本留學卻毫無警覺的富二代。獨特的、新奇的觀察與體驗，又一次藉著日常骨架進入尋常百姓的生活裡。

1 作者林煇焜，以日文發表，原題名《爭へぬ運命》。

膾炙人口的暢銷小說，讓報紙上的新聞時事與社會評論不只是嚴肅的文字，更活絡於百姓的日常，開啟了《臺灣新民報》的另類影響力。由於閱報者的增加，保留於各版的廣告欄位，成為當時廣告主屬意的曝光媒介，小至地方的魚店、醫生館，大到證券商、大型企業，甚至連蚊香、啤酒，都有大小不一或以精美插圖搭配標語的廣告，不僅為報社增進不少收入，更增加了閱報者的趣味，為日治臺灣的各行各業留下生動紀錄。

然而，這些透過將社會議題以文學化、商品化、跨媒介宣傳滲透到大眾日常的方式，雖然確實起到啟蒙民智、喚起群眾的作用；但刊登絢麗廣告增進報社收入，以及新聞小說中描繪繁華物質生活、五光十色娛樂享受等殖民現代性的展現，卻都有可能稀釋對殖民政策、社會不公的抨擊力道，因此受到臺灣民眾黨等左派人士的批評。

可是，這些批評與《臺灣新民報》對於社會議題的處理、文學創作的支持、出版翻譯與聯合各種媒體傳播的努力，其實正說明了從一九二〇年代過渡到一九三〇年代的臺灣人，因為民間媒體的興起，日常開始充滿認識真實政治、

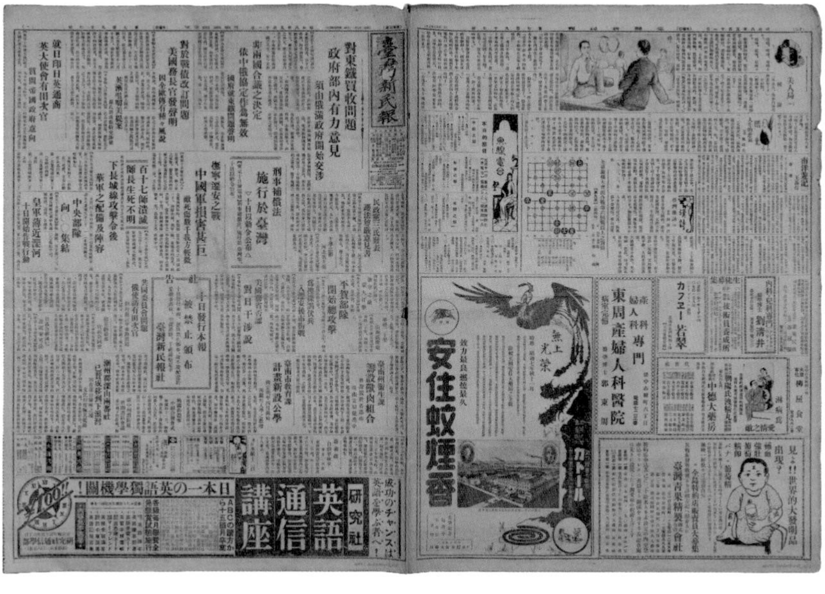
臺灣新民報
對東鐵買收問題
政府部內有力意見
刑事補償法
施行於臺灣
中國軍損害甚巨
英語通信講座
研究社
安住蚊煙香
東周產婦人科醫院
日本一の英語獨學機關

〈美人局〉的故事梗概是鴛鴦詐騙集團的行騙經過，獨特的、新奇的觀察與體驗，藉著日常骨架進入尋常百姓的生活裡。

一份報紙，如同一席臺灣餐桌，不僅僅要讓人吃飽，更重要的是提供一種融合色、香、味以及記憶的生活情感。

理解現實社會的需求，並透過文學體會生活的品質。一份報紙，如同一席臺灣餐桌，有豐盛而必不可少的主食，也有挑逗味覺、令人回味無窮的甜品，不僅僅要讓人吃飽，更重要的是提供一種融合色、香、味以及記憶的生活情感，這是在抗爭之外，另一股帶領時代往前的力量。

從報刊發行者到文學創作者，再到飲食烹調者，他們內心都有一條自我追尋，並與外界連結的道路。在眾聲喧譁的年代，握住自己最炙熱的本質，透過各式媒介展示紛雜議題的當下，他們以日常的真實同步人民的身心，不僅開啟大眾對自我生活的細膩感受，明白他人悲苦之所在，更帶著眾人體會奮起與現實的意義，進而明白未來的道路該往何處追尋。

報紙小傳

《臺灣新民報》最初為在東京發行的《臺灣青年》，歷經幾次發行頻率、刊名的變更，於 1927 年獲得總督府的批准回臺發刊，同年第 167 期《臺灣民報》以報紙的形式現身臺北，並於 1930 年起改稱為《臺灣新民報》，此時期主筆兼編輯局局長為林呈祿。《臺灣新民報》內容是報導重於評論，站在臺灣人的立場從事報導，尤其致力於糾正各日系報紙的歪曲事實與袒護日人言論，同時提高臺灣的民族意識，影響臺灣民主自由與文化啟蒙的發展。

18

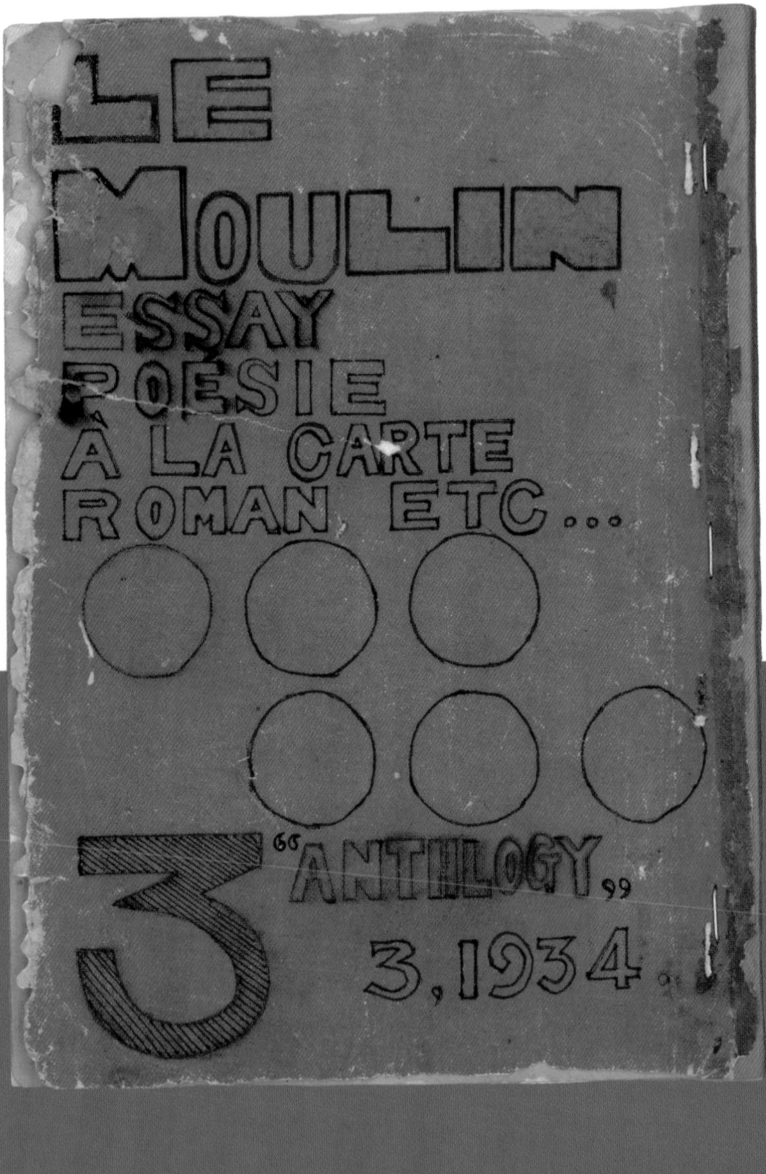

《風車》（*LE MOULIN*）第 3 號

捐贈者／楊熾昌家屬

重要古物

時間的倖存者

文 陳允元

我們為什麼挑選這件藏品

二〇〇三年，以一九三〇年代臺灣流行音樂發展為主題的紀錄片《跳舞時代》上映。片中歌手純純唱出的一句：「阮是文明女，東西南北自由志。」使許多觀眾驚豔地發現，原來我們過往以殖民壓迫、戰爭、皇民化為關鍵字認識的「日本殖民統治時期」，同時也曾是一個摩登而亮麗的「跳舞時代」。

事實上，在那個離我們似乎有些遙遠的年代，世界的現代思潮與物質文明在極短的時差內抵達臺灣，落地生根，成為臺灣自己的現代。在文學發展上，一九三三年結成於臺南的風車詩社即為一例。儘管成員僅有七人，卻開啟了臺灣的超現實主義美學。

當你聽著這樣的敘述，不知是否試想過：那些曾經發生的事如何為後世的我們知曉？文學史又是如何被建構起來的？

風車詩社的同人誌《風車》第三號，是見證詩社活動最重要的史料，但目前僅見此一孤本，其他號數如今未見。「歷史」從來都不是全貌。我們現今的所知，都只是局部，都是有待增補或等待被推翻、被重寫的歷史學草稿。

但光憑這一冊，它就告訴我們很多。除了殖民性與現代性的辯證，它正反覆訴說：臺灣從來不在世界之外，臺灣在世界之中。

最終存留下來的

奪下第五十三屆金馬獎最佳紀錄片獎的作品《日曜日式散步者》，以一九三〇年代臺灣第一個超現實主義詩社「風車詩社」為題，採取了一種違抗感知慣習的表現方式：戲劇重演的部分，演員頸部以上的表情都被切隔在景框之外，觀眾看不到在劇中飾演風車詩人的演員的臉；只有在史料檔案中，風車詩人方從歷史的彼端回過頭來，以正面示人。

之所以採取這樣的表現方式，導演黃亞歷謂此為在「當事人缺席」的狀況下體認歷史「再現」之不可能，同時也在這不可能中試圖逼近歷史的「真實」。換個方式說，或許我們可以這樣思考：面對業已消逝的人事時地，我們永遠只能以局部去想像整體、逼近真實；而唯一能藉以追尋的線索，便是物——檔案、文獻、史料。它們殘缺不全，沉默無聲，卻在蒙昧渾沌的暗夜裡接續成一條條通往過去的微光跡線。它們是歷史的見證者，也是時間的倖存者。

然而並非所有的史料都能從歷史的劫難中倖存下來，特別在命運多舛的近代臺灣。日治時代的史料，即使有幸躲過有心或無意的丟失、躲過蟲蛀水淹、甚至逃過來襲敵機投下的燒夷業火，到了戰後，當統治者更迭、敵我互換，這些史料帶有被仇視的日本殖民地記號，或刻印高度敏感的左翼語彙，使所有者得在家中暗處親手掩埋、祕密燒燬。於是，最終能夠存留下來的，往往成為了歷史的孤本。且還要一點點上天給予的善意，才能遇上有心且努力的研究者，被整理、翻譯、詮釋與建構，成為「文學史」的一部分而為我們知曉。

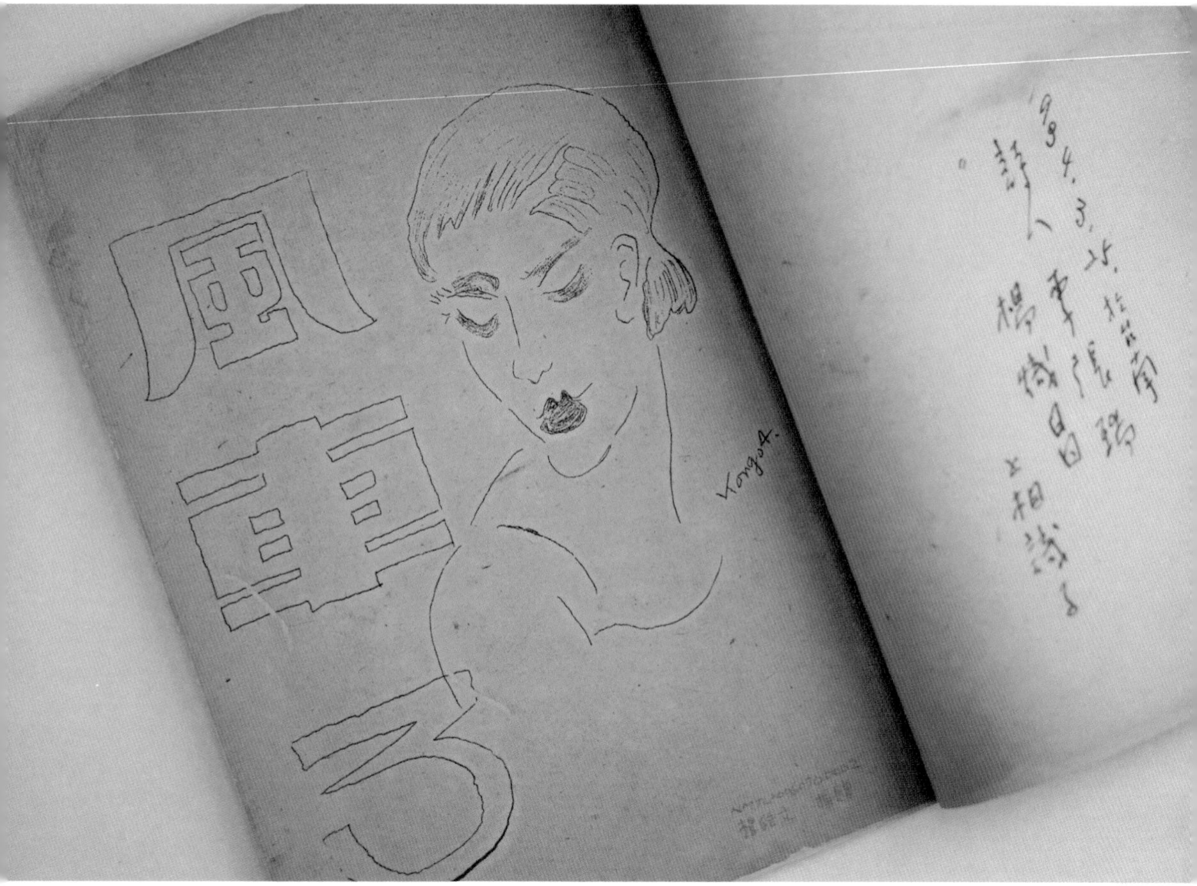

1933 年結成於臺南的風車詩社儘管成員僅有 7 人，卻開啟了臺灣的超現實主義美學。

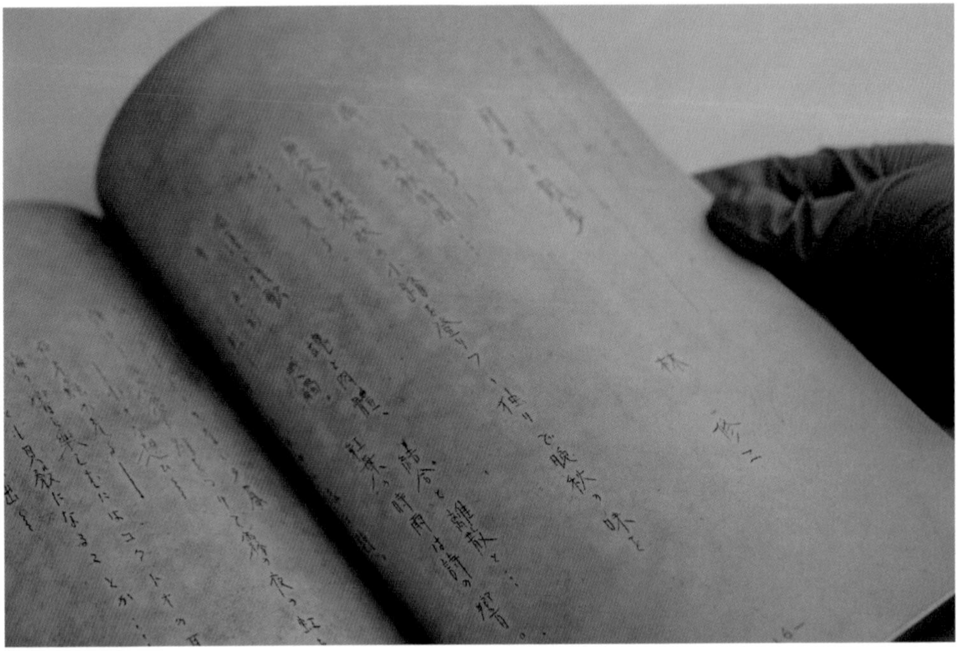

《風車》第 3 號收錄林修二作品〈月光和散步〉。

臺灣現代主義詩的起點

風車詩社由楊熾昌主導，借用法國紅磨坊（Le Moulin Rouge）之風車意象為名，結成於一九三三年日本統治下的臺南。主要成員還有李張瑞、林修二、張良典等，除張良典外，皆曾留學東京。他們以前衛的先鋒姿態，將源起於歐陸而經日本轉化改造的超現實主義美學及「主知」論的詩學引進臺灣，並結合臺灣的熱帶南國風土與殖民地情境，創造出一種既本土又國際、在世界的現代主義運動中獨樹一格的臺灣實踐。而這樣的實踐正是臺灣現代主義詩的起點。當紀弦宣稱自己在一九五〇年代為臺灣帶來現代詩的火種，事實上，他的現代派運動已經整整落後風車詩社二十年了。

當然，也許我們不能過分苛責紀弦

狂妄。畢竟風車詩社要遲至一九七〇年代末因陳千武的翻譯，才開始被戰後的臺灣文壇認知。然而無論是陳千武的翻譯，或是楊熾昌一九七九年重編出版的自選集《燃燒的臉頰》，根據的都是四處蒐集來的舊報紙與雜誌剪貼，而非詩社的同人詩誌《風車》。楊熾昌自云：「由於第二次世界大戰的戰火，隨著家屋和身邊的一切紀錄、資料、藏書全都燒光的緣故，要編這本集子備嘗艱辛。」四〇年代戰火燒光了藏書與詩稿，而他至為疼愛的後輩林修二也在終戰前的一九四四年因肺結核早逝。到了五〇年代，白色恐怖又奪走了他的摯友李張瑞的生命，這使得倖存的楊熾昌及張良典就此封筆，放棄文學。

等待從時間的罅隙中拾起

至此，還有什麼能夠見證他們的青春、友誼，以及互相勉勵追求藝術與前衛的銳氣？直到一九九四年楊熾昌過世，他都以為這份刊物早已不存，抱憾而終。過世後翌年，呂興昌教授與楊熾昌的三男楊皓文整理遺物之際，才在一個不起眼的角落，赫然發現這冊僅見的《風車》第三號孤本。

這冊以為早已佚失的薄薄詩誌，收錄有同人們的詩、小說以及文論，是他們在島上努力刻下的痕跡。楊熾昌在後記寫道：「福爾摩沙的春天來了。島上的詩人喲！理論家喲！有精神地從冬眠睜開眼睛站起來吧！為了美麗島的文學！」年輕的他們曾如此熱烈地激勵島上的詩人與理論家，企盼能夠一同致力於文學，召喚福爾摩沙的春天。然而在戰後很長一段時間，整個日治時代的臺灣文學卻被埋沒在歷史的暗角，彷彿島上從來便是荒蕪，一切都不曾發生。

作為歷史的孤本，《風車》第三號已妥善典藏於國立臺灣文學館，正好也在風車詩人的家鄉臺南。然而如今我更好奇的是，那些下落不明的《風車》第一號、第二號、第四號，以及楊熾昌提及曾經出版過的詩集、詩論集與小說集，有沒有可能如《風車》第三號一般，只是暫時被世界遺忘了而已？也許它們仍等待著一個宿命般的眼神——因震驚而有些遲疑，但終於探出了手，將之從時間的罅隙中拾起。

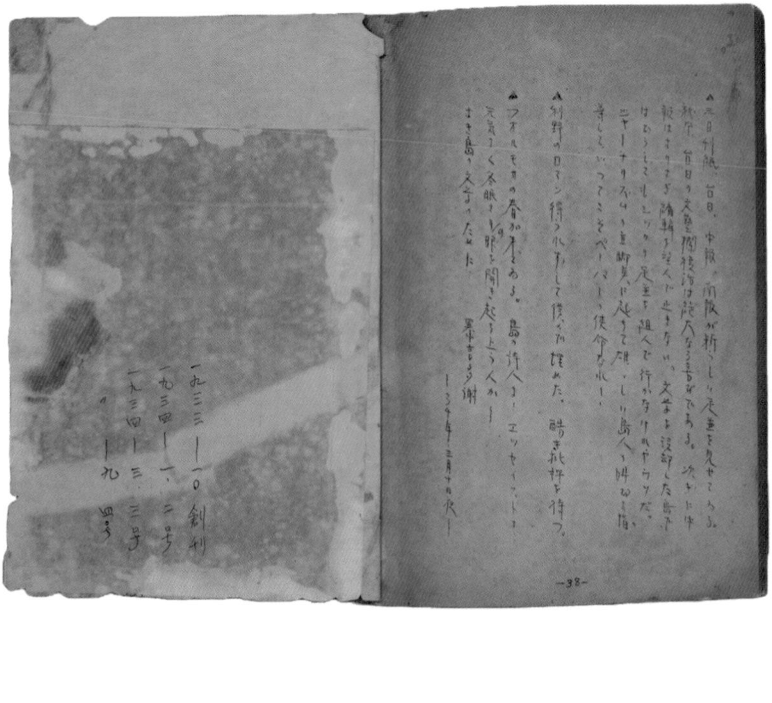

楊熾昌曾在後記熱烈地激勵島上的詩人與理論家，企盼能夠一同致力於文學，召喚福爾摩沙的春天。

作家小傳

楊熾昌 1908－1994

臺南人，筆名有水蔭萍、水蔭萍人、柳原喬等。1908 年出生於臺南市，臺南二中（今臺南一中）畢業，1930 年赴日求學，於東京就讀文化學院，1932 年因父病危返臺。後任職臺南市第五十區煙草賣捌所書記，從事文學創作並兼任《臺南新報》文藝欄編輯。1933 年秋季結合臺籍青年李張瑞、林修二、張良典以及日籍女子戶田房子、岸麗子等六人共組「風車詩社」，於 10 月發行同人刊物《風車》。1986 年與劉捷同獲由《自立晚報》主辦「鹽分地帶文藝營」頒贈的「臺灣新文學特別貢獻獎」，重獲文壇肯定。

19

《民俗臺灣》第 2 卷第 12 號

捐贈者／黃得時

勇闖臺北帝大的臺灣人女學生

文
謝宜安

我們為什麼挑選這件藏品

現在臺大有四成多的女大學生，「女學生」已非大學裡的稀有物種。但在日治時期可不是如此，儘管一九二〇年代後，臺灣出現了多所「高女」，讓女學生可以在公學校畢業之後，接受更好的教育、成為優秀的女性。但說到真正的高等教育，那還是男人的事。

作為帝國大學之一的臺北帝大，裡頭的學生都是男性，即便有女性，也多半不是臺灣女性。一九三一年，首度有女學生大森政壽考入文政學部。由於當時還未公布大學男女共學的制度，大森政壽入學一事引起了輿論的熱議。而她就是一位日本人。

那麼臺灣女性正式入學臺北帝大，成為修業年限長、需要寫畢業論文的本科生，是什麼時候的事呢？

一九四四年，史學科的張美惠和另外兩位臺籍女學生一同進入帝國大學，成為第一批帝大的臺籍女性本科生，就此寫下臺灣女性在帝大學校的歷史傳奇……

未經打磨的原石

一九四四年秋天的晚上，南國初帶涼意。帝國的戰況還未延燒至頂點，殖民地最高學府臺北帝國大學仍有餘裕舉辦本屆新生歡迎會。迎新選在著名的鐵道大飯店，太陽落下後，飯店亮起華燈，迎接這批帝大新生。這是帝國最後的榮光，隔年夏天日本將宣布戰敗，這批新生也將成為帝大最後一批學生。張美惠是當屆的新生之一，帝大所收的女生極少，可以想見，在充滿男性教授、學生的新生歡迎會上，她會是相當顯眼的存在。

果然，研究民法的宮崎孝治郎前來與她說話。張美惠第一次見到宮崎孝治郎，宮崎教授卻突然對她說：「我從以前就知道妳了！」張美惠十分緊張，心臟快速跳動。

原來，宮崎教授在他發表的論文〈生態支那家族制度及其族產制〉中，引用了張美惠兩年前以「長谷川美惠」之名發表在《民俗臺灣》上的文章。

張美惠的那篇文章題為〈臺灣的家庭生活〉，共分三期，自一九四二年四月開始連續三個月刊載於《民俗臺灣》。她在文章中描述祖父、祖母的經歷，以及臺灣的房屋樣式，

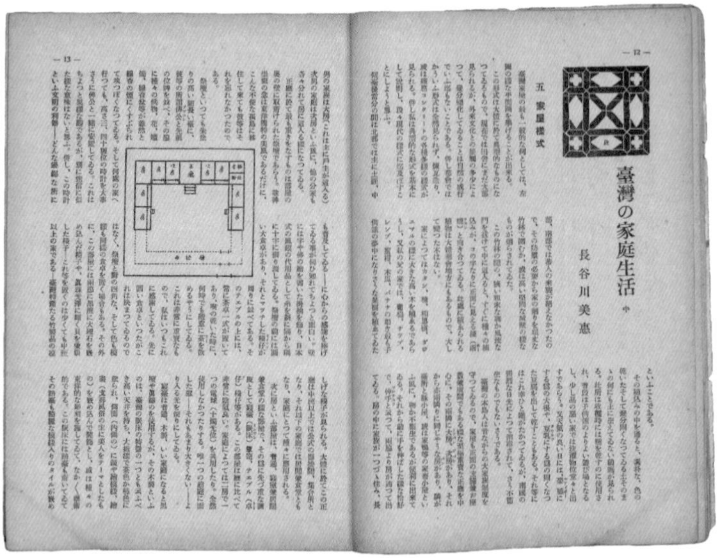

張美惠的文章〈臺灣的家庭生活〉共分3期，自1942年4月開始連續三個月刊載於《民俗臺灣》。（《民俗臺灣》2卷5號：龍瑛宗捐贈）

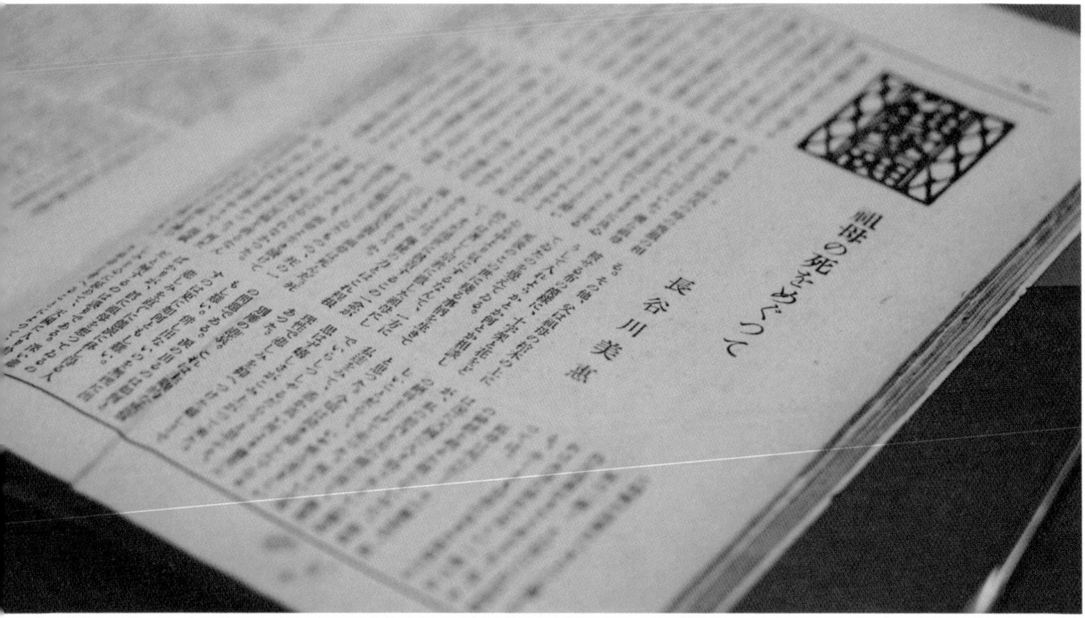

1942 年 12 月刊出的〈回顧祖母之死〉，以祖母去世為楔子，描寫臺灣喪葬習俗中的哭泣文化。

不只詳盡介紹，還提出了自己的意見，認為此種空間設計不利於小孩的遊戲與閱讀，呼籲為政者重視。寫出這篇詳細而具批判力的文章時，張美惠僅有十八歲。她於同年十二月刊出的另一篇文章〈回顧祖母之死〉，則以祖母去世為楔子，描寫臺灣喪葬習俗中的哭泣文化。

自己的文章能被專業學者注意到，甚至引用到文章中，是莫大的榮耀。張美惠像是原石，未經打磨已經內含光芒，令人不得不注意到她。但這時，她最重要的研究生涯尚未展開。

這是帝大的新生歡迎會，而未來在這所大學裡，她將接受到日本帝國最精英、最扎實的學術訓練，並找到她畢生鍾愛的研究領域——但那都是以後的事。這時的張美惠已經因為投稿《民俗臺灣》，而提早嘗到作為學術寫作者的榮耀。

是侷限，也是頂點

張美惠並非《民俗臺灣》最年輕的女性作者。和她同時刊載文章的，還有小她四歲的黃鳳姿。〈臺灣的家庭生活〉第一篇刊在第二卷第四號，這期恰好是「女流特輯」，刊登了包括張美惠、黃鳳姿、楊千鶴在內的六篇女性寫作的文章。

這是「高等女學校」遍地開花的時代，新的女子教育培養出能讀能寫的新一代年輕女性寫作者，她們是學生，也是準知識青年。即便「高女」如今看來不過是中學學歷，但在當時，已是女性普遍所能受的最高教育。

但張美惠卻走得比這遠得多。她自臺北第一高女畢業後，進入東京聖心女子學院。高女以「良妻賢母」為女子教育宗旨，學生畢業後多嫁做人婦，進學者實為少數。張美惠卻不走高女畢業生的傳統路數，她不只到東京進學，還回臺進了臺北帝國大學。

這是極難得之事。日治時期即便著重女子教育，但高等教育卻是不歡迎女性的。一九三一年到一九四四年間，臺北帝大的女性「本科生」僅有九位，張美惠就是其中一位。

但在她進入帝大之前，還遇到了一點波折。

張美惠與《民俗臺灣》編輯群早就認識。一九四一年的暑假，她從東京回臺，看到鹽見薰刊登在《臺灣日日新報》上的文章，寫信給鹽見薰，進而認識了《民俗臺灣》作者群。當然，還有《民俗臺灣》的靈魂人物金關丈夫。張美惠和這些文化人聚餐、看展，在東京時甚至參加了柳田國男的讀書會，體驗了一個文化界人士所能享受的社交生活。自東京聖心女子學院畢業後，金關丈夫建議她就讀自己的母校京都帝國大學，但當時京都帝國大學和東京帝國大學都不接受女學生，張美惠因此轉向獲得學士院賞的岩生成一所在的臺北帝國大學。

周婉窈教授說張美惠「登上了當時不只是殖民地，也包括內地女性知識青年的高峰」。確實，張美惠已經觸碰到了天花板，她「不能進東京／京都帝大」的侷限，也是所有女學生的侷限。但相對地，她入學臺北帝大，也是所有追求學識的日治女性所能抵達的頂點。

張美惠以「南洋史學」為志願進入臺北帝大史學科。南洋史學是臺北帝大的獨有強項，擁有諸位重鎮型學者，訓練極為扎實，以十六、十七世紀海洋史為主要研究方向，要求學生修習荷蘭語、西班牙文，直接閱讀原文文獻。張美惠至少會英文、德文、法文、荷蘭文、西班牙文、中文、日文等七種語言，在她的論文裡，可以看到她直接引用荷蘭文或法文文獻。

被迫中斷的學術事業

張美惠本來也可能像師長們一樣，成為該領域的重要學者，但這樣的事並沒有發生。從戰爭期間到戰後，有好幾個會讓人「停在那裡」的險關。張美惠在帝大時正逢戰爭，她的男同學陸續出征，留下了成績單上的空白，最終可能也沒有回來。戰爭結束，「臺北帝大」變成了「臺灣大學」，被中華民國政府接收。這一代大學生的知識、語言都被迫中斷。

但兩年後的一九四七年，張美惠交出了她的畢業論文〈關於「東西洋考」中的明代中暹交通〉。

你看出了什麼嗎？

這是論文原有的標題，也就是說，這篇論文是中文。

在一九四五年到一九四七年的短短兩年間，在多數寫作者困擾於「跨語」問題時，進行學術寫作的張美惠，已經用中文交出了她的畢業論文。她的中文論文流暢易讀，語言並沒有絆住她。

畢業後她留校任教。帝大的日人教授陸續被遣返，在這之前史學科歷屆畢業人數只有一到三名，育成學生如鳳毛麟角。留任的張美惠應該要成為傳承帝大南洋史學成績的關鍵人物，但並沒有。

一九五五年，她和丈夫兼同事卜新賢同赴西班牙留學。張美惠本擬留職，後來還是向臺大遞出了辭呈，以「研究南洋史」為由離開。張美惠在馬德里大學獲得博士學位，卜新賢於大使館工作，兩人後在馬德里大學教書。一九七三年，中華民國和西班牙斷交，大使館關閉，兩人失去了教職與經濟來源。

| 張美惠曾撰文回憶 17 歲時和《民俗臺灣》作者以及金關丈夫等人的交遊。

兩位流落異地的學者為了營生而不得不另操他業。做什麼呢？經營中餐館。曾經熱愛南洋史的張美惠被迫放下學術事業，投身柴米油鹽之中。

一九九七年，她在《日本歷史》上撰文，回憶十七歲時，和《民俗臺灣》作者以及金關丈夫等人的交遊。那些細節，她仍牢牢記得。這時張美惠已經七十五歲，距離她失去教職、開始經營中餐館，已有二十多年。當時的她，已經脫離學者身分很久、很久了。她卻還記得鐵道大飯店裡，宮崎孝治郎教授徐徐起身的動作，記得對她說的那句話，記得她當下加速的心跳。

她就這麼記了一輩子。

作家小傳

張美惠

1924 — 2008

基隆人，學者。曾就讀臺北第一高女、東京聖心女子學院，1942 年，以長谷川美惠之名在《民俗臺灣》上刊登文章。1944 年進入臺北帝國大學史學科專攻南洋史學，1947 年畢業留校。這段期間發表了數篇論文，如〈明代中國人在暹羅之貿易〉（《臺大文史哲學報》）、〈郭懷一抗荷事蹟考略〉（《臺灣風物》）。和賴永祥、夫婿卜新賢共同撰寫《臺灣省通志稿・政事志・外事篇》。1955 年赴西班牙留學，此後長居西班牙。

參考資料

【杜英專欄】臺北帝大總共收過多少個女學生？

https://taihokuimperialuniversity.blogspot.com/2018/02/blog-post.html

周婉窈，〈臺北帝國大學南洋史學講座・專攻及其戰後遺緒（1928-1960）〉

https://toaj.stpi.narl.org.tw/file/article/download/4b1141f984364572018437a8fd11002e

20

《劇場》第 5、6、7/8 期

捐贈者／姚海星

他從沒被當成作家，卻充滿文學感

文　朱宥勳

我們為什麼挑選這件藏品

有一個社群網路的小遊戲是這樣的：發起人虛構一本只有書名、實際上不存在的書，其他網友則會在留言區七嘴八舌，討論書中內容。由於這本書並不存在，所以大家所虛構的「第八十七頁那隻北極熊是不是象徵主角的生命啊」、「我覺得這應該要跟最後一章的『茶杯』是同樣的意涵」這類留言，反而會讓這本書彷彿有了具體的形貌。對書的評論，取代了書的本體，甚至成為了書的本體。

但這個遊戲，其實遠在社群網路發明之前就存在了。更精確地說，早在一九六六年的臺灣，就有一位叫作黃華成的藝術家，徹徹底底玩過很類似的遊戲了。

「大台北畫派」宣告成立

黃華成是臺灣一九六〇年代最重要的現代主義藝術家之一。甚至，我們或許可以省略「之一」，也不會有太多人反對。他所參與的《劇場》雜誌，也是大力介紹西方戲劇、電影，視覺設計極為前衛的刊物。一九六六年，就在《劇場》雜誌第五期，黃華成發表了一份〈大台北畫派宣言〉，宣告成立一個「大台北畫派」，並將舉行畫展，歡迎各路人馬參展，參展即等於入派。

這個消息立刻傳遍了藝文圈。〈大台北畫派宣言〉洋洋灑灑寫了八十一條，內容充滿了強烈的「反藝術」之前衛精神，姿態聳動，引起眾人注意並不意外。而在消息發酵後，有媒體前來訪問黃華成，他更是宣稱已經有超過百位藝術家加入了「大台北畫派」。這一宣稱耐人尋思：臺灣整個藝文圈

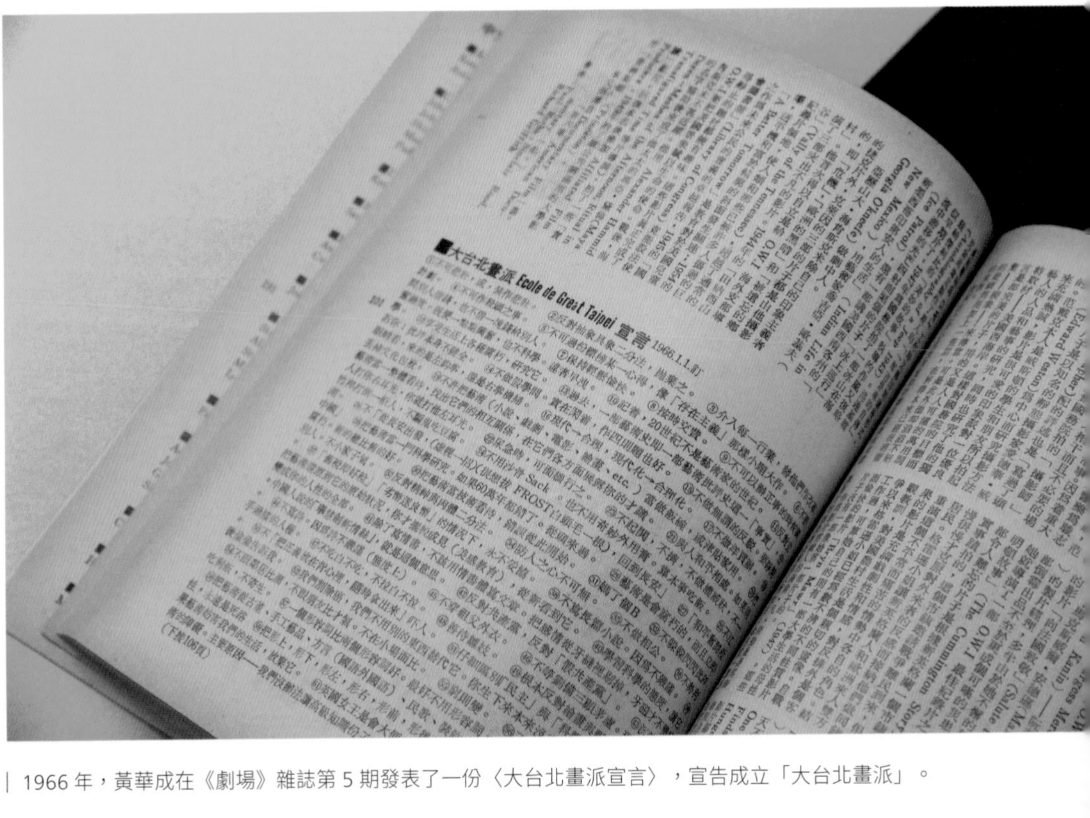

| 1966 年，黃華成在《劇場》雜誌第 5 期發表了一份〈大台北畫派宣言〉，宣告成立「大台北畫派」。

才多大，可以讓「大台北畫派」吸納一百多人？更別說當時的畫壇上，已有「東方畫會」和「五月畫會」兩個非常活躍的現代畫團體，黃華成到底是串連了哪些藝術家，可以如此聲勢浩大卻又無人知曉確切名單？這可比光明會還要神祕了。

隨後在《劇場》雜誌第六期，黃華成刊出了「大台北畫派 1966 秋展」的廣告，廣告詞延續了「宣言」的戲謔風格：「不兮看兮白兮不兮看兮，或兮是兮看兮了兮白兮看兮。」你把「兮」全部刪掉，就會得到一句自我取消的廢話。

當年的八月二十七日，「大台北畫派 1966 秋展」正式在「海天畫廊」舉行。如果你當時聽信了《劇場》雜誌上的廣告，真的興匆匆跑去逛展，一定會傻眼——哪裡有什麼「畫派」？哪裡有一百多人？甚至，哪裡有什麼「畫展」？從頭到尾，就只有黃華成布置的一個奇怪的展覽空間：裡面散亂著米開朗基羅等世界級畫家的名畫，但卻是鋪在地上，任人踩踏；一臺唱機，在播放放慢了轉速，所以聽起來詭異莫名的「黃梅調」和披頭四；一大堆亂七八糟的「現成物」，如凳子、電扇、拖鞋、正在晾的濕衣服、看起來衛生頗有疑慮的茶水，這些東西都可以隨觀眾的意思移動（茶當然也可以喝，如果你敢喝的話）……。

此展一開，藝文圈恍然大悟。這個所謂「畫派」及「畫展」，不過是黃華成的一整套藝術行動。他壓根沒有開山立派的意思——正好相反，從〈大台北畫派宣言〉的內文，到「大台北畫派 1966 秋展」，他所有的言行，都是在嘲弄藝術圈的建制與傳統。比如宣言第十條：「記著，二十世紀不是藝術家的世紀。」第六十條：「如果藝術妨害我們的生活，放棄它。」或者更經典的第二十九條：「藝術是會腐朽的，而且立即腐朽。新的總比舊的好。」更何況，第四十九條他不就明說了嗎：「根本反對繪畫與雕塑，理由從略。」都已經說到這個份上了，他的「畫展」又怎麼可能真的是「畫」展？

黃華成透過這套藝術行動，展示了他既前衛又戲謔的「反藝術」觀念。所有正經八百的、把藝術當作崇高真理來追尋的觀念，都是他想要爆破的對象。而「爆破」，不管它有沒有道理，卻正是一九六〇年代的臺灣很需要的東西。在那令人窒息的時代，藝術與文學都充滿了各種陳腐的「傳統」，端著「你們不可數典忘祖」的架子；政治上則處於戒嚴箝制最盛的時期，一言一動都在老大哥設定的條框限制之下。如此一來，「爆破」自然充滿了吸引力。如果你聽膩了「建設反共基地、復興中華文化」，那會產生一種既不想建設什麼、也不想復興什麼的破壞衝動，也是很可以理解的。

跳躍突梯的詩意

不過，「大台北畫派」系列作為，一向被理解為經典的藝術行動案例，而廣為藝術史研究者和藝術家所稱道；然而我卻覺得，黃華成的「大台北畫派」也未始不能理解為一系列有趣的「文學作品」，或者至少是「非常依賴文學手法的藝術作品」。

如同小說家郭松棻曾經指出的，黃華成其實在一九六〇年代就曾寫下了非常精彩的現代主義小說〈青石〉等數篇作品。如果我們拿一九六五年創作的〈青石〉和七等生一九六二年發表的〈失業、撲克、炸魷魚〉相比，時期相近、同樣是現代主義、也同樣是兩人的第一篇小說，我認為黃華成的「起步」要比七等生高得多。但奇妙的是，〈青石〉雖然也在白先勇等人主編的《現代文學》刊登，黃華成卻一直沒有被文學圈和社會大眾當成是「作家」。陳佳琦的〈迷失而腐朽，或者不朽：黃華成筆下的文青之死〉詳細評介了黃華成的文學成就，此文的第一句話卻非常耐人尋味：「不知道能否稱黃華成為一位作家。」衡諸全文，陳佳琦顯然沒有要質疑黃華成的文學深度，這句話更像是一個含蓄的問號——為什麼文學圈會漏了這個人？

如果我們把黃華成的文學創作放在心上，再回頭來閱讀〈大台北畫派宣言〉，應更能讀出這裡面的「文學感」。「宣言」也者，直覺令人想到堂堂正正的論述性散文，尤其開山立派，似乎更應該旌旗鮮明、軍容嚴整。然而〈大台北畫派宣言〉卻打散羅列了八十一條，刻意使其「不成文」，這種形式感本身就很文學。而細看內容，八十一條條目之間也無明顯邏輯關係，甚至多有跳躍突梯之處，例如：

> 7保持輕鬆愉快。8按時交費。9不可以辦正事的時後興奮過度。即便一點點興奮，也不科學。違者早洩。

或者：

> 60如果藝術妨害我們的生活，放棄它。61英國女王是會大便的，天天都會。

這些條目不但不成文，甚至可以說是接近詩。其跳躍突梯，正近於現代詩的思維；但你要說這些是亂跳一通嘛，卻又未必。比如上引第七條到第九條，顯然有一經過設計的「正—反—正」結構。如果「輕鬆」是正，「按時交費」之嚴肅感則為反，而第九條則再做翻轉，以「違者早洩」戳破嚴肅感。或如第六十條，似乎很正經地提出了「生活大於藝術」的信念，卻又在下一條寫出了根本不勞旁人贅言、然而千真萬確的「女王天天會大便」，這既翻轉了前一條的語氣，又延續了前一條的「生活」。甚至不用考慮上下關係，光是第六十一條本身「根本不必宣言，卻寫在宣言裡」的內在拉扯，本身就有一種遊戲性的詩意。

嘲諷的何止是「畫派」而已

更有趣的是，如果「大台北畫派」是一套作品，那它並不只是包含了「宣言＋展覽」，還另外打包了兩篇文字，一是黃華成自己撰寫的〈無題（大台北畫派秋展現場對話）〉，一是郭松棻撰寫的評論〈大台北畫派 1966 秋展〉。後者是一則嚴肅的藝評，並且不是由黃華成執筆，我們暫且不論。而黃華成自己下筆的前者，最後因為政治壓力而沒有公開發表，但內容非常有趣——他將現實中、想像中，朋友們跑去看展之後的心得，交錯寫成了一則對話紀錄。除了黃華成本人，這則對話紀錄還包含了郭松棻、劉大任、張照堂、莊靈、邱剛健、韓湘寧、丘延亮、李至善等《劇場》成員與藝文圈人士。這些人化為文中的角色，直白抒發——當然是經過黃華成剪接的「直白抒發」——他們各自對展覽的想法，以及黃華成本人插科打諢的回應，形成一種類似劇本或小說

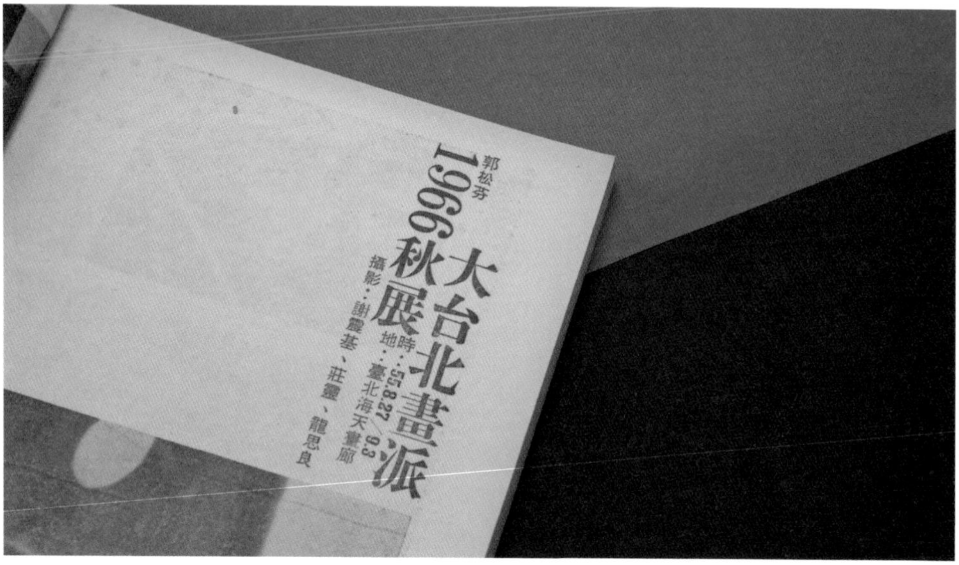

如果「大台北畫派」是一套作品，那它還另外打包了兩篇文字，其中一篇是郭松芬（即是作家郭松棻）撰寫的評論〈大台北畫派 1966 秋展〉。

的趣味。比如開頭的幾句：

女記者王小香：你展覽的目的為何？

黃：我打算開完這個展，上飛機出國。因為我要證明出去之前，我已經走到哪裡，我並非一無所有才出去的。

邱剛健：你的宣言可以留傳下來，《劇場》可以留下來的大概只有這篇東西。

莊靈：「尿急時可面牆行之」，嘻。

郭松芬：你仍然太悲壯！

由此，我們回頭盤點一下，就會發現黃華成透過大量的文字操作，形塑了「大台北畫派」這套作品的奇特形狀：這是一個既無畫、也無派的「畫派」。（甚至也沒有「大台北」，因為宣言的第七十九條是：「台北，位於球面體的兩個座標的交點上——北緯 25°02′ 東經 121°31′。本身無意義。」）但是，這個畫派有宣言（〈大台北畫派宣言〉）、有展覽（「大台北畫派1966秋展」）、有觀眾反應（〈無題（大台北畫派秋展現場對話）〉）、也有藝術評論（郭松棻〈大台北畫派1966秋展〉），如此陰蝕陽刻、層層指涉卻又通通落空的結構，讀起來幾乎就是一篇打破敘事障蔽的後設小說了。

這正是「只有書名、實際上不存在的書」，也正是黃華成的社群遊戲。只是他玩的不是社群網站，而是藝文社群；那時也有網路，不過卻是人際網路、概念網路、權力網路……。

文學圈從未把黃華成當成作家，他不是那種「自己人」。然而，黃華成的一言一動卻充滿了「文學感」，總是以某種「側面」的形象，出現在文學史裡。當我們談到小說家陳映真之「左轉」，總會提到他與黃華成所代表之《劇場》的決裂；當我們閱讀七等生經典的〈我愛黑眼珠〉等現代主義小說，我們想到的永遠是由黃華成設計封面的、那個意象魔魅的版本；當我們讀到

將漢字放大、旋轉、並列、變形，正是黃華成主編《劇場》時，因應「沒有資金獲得圖片」而採行的節省成本之法。

一九八〇年代，郭松棻以小說家之姿躍上文壇，最初一系列短篇小說〈青石的守望〉時，也會恍然想起黃華成的〈青石〉；甚至更隱微的，在一九六〇年代以降，世世代代的文藝刊物，都習慣了將漢字放大、旋轉、並列、變形，利用漢字的圖像性質，來排出有強烈風格與文藝質感之版面——而這，正是黃華成主編《劇場》時，因應「沒有資金獲得圖片」而採行的節省成本之法。這可比日後以大字塞滿畫面的經典動畫《新世紀福音戰士》還早了三十多年。（對，《新世紀福音戰士》也是為了省成本）

黃華成透過「大台北畫派」系列，嘲諷了藝術圈僵化的建制與觀念。然而，面對這麼一位充滿文學感、運用文學手段創造了許多嶄新感覺的創作者，文學圈卻仍未給予足夠的重視。如此想來，被黃華成的案例嘲諷到的，又何止是「畫派」而已？

作家小傳

黃華成

1935 — 1996

筆名皇城，師大藝術系畢，是《劇場》季刊核心成員，對刊物排版與內容著力甚多。其創作實踐橫跨多種領域，舉凡繪畫、文學、廣告等皆有涉獵，曾創立成員僅有一人的「大台北畫派」，創作影響臺灣藝術界深遠。

崔承喜來南歡迎座談會合照
臺灣文藝聯盟佳里支部發會式合照
省立師範學院台語戲劇社合照
葉笛在家中彈吉他獨照
黃得時、張文環與川端康成等人合照
王昶雄與呂泉生合照

時間的定格

寫真篇

21

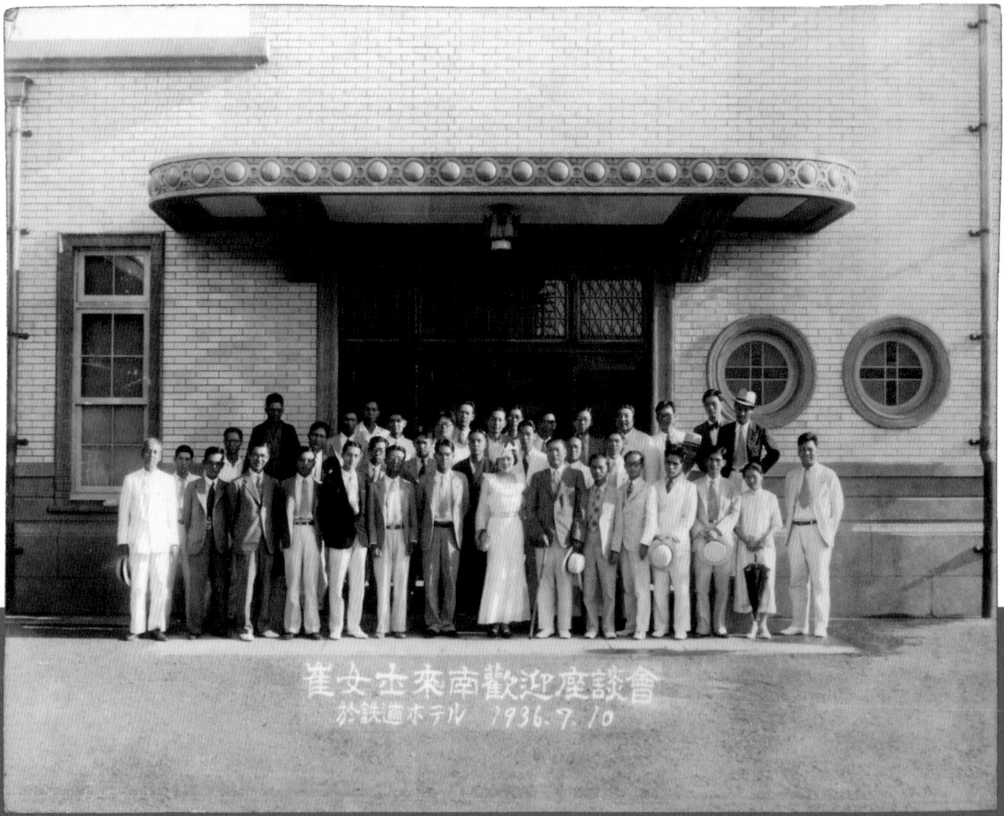
崔女士來南歡迎座談會
於鉄道ホテル 1936.7.10

崔承喜來南歡迎座談會合照

捐贈者／郭昇平

日治時代的Jolin在臺灣開演唱會？

文 林巧棠

我們為什麼挑選這件藏品

從少女時代到Twice，再到防彈少年團，近十年的臺灣經歷了一陣又一陣的韓流旋風。不過，你知道韓流早在一九三〇年代就來過臺灣嗎？這篇要介紹的，就是日治時代的當紅現代舞蹈家崔承喜到臺灣巡演的證明。崔承喜當年有多紅？她不僅被譽為「半島的舞姬」，更曾經巡迴歐美，聞名全世界。

當時，崔承喜的家鄉朝鮮和臺灣一樣是日本殖民地，在那個女性地位低下的時代，一名女子居然憑著自己的才華和努力，成為全日本帝國——不，世界知名的舞蹈明星。於是在一九三六年，臺灣掀起了一陣崔承喜旋風，不僅文化界的知識分子仰慕她，就連一般大眾都對她著迷。「小小的臺灣島也能像朝鮮一樣，靠著發揚民族文化爭一口氣嗎？」臺灣人也許會這樣想。而女人對她更是嚮往：「我也能靠著才能和努力，掙脫家庭和婚約的束縛，追求自己的夢想嗎？」崔承喜熱潮的背後，反映了當時臺灣人面臨的理想：××能，臺灣也能！

期待經由文藝活動傳達啓蒙思想

「如果要舉例的話，崔承喜就像蔡依林，蔡瑞月就像『滅火器』啦！」朋友的一句話讓我哈哈大笑。雖然只是玩笑，但就讀舞蹈所的友人說的話還是很耐人尋味。比起臺灣現代舞之母蔡瑞月的草根性，她的學姊崔承喜不僅是現代舞蹈家，更是耀眼的大明星。當年看過崔承喜表演的人多達幾百萬，她也拍廣告、拍電影、錄唱片，更被大文豪川端康成譽為「日本最優秀的舞蹈家，擁有出色的肢體表現和驚人的力道，正值跳舞年紀的她，富有顯著的民族特色」。

這張照片記錄的就是天后臺灣之行的一頁。而邀請崔承喜來臺的，正是集合全島藝文界人士的「臺灣文藝聯盟」。

然而，文聯這步棋算是相當冒險。因為當時的臺灣缺乏對現代藝術的認知，說起舞蹈，人們大概只能想到歌仔劇的做、打，廟會的陣頭，日本的商業歌舞團，和摩登男女去舞廳跳的交際舞。舞蹈在臺灣人眼中，不是酬神的祭典儀式，就是難登大雅之堂的娛樂，或是伶人戲子的技藝。因此，在文學、繪畫、音樂、戲劇等藝術都邁入現代化的一九三〇年代，舞蹈卻遲遲沒有進展。

文聯盼望崔承喜的魅力能引起島民對舞蹈的喜愛，讓臺灣的藝術發展更加全面。崔承喜不只是大明星，更以現代的肢體語言賦予傳統朝鮮舞嶄新的風貌，獲得東京藝文界人士盛大好評。她的演出邀約不斷，一九三四年到一九三七年間約莫有六百多場，看過她表演的人多達兩百萬，據說她舞團的價碼還曾經高達她的老師石井漠的舞團的十倍。

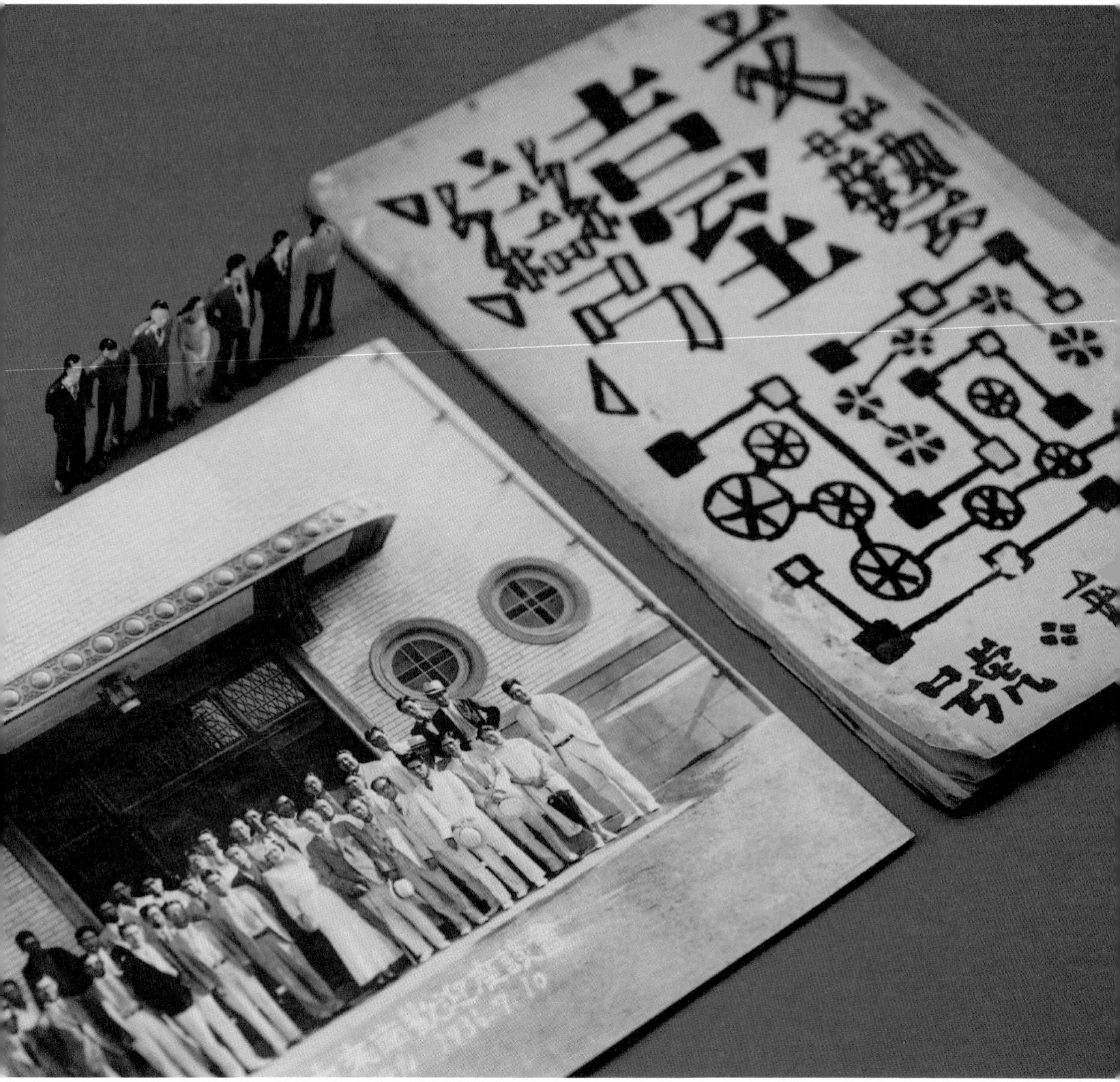

文聯盼望崔承喜的魅力能引起島民對舞蹈的喜愛，讓臺灣的藝術發展更加全面。（《文藝臺灣》創刊號：黃得時捐贈）

文聯的作家劉捷認為，半島朝鮮就是因為有崔承喜才為世人所知，因此希望臺灣也能孕育出這樣的舞蹈家或藝術家。在那個政治活動被日本政府壓抑的年代，渴望自由的力量繞道藝文界，知識分子都暗自希望能夠經由文藝活動傳達啓蒙的思想精神。

邀請崔承喜來臺的計畫，就這樣拍板定案了。

不願臣服的抵抗姿態擊中了臺灣人的心

雖然崔承喜的人氣超高，行程滿檔，但文聯還是成功地邀請到她，其中的大功臣就是作家吳坤煌。吳坤煌活躍於左翼的藝文界，經常與日、中、朝、臺的文學人士進行跨國交流，以現在的流行語來說就是藝文界的活動咖，而且是名實兼具的那種。

經過幾次會議後，崔承喜的臺灣之行終於敲定。一九三六年六月底到七月中，崔承喜舞蹈團在臺北、基隆、臺中、臺南、高雄、嘉義等主要城市巡迴公演。照片中的歡迎座談會就是在臺中演出後、臺南演出前的空檔舉辦的。

崔承喜的舞蹈大受好評，在臺北大世界館演出時，她的粉絲擠滿街道，和二十一世紀守在桃園機場為明星接機的粉絲一樣熱情瘋狂。她的舞迷分布廣泛，有知識分子，也有一般大眾，女性尤其多，從女學生到女工，從藝伎到咖啡店女給，都被崔承喜的美麗身姿給擄獲。

崔承喜的舞蹈在臺灣獲得盛讚，作家吳天賞在演出結束後寫下了觀舞心得：「布幕被拉開，崔承喜出現在舞臺的那一瞬間，場內的每個角落全都在她的藝術的支配下，觀眾們的心連成一線，與崔承喜肉體的動靜共同起承轉合。……崔承喜的偉大，其中一點是她透過舞蹈藝術表現出孕育自己的民族抑鬱之情。」[1]

舞蹈家修長有力的雙手展現出不願臣服的抵抗姿態，悲傷但不肯放棄的心情從她的身體泉湧而出，觀眾也許看不懂現代舞，但身體訴說的言語卻狠狠地擊中了臺灣人的心。

崔承喜的臺灣巡演熱熱鬧鬧地結束了，但主辦方的日子卻開始難過了。文聯被迫停止運作，《臺灣文藝》停刊，根據作家張深切的回憶，自從文聯主辦了崔承喜的舞蹈巡演後，日本政府對文聯的壓迫更加劇烈。

雖然研究顯示，文聯是遭到中國與日本的左翼運動牽連，但隔年的《大阪朝日新聞》卻報導，當初促成崔承喜來臺的吳坤煌因為違反《治安維持法》被捕，內文更指出吳氏企圖以舞蹈促成民族啟蒙運動的鬥爭，才邀請崔承喜到臺灣各地公演。

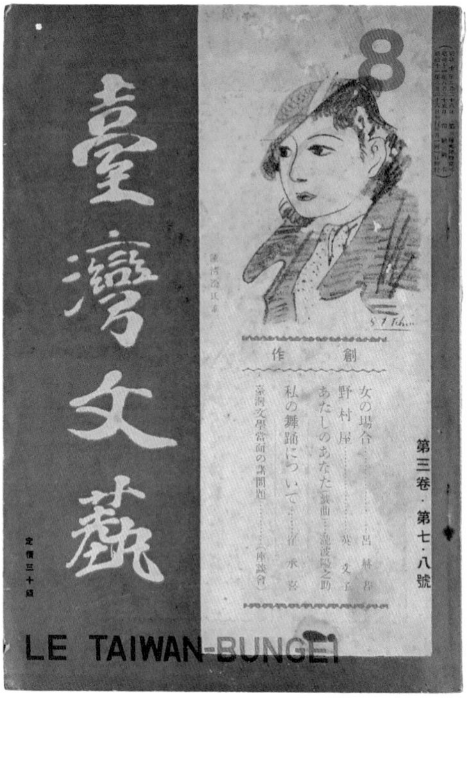

崔承喜的舞蹈在臺灣獲得盛讚，作家吳天賞在演出結束後曾於《臺灣文藝》發表了觀舞心得。

1 轉引自徐瑋瑩，《落日之舞：台灣舞蹈藝術拓荒者的境遇與突破 1920-1950》（臺北：聯經出版公司，二〇一八年），頁二二〇—二二一。

雖然沒有確實的證據能證明崔承喜的確喚起了殖民地人民的反抗意識，但日本政府極有可能藉著檢查藝文活動的名義，整肅人民的思想。隨著日本帝國的野心越來越大，在軍事擴張的同時也逐漸加強對殖民地的限制。文聯透過現代舞蹈激勵民族意識的計畫不得不暫時潛藏，靜靜等待戰火停消、重見天日的那一天。

團體小傳

臺灣文藝聯盟

1934 年 5 月在臺中成立，是臺灣具有全島性規模的文學團體，期許「臺灣文學立足臺灣一切真實的路線上，與臺灣社會、歷史一起進展」。當時臺灣傑出作家幾乎全部投入此陣線，造成臺灣現代文藝界空前團結的局面，也進而推動臺灣新文學運動的成長。

臺灣文藝聯盟除了設立本部之外，還在嘉義、佳里、鹿港、豐原等地成立支部。1935 年，更與臺灣藝術研究會合作，在東京成立支部，隔年亦在臺北成立支部。各支部經常舉行座談會，其中又以佳里及東京支部最為活躍。

臺灣文藝聯盟不僅致力於多樣性的藝文活動，如設置文學獎鼓勵創作、提倡演劇、邀請藝壇名人來臺演出等，更發行了影響廣大的《臺灣文藝》雜誌，提供作家發表作品的園地。

22

臺灣文藝聯盟佳里支部發會式合照

捐贈者／郭昇平

全糖王國裡，特別鹹的青年集結地

文 邱映寰

我們為什麼挑選這件藏品

在號稱手搖飲只點去冰半糖、多數食物必帶甜味，甚至空氣中的糖分多到拿一根竹籤奔馳遊走就能獲得一支棉花糖的全糖王國——臺南，其實有一處土壤帶有鹹味、風一撲面便能將好幾粒鹽晶點綴在臉頰上的「鹽分地帶」，從日治時期隱隱流淌著大量含鹽的獨特血脈至今。

「鹽分地帶」範圍為現在的佳里、學甲、七股、西港、將軍以及北門一帶，位於原臺南縣的沿海地區。以現代的眼光來看，或許不過是距離「府城」遙遠的偏鄉，然而它的獨特不僅在於有別於甜滋滋的氣息，在日治時期的臺灣文學中，更是打破現今對「縣」與「市」城鄉發展懸殊的刻板印象，在當時文壇佔有相當分量的地位，如今仍舊以堅持不斷流的細水，不停向前流動著。

鹽分地帶，薈萃之地

「妹妹　妳要嫁去的地方是／白色鹽田　接著藍海／在那廣闊的中央突出／羅列的赤裸小港街」詩人郭水潭在妹妹嫁給同為鹽分地帶文人中，最具代表性的「北門七子」之一的王登山時，寫了一篇詩作〈廣闊的海——給出嫁的妹妹〉，道出身為兄長的滿懷不捨，妹妹將要從鹽分地帶的天龍國佳里嫁到靠海的邊陲——現今的北門區。

比佳里更為貧瘠的北門啊，「那邊露出來的／家家的屋頂上／鴿子和麻雀都看不見／那邊有鹽分的／乾巴巴的土地上／沒有森林也沒有竹叢」，郭水潭多麼不捨妹妹即將前往那幾乎只有鹽風相伴的濱海鹽地——「日日同樣吼叫的季節風／妹妹妳小小的胸脯／想必會受傷吧」。然而他深信「善良的海邊的丈夫／會特別愛護你」，並在詩尾給予妹妹滿溢的祝福，相信嫁給文友王登山的她將會迎來如那廣闊的海般美好的未來：

佇立在那潔淨的海灘／妳就會知道比陸地／多麼廣闊的海——（陳千武譯）

無論正經歷何方政權的統治或殖民，那廣闊的海，不僅是鹽分地帶的日常風景，對生長於海島上的臺灣人而言，更是難以忽視的天然寶藏。

一九二〇年代的文化與政治運動洶湧澎湃，臺灣文學展開一連串碰撞衝突、交織演化。一九三〇年代漸趨成熟，各類文化組織與刊物蓬勃湧現，但組織之間理念的分歧和對立，也逐漸

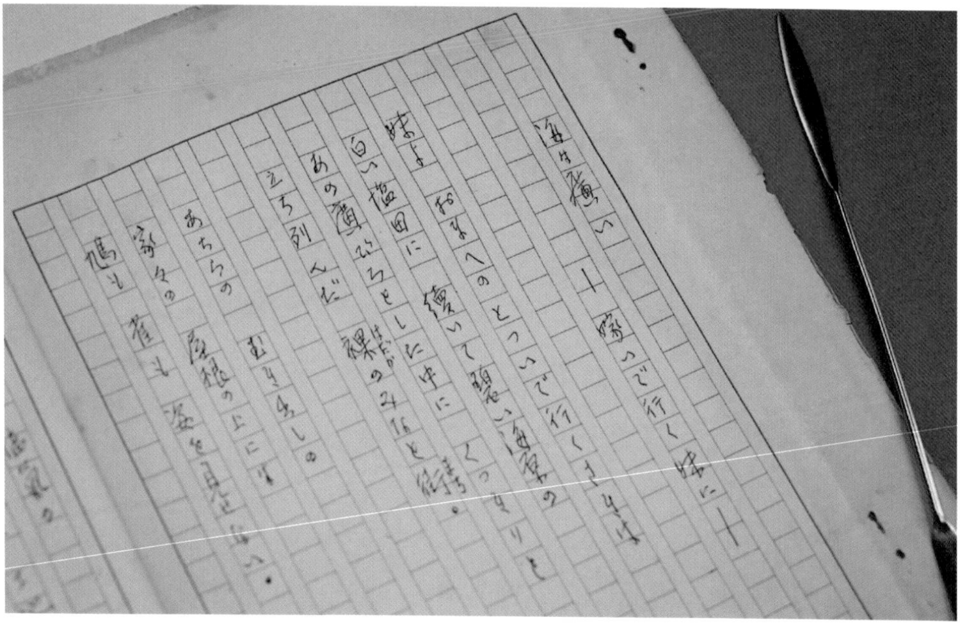

郭水潭在妹妹嫁給「北門七子」之一的王登山時，寫了一篇詩作〈廣闊的海——給出嫁的妹妹〉，道出身為兄長的滿懷不捨。（郭昇平捐贈）

顯露出來。

一九三四年張深切的「環島計畫」串連起「臺灣文藝聯盟」，試圖串起臺灣文學的團結。隔年，「臺灣文藝聯盟佳里支部」亦在鹽分地帶的核心佳里成立。是什麼原因讓此處具備成立支部的重要性？鹽分地帶，除了日常深受濱海氣候影響之外，過鹹而相對貧瘠的土地、困苦的生活環境更造就當地人們堅韌、勤奮、樸實的特性。日治時期此地傳統文學及新文學皆相當興盛，詩社也接連成立，尤其新文學文人群的努力，更使鹽分地帶成為文化重鎮，先是由吳新榮、徐清吉、郭水潭等人發起組織「佳里青風會」，以啟蒙地方青年的社會意識，後來雖因故解散，然而也形塑出一群重要的青年團體。這群青年團結將「鹽分地帶文學」的發展推送至更上一層的境界。

自由的顆粒終將熠熠生光

北門七子中，愛妹情切的郭水潭擅長日本短歌、新詩，被後代文壇認為是「臺灣新文學的旗手」；後來成為郭水潭妹婿的「鹽村詩人」王登山精通俳句、新體詩；佳里青風會與文聯佳里支部的重要領頭羊吳新榮擅寫詩、隨筆、評論，其餘「鹽甕裡的靈魂」林芳年、林清文、徐清吉以及莊培初，也都在詩、散文、小說、評論等方面有所成就，作品散發著鹽分地帶特有的在地風味。七子中有五位生於佳里，吳新榮雖生於將軍但日後長年耕耘於佳里，大力投入醫業、文化與政治活動，佳里儼然成為鹽分地帶的薈萃之地。

一九三五年，在吳新榮的號召奔走下，佳里支部匯聚了鹽分地帶的文人們，並且由郭水潭撰寫〈臺灣文藝聯盟佳里支部宣言〉刊登於當時文聯發行的《臺灣文藝》上，像是「我要成為海賊王」

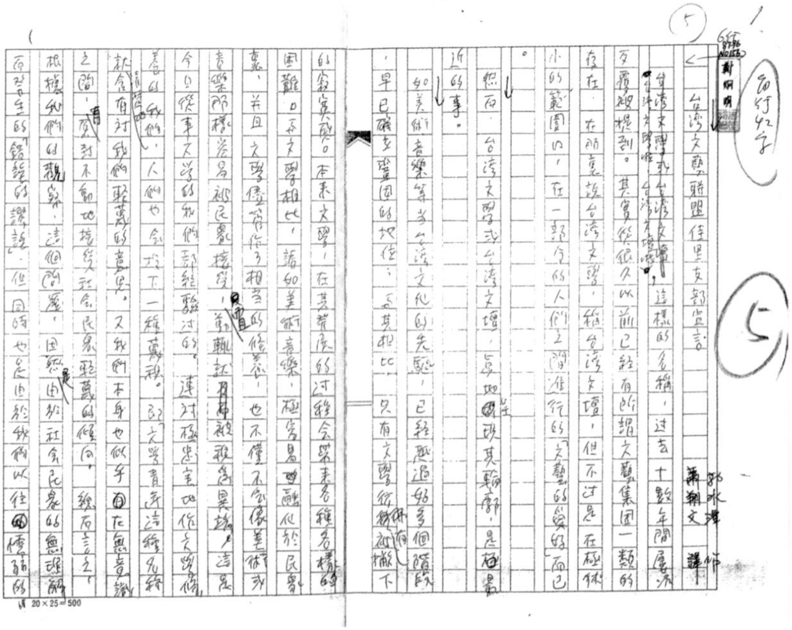

台灣文藝聯盟佳里支部宣言

郭水潭 蕭翔文 譯作

原文出自郭水潭之手，後由詩人蕭翔文翻譯的〈臺灣文藝聯盟佳里支部宣言〉。（影本，文學台灣雜誌社捐贈）

般宣示著支部的決心——

……於是本支部的成立，不僅是聯盟機關的擴大強化，我們也要鮮明地從我們的地方性的觀點，鼓足幹勁在這個拓開中的鹽分地帶，即使微小也無妨，種植文學的花，並且深信其成果一定是輝煌的。（蕭翔文譯）

之後，佳里支部的確以鹽分地帶強韌、強調人和的陽光形象破除以往文人愁苦、病弱的既定形象，並且以寫實的地方性精神見長。「鹽分地帶」不但在支部誕生後於臺灣文學界凝聚得更加鮮明、甚而成為支部的代稱，其同人發表的作品亦受到呂赫若、楊逵等人的讚譽。對於一九三〇年代的文壇來說，「鹽分地帶」隨著嘉南大圳的開鑿，呈現出生氣蓬勃、奮發前進的氛圍——其實與一九七〇年代因鄉土文學而過分強調其文學風格的「寫實」和「鄉土」，導致迄今普遍認為鹽分地帶整體具備「發端於貧瘠之濱的寫實文風與現實關懷」的印象有所出入。

然而，文聯內部包羅的各異路線因派系、文學觀等方面的不合而掀起激烈論戰，終於在楊逵出走、創辦臺灣新文學社後瓦解，佳里支部的同人在張深切《臺灣文藝》與楊逵《臺灣新文學》的分裂中，雖明面上選擇緘默，但仍傾向支持、參與臺灣新文學社的事務。最終，佳里支部因與本部的嫌隙，亦難逃於當年年底決議解散的命運。其存在實則維持兩個月左右，然「鹽分地帶同人」此後仍繼續於文壇活動、持續發表作品，偶爾也會藉由同人間的集會聯絡情誼、討論文學事宜，彰顯了鹽分地帶的人和與團結為重。

不只鹽分地帶文學，臺灣文學亦始終堅持不屈於時代洪流的重擊。緊接而來的皇民化運動、二次大戰，甚至國民政府來臺後的威權壓迫，使得許多文藝人士輕則被監視，重則被抓捕入獄。比如吳新榮就曾在二二八事件後逃亡，為營救被捕的父親而前往警局辦理「自新」、短暫入獄兩百多天，並在五〇年代放棄參與政治，將重心轉往文史採集。其他鹽分地帶同人在戰後也大多因語言轉換、威權政治的阻礙而轉向自身事業的發展，難以投注在文學寫作上。

所幸這樣的斷裂，在一九七〇年代之際，由接續一代的鹽分地帶文人重新銜接了起來，其共同籌辦「鹽分地帶文藝營」，除了召喚鹽分地帶文學在臺灣文學史的重要性，也扮演重新找回日治時代同人前輩的傳承橋梁，往後更有林佛兒（林清文的兒子）肩負起《鹽分地帶文學》雙月刊創刊總編輯的重責大任。藉由人際網絡的重建與擴張、文藝營的籌劃、刊物的發行與傳播，後繼世代努力凝聚認同感及發揚鹽分地帶文藝，以微小卻不屈不撓的力量延續至今，並在南瀛文化研究興起後再次受到重視。

> 我們一直孳生也一直滅亡／在鹽分地帶／我們雖然粗糙，雖然卑微／但我們堅持／是一群永恆的自由顆粒／在貧瘠的土地上發光——林佛兒，〈鹽分地帶〉（節錄）

這群自由且堅毅的顆粒即使顯得平凡，有時看來卑微、甚至被迫溶入時代而縮減陣仗、較為隱沒，但終將在豔陽的照耀下再度結成晶體，於島上各處或豐饒或貧瘠的土地上熠熠生光。

團體小傳

臺灣文藝聯盟佳里支部

1935 年 6 月 1 日於佳里公會堂成立，是 1934 年成立於臺中之臺灣文藝聯盟最為活躍的支部之一，成員包含吳新榮、郭水潭、徐清吉、王登山、林芳年、葉向榮、曾對、鄭國津、黃平堅等十二人，大多為鹽分地帶文人，文聯本部亦有張深切、葉陶前往參與成立盛事。

同年 8 月發表〈臺灣文藝聯盟佳里支部宣言〉於文聯發行的《臺灣文藝》，支部同人相繼在《臺灣新民報》、《臺灣文藝》、《臺灣新文學》等報刊上發表作品。後面臨文聯的分裂與衰微，12 月 26 日開會決議解散，原成員多仍以「鹽分地帶同人」的身分筆耕不輟。

參考資料

施懿琳編選，《臺灣現當代作家研究資料彙編 55：吳新榮》（臺南：國立臺灣文學館，2014 年）。

林淇瀁編選，《臺灣現當代作家研究資料彙編 56：郭水潭》（臺南：國立臺灣文學館，2014 年）。

23

省立師範學院台語戲劇社合照

捐贈者／蔡德本

天猶未光，咱用台語搬最後一齣戲

文　吳映彤

我們為什麼挑選這件藏品

照片裡的青年們坐在舞臺邊上，臉龐自信明媚。一九四九年，這群才華洋溢的熱血青年，在動盪的時代中艱難地堅持文藝愛好，組成師院台語戲劇社。這是精彩的首演之後，成員留下合照的經典瞬間。

儘管他們用舞臺展現對於社會的深刻關懷，用台語傳達啟蒙思想，卻在幾次演出風光結束後，遭逢四六事件發生，成員有人被槍斃、有人受牽連入獄，其他人則紛紛逃亡，社團匆匆解散。當時的笑容都明麗，而今只剩下一張黑白照片承載著這段蒼白的歷史。

晦暗時代的一點亮光

我相信，《天未亮》能給我們帶來天亮的希望。——朱實

一九四九年一月十五日夜晚，一群年輕的學生在師院禮堂粉墨登場，演出的劇名叫作《天未亮》，這是師院台語戲劇社的社長蔡德本改編中國劇作家曹禺的名作《日出》，描述社會陰暗角落的小人物等待希望卻又不幸破滅的故事。

這群師院的青年以蔡德本為首，都是對於戲劇和臺灣在地文化有著深刻情感的文藝愛好者。蔡德本初在家鄉嘉義朴子教書，後來到臺北的臺灣省立師範學院（今國立臺灣師範大學）就讀英語科，認識了當時就讀美術科的楊英風、愛好文藝的銀鈴會成員朱實、林亨泰等人，帶領他們一起參與台語戲劇社的演出。

有感於當時臺灣的文藝精英受日語教育影響甚深，思考和創作都用日文進行，蔡德本等人於是開始堅持用台語創作戲劇，他們將中國與日本的經典劇作改編成具臺灣在地特色的劇本，啟發更多人用母語來思考社會現實的問題。

這群意氣風發的青年充滿抱負與理想，把對社會的關懷、對文藝的熱情、對土地的熱愛投注在戲劇裡，盼望能夠透過這齣《天未亮》，讓晦暗不明的時代透出一點亮光。

這群意氣風發的青年盼望能夠透過這齣《天未亮》，讓晦暗不明的時代透出一點亮光。

他們在舞臺上獲得空前絕後的成功，還加入了蔡德本於臺大就讀的同鄉青年張壁坤和鄭文

這群意氣風發的青年盼望能夠透過這齣《天未亮》，讓晦暗不明的時代透出一點亮光。

峰，一群人又將《天未亮》搬到嘉義朴子榮昌戲院與嘉義中山堂巡迴演出，更改編了中國劇作家田漢的《南歸》，並將日本作家有島武郎的劇作改編為《阿T的死亡》，同樣在師院及嘉義演出。除了中國及日本的話劇之外，拿電影改編成話劇劇本在這個時期也十分流行，於是他們便把山姆·伍德導演的愛情電影《金石盟》改編成話劇《愛流》，在朴子榮昌戲院售票演出，票房極佳。

在當時，新劇團表演是民眾日常的重要娛樂，嘉義朴子的榮昌戲院更是當地居民最主要的休閒場所，以戲院為中心，常常聚集許多攤販等著讓散場的民眾覓食。而台語戲劇社用台語改編的創作不僅貼近民眾的生活語言，選擇的劇本更是情節精彩、刻劃人性，讓他們的演出受到盛大迴響。

台語劇運史上重要的一頁

然而一九四九年，四六事件爆發，引發國民政府進入校園大量逮捕學生，許多臺灣精英因此在馬場町被槍斃。當時，與台語戲劇社成員高度重疊的龍安文藝社，更因為怕遭受審查導致生命危險，所以將剛出版的刊物《龍安文藝》全數銷毀。

但這群曾經活躍的文藝青年並沒有因此倖免於難，他們或者因政治立場遭槍斃，如張壁坤；或者遭受審訊及牢獄之災，如林亨泰及蔡德本，每個成員都受到巨大而沉重的影響。這個時代的混亂與複雜，更讓不少人成為告密者，飽受背叛朋友與被政府機關監視的雙重精神壓力。

台語戲劇社的成員們在高壓恐怖的氛圍中，無法自由創作，只好選擇沉默，安靜地在教育場域中貢獻生命。社長蔡德本在經歷痛苦的牢獄之災後，於臺南一中擔任英語教師，再也沒有創作戲劇作品，直到一九九一年退休後才執筆寫下當年的種種，於一九九四年寫成《台湾のいも

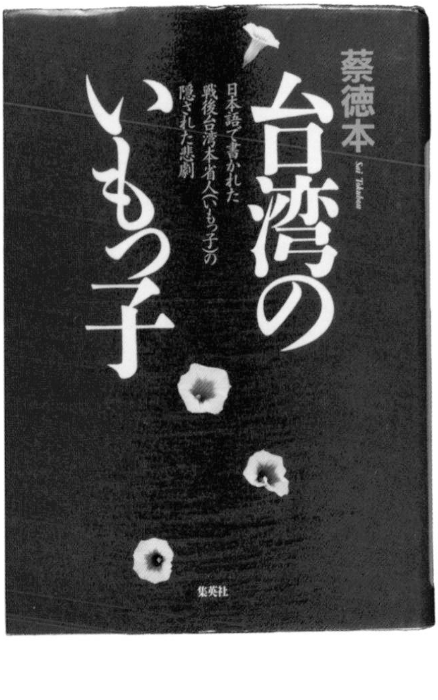

蔡德本於 1994 年寫成《台湾のいもっ子》，後翻譯成中文《蕃薯仔哀歌》。（蔡德本捐贈）

っ子》，後翻譯成中文《蕃薯仔哀歌》。

台語戲劇社在師院禮堂的《天未亮》，以及他們於後的幾場演出，並不是最後一場台語戲劇演出，卻是臺灣知識分子最後的努力。他們從日本、中國學習與改良新劇後，為了傳達知識給臺灣民眾，讓母語再次回到民眾生活中，為自己土地的文化貢獻了最後的掙扎。知識青年們在臺北、嘉義巡演的風光，於四六事件後終成絕響，成為台語劇運史上一個重要的片段。

作家小傳

蔡德本

1925 — 2015

出生於嘉義縣樸子腳（今朴子市），小學六年級到日本接受中學教育，回臺後於朴子東國民學校（今朴子國小）擔任教職。1946 年考入臺灣省立師範學院英語科就讀，成立台語戲劇社、龍安文藝社、鄉曲文藝社，後皆因四六事件解散。1953 年公費赴美留學一年，返臺後遭到逮捕，1955 年出獄後，於 1959 年擔任臺南一中英文教師，並有英語教學著作。退休後，於 1994 年寫成《台湾のいもっ子》，翻譯成中文版《蕃薯仔哀歌》及英文版。1996 年獲巫永福文學獎及鹽分地帶臺灣新文學特別貢獻獎。2015 年於家中安詳辭世。

葉笛在家中彈吉他獨照

捐贈者／葉蓁蓁

詩人的手只能謄稿紙嗎？

文　蔡易澄

我們為什麼挑選這件藏品

作為一個文青，熱愛音樂是必要的。

走在華山文創園區，隨機向路人發問：「最喜歡的音樂是什麼？」有人愛民謠，有人愛搖滾樂，也有人愛古典交響曲。沒有人會不愛音樂，只因那聲響如此令人著迷，反覆迴盪在耳窩裡。

我們都熱愛音樂，但不見得會演奏，最多就是上KTV熱唱一波，讓洗腦般的旋律從腦海中解放開來。對現代人來說，學樂器這件事，可能是過分耗神耗力了些。認分一點的人會摸摸鼻子，覺得自己沒啥天分，於是把時間跟金錢花費在其他的事情上。畢竟音樂這種東西，只是用來陶冶心靈罷了。

但一九五〇年代的葉笛並非如此。他既寫詩，也彈吉他，幾乎是所有羅曼史小說會出現的浪漫青年。他暢談藝術，彈琴自娛，側臉隱然有少年的孤單。惹得我們不禁自嘆，六十年前的純種文青，實在是過分多才多藝了。

富有西方浪漫精神的吉他青年

「人生虛無，藝術才是一切。」

這句話來自於葉笛一九五四年的自拍照，在背面近乎宣言式地寫著。彼時的葉笛剛出版詩集《紫色的歌》，還是個二十四歲的年輕小夥子，在雲林元長國小任教。他與同校的教職員相戀，暱稱其為莉莉（LithLith），整本詩集都像是為她而寫。誰年輕時代不是這樣的呢？老覺得只有藝術是真實的，只想把自己的一生都奉獻在其中。

葉笛讀尼采，讀波特萊爾，也讀芥川的作品。生於一九三一年的他，自也受過日語教育，讓他能更迅速吸收到外國新知識。也因為這樣，他幫各個雜誌譯介作品，不論是《創世紀》、《筆匯》或《笠》詩刊，裡頭都可見到葉笛的身影。

富有西方浪漫精神的他，怎麼會不愛音樂呢？

葉笛曾有過數個筆名，如牧民、白水等，但他最熱愛的還是以樂器命名的「葉笛」。國中時代陪他一起打籃球的朋友，常以葉片吹奏優美的樂曲，使葉笛與音樂結下不解之緣。他在一九五八年的散文〈吉普賽狂想曲〉中，提到聽完友人彈奏吉他的心情：

> 熱情的憂鬱，歡愉的幽哀，夢幻的囁語，以它的火焰，香氣，彩色，把我從現實世界拉得很遠，很遠……

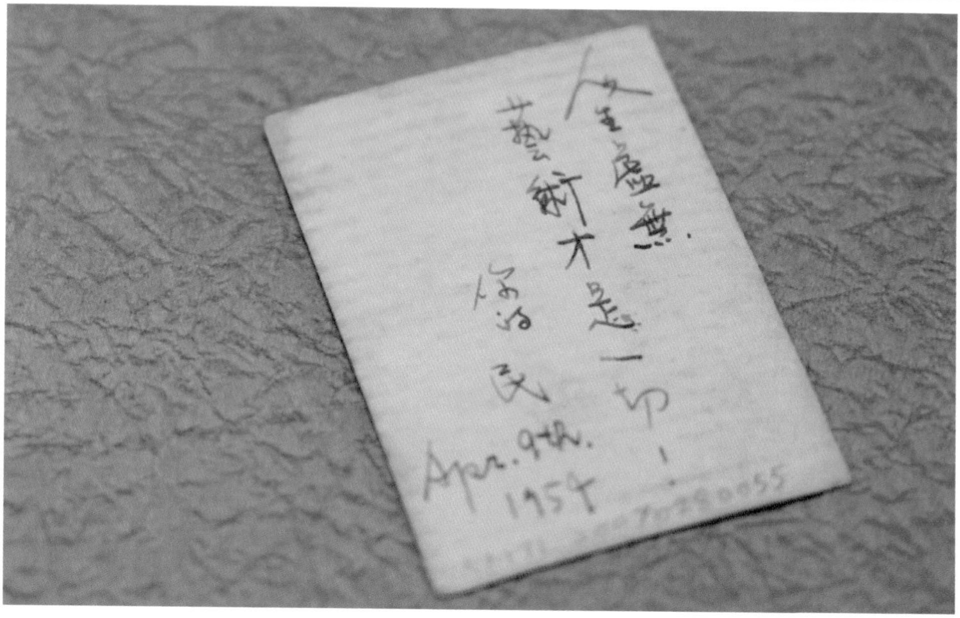

葉笛在 1954 年的自拍照背面近乎宣言式地寫著「人生虛無，藝術才是一切」，當時他剛出版詩集《紫色的歌》，還是個 24 歲的年輕小夥子。（葉蓁蓁捐贈）

好友演奏的是〈Play to me, Gypsy〉，悠長的樂音歌頌著吉普賽放浪的生活。那時的他已服役兩年，在軍中加入了康樂隊，努力學著「打吉他」。而初戀情人莉莉在他入伍不久後，便提出分手，難過的失戀青年一邊接受集體的軍隊操演，一邊有些哀傷地吟唱。

他們彈奏的吉他叫作西班牙吉他，後來被稱為古典吉他。不少人認為古典吉他比民謠吉他困難許多，只要會彈奏古典吉他，民謠吉他就能輕易上手。這兩者在外觀上最明顯的區別在於琴頭，古典吉他因琴頭有兩個鏤空的凹槽，聲音較為柔和，且為尼龍弦，在彈奏上能用手指做出複雜的演出，不似民謠吉他只能當伴奏。

當年的吉他不像現在一樣隨處可見，會演奏的人可能是教會的傳教士，或者是靠日文教譜自學而來的。那時一把吉他約莫三百五十元，搭配著古賀政男編寫的教材《古賀自學三十天》，按壓琴弦就開始彈奏起來。再過幾年，不少年輕

葉笛常彈的吉他，這種古典吉他因琴頭有 2 個鏤空的凹槽，聲音較為柔和。（葉蓁蓁捐贈）

人看了小林旭演的《拿著吉他的候鳥》，就也學起了電影中的浪子，僅用右肩背著吉他，好像這樣就能到遠方似地。

戰爭的陰影與人生的轉捩

葉笛在軍中琴藝相當好。某次軍隊駐在嘉義朴子的東石神社，恰巧遇到不知輕重的初中生拿起他的吉他胡亂彈一通，葉笛口頭相勸，並教起了那孩子如何彈吉他，讓初中生忍不住稱葉笛為大哥。後來，葉笛與這孩子的姑姑相識而結婚。

當然那都是之後的事了。葉笛於當年五月被調派至金門，原本預定八月二十八日就能退伍，未料在那五天前，萬發炮彈自對岸襲擊而來。那天是一九五八年八月二十三日，史稱金門八二三炮戰。

八月明朗的島上
蹲著
戰爭巨大的陰影，
而在那模糊的陰影裡，
我們喝著高粱，邊談邊吃，
吃著發僵的夢，喝著透明的時間。

葉笛自幼痛恨戰爭。他的大哥在太平洋戰爭時被送往南洋作戰，始終沒有歸來。而他自己也曾因為大空襲，不得不中斷求學，被父母帶回臺南避難。本以為戰爭過去就過去了，怎麼也沒想到，自己竟然又被捲入了另一場戰爭。

他隱匿於壕溝裡，他匍匐在掩蔽坑中。

戰爭非常徹底地影響了葉笛。明明前一秒還啃著饅頭，下一刻卻立刻戴上鋼盔備戰，而炮彈砸落的碎片都有可能致死。極端的瀕死經驗讓人感到恍惚，性慾伴隨著生的慾望升起，甚至還有鄰兵笑著說，那炮戰激烈程度與自己的床戰有得比。

一九六七年葉笛發表在《笠》詩刊的〈火和海〉組詩，徹底展現戰爭如何改變他的詩風。他不再談純潔的夢幻王國，只因他的眼底映現著燒焦的屍塊。

退伍一年後他回到臺南，結了婚。再過十年，他前往日本留學，展開另一段漫長的求學生活。

這些時間裡，他一樣會彈吉他，一樣會高歌，只是不再像年輕時那樣猖狂了。人生真的如此虛無嗎？他不那麼肯定了，有些事也是該緊緊握住的。到了一九九〇年代後，他著手翻譯戰前

在後來的歲月裡，葉笛一樣會彈吉他，一樣會高歌，只是不再像年輕時那樣猖狂了。（葉蓁蓁捐贈）

臺灣的日語作家，以此贖回臺灣文學一直被遺忘的記憶。

他大概會突然發現吧？那一首經常被古典吉他當作炫技的《荒城之月》，其實在更早以前，既是詩人又是音樂家的江文也便在南投的小學校講堂裡演唱著，而當時的聽眾之一，就是葉笛也曾翻譯過的龍瑛宗。

音樂的事，何其悠長和遙遠。

作家小傳

葉笛

1931 — 2006

本名葉寄民，集詩、翻譯與評論於一身。他於 1954 年出版《紫色的歌》，後於 1969 年赴日深造，這期間也譯介不少外國思潮與作品，默默為臺灣文學注入心力。1993 年返臺定居，完成了許多日治時期作家的中譯全集，又出版了《台灣早期現代詩人論》，既翻譯又評介，以還原臺灣文學史長年闕漏的一環。葉笛出版的詩集雖然不多，但在詩集《火和海》裡展現了他高深的技藝。

25

黃得時、張文環與川端康成等人合照

捐贈者／黃秀美

夢醒日月潭

(文)瀟湘神

我們為什麼挑選這件藏品

這張黑白照的拍攝者不詳，但有黃得時在照片背面註記，從右至左分別為黃得時、彭歌、川端康成、張文環，以及日本文藝評論家巖谷大四，並且寫下「在日月潭　民國五十九年六月」。

這張珍貴的照片，捕捉了諾貝爾文學獎得主川端康成與臺灣作家交流的身影。尤其可貴的是拍下照片的時刻，發生在這間飯店裡的事，可能對臺灣文學史有著不可忽視的影響，卻也留下了遺憾。

身懷驚人才能的隱居作家

一九七〇年六月，第三屆亞洲作家會議在臺灣舉行，這場國際盛事共有十多個國家參加，前來臺灣與會的作家超過百人；會議召開前，報紙幾乎每天都刊登相關消息，而這些作家中最讓人津津樂道的，自然是兩年前的諾貝爾文學獎得主——川端康成。

會議從十六日開始，連續四天，於十九日閉幕。對各國作家來說，難得到臺灣，除了文學交流，當然也要觀光啊！於是百餘人浩浩蕩蕩——大概是國家安排的吧？二十一日先去了臺灣省政府所在的南投中興新村，下午再殺到日月潭，這一百多人分別住進涵碧樓跟日月潭觀光大飯店（今雲品溫泉酒店），都是當時最高級的旅館。隔天上午，眾人租了遊艇到處觀光，卻不知為何，只有川端康成留在涵碧樓休息。

這段期間，發生了一件或許微不足道、卻又饒富興味的事。

川端康成在日月潭期間，是由臺大文學院教授黃得時等人帶他觀光。奇妙的是，川端康成明明下榻於涵碧樓，黃得時卻帶他到了另一間飯店「日月潭觀光大飯店」，這是為什麼？

當然，黃得時的心思，筆者無從證實，只能揣測。但他當

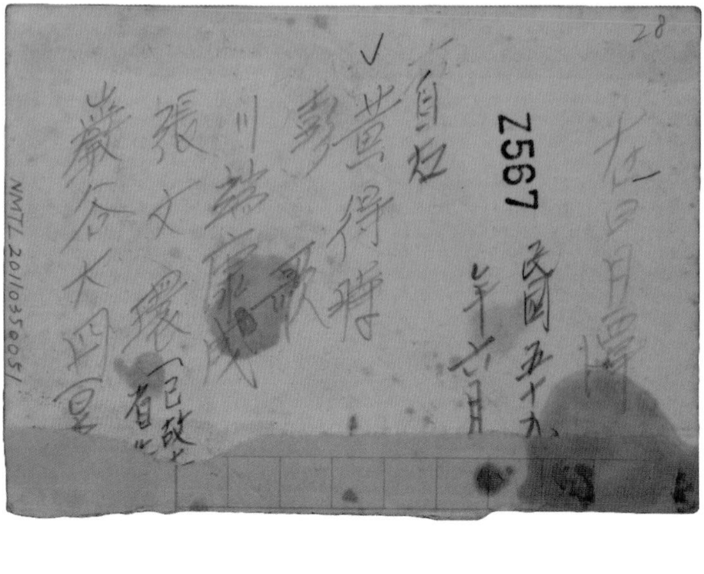

這張照片從右至左分別為黃得時、彭歌、川端康成 張文環、巖谷大四，並註明「在日月潭　民國五十九年六月」。

時是這麼想的吧！在這日月潭，有位身懷驚人才能的作家隱居著，但他放棄了寫作，令黃得時憤憤不平，甚至寫信責怪此人：

像你這樣真正有文學天分的人，看破一切，天天誦經念佛，是你自己白白糟蹋自己的才能，實在太不像話（中略）你這樣無聲無息地把自己的才能埋沒下去，實在太可惜！不但是你自己的損失，同時也是整個臺灣文壇的一大損失。[1]

或許黃得時認為，要是見見這位諾貝爾獎得主，那位自我放棄的天才或許就會重拾筆桿吧！要是他振奮起來，一定能寫出足以名垂青史的大作。

戰後封筆三十年

張文環是嘉義梅山人，出生於一九〇九年。他的事蹟，在此就只提一件：日治時代末期，主導文壇的西川滿主辦《文藝臺灣》，張文環也是其中一員，但他後來決定與其他志同道合的朋友另辦雜誌。這事引起西川不滿，西川曾造訪張文環與之長談，希望說服他不要辦雜誌，最後甚至說「如果堅持要辦雜誌，只好將你從《文藝臺灣》除名」。從張文環的角度來看這是威脅吧？但他只覺得求之不得。

1 黃得時，〈張文環氏與臺灣文壇〉，收錄於張良澤、張孝宗編，《張文環先生追思錄》（臺中：一九七八年），頁四六。

於是，張文環等人主辦的《臺灣文學》與西川滿陣營分庭抗禮，這不僅標誌出不同的文學主張，也有抵抗的意義；至於這份雜誌是如何受打壓，並在西川滿的策略下被併吞，這裡就不多說了。

張文環創作力充沛，曾陸續寫了〈藝妲之家〉、〈夜猿〉、〈閹雞〉、《山茶花》等作品，但戰爭結束後，竟一口氣封筆三十年。難道他不想寫作嗎？對心裡有話想說的人，這大概不可能吧！張文環的寫作之路受阻，原因有二，一是「跨語言」——熟悉日文寫作的人要轉換成中文，並不容易。另一個原因，是他親身經歷過二二八，當時甚至逃到深山中；要在白色恐怖時代繼續寫作，需要的不只是才能，還有無畏的勇氣。

放下筆桿的張文環，先是任職彰化銀行，後轉職日月潭觀光大飯店；這裡說個有趣的八卦，根據張文環某位晚輩的說法，原本日月潭

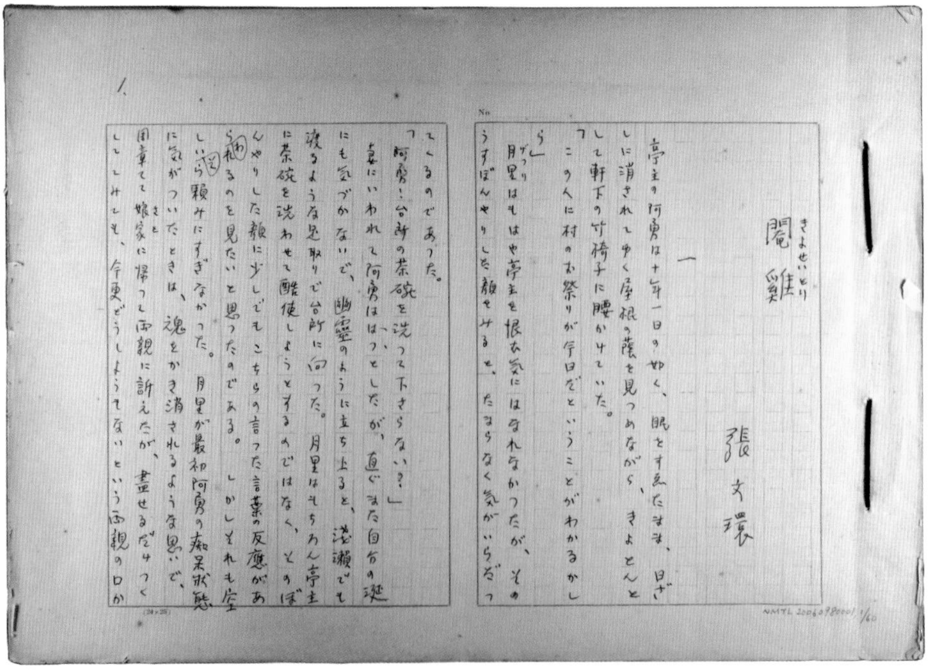

創作力充沛的張文環曾陸續寫了〈藝妲之家〉、〈夜猿〉、〈閹雞〉、《山茶花》等作品，但戰爭結束後竟一口氣封筆 30 年。（張玉園捐贈）

觀光大飯店要資遣張文環，他擔心會沒工作，就到臺北找辜濂松談這件事——辜濂松的母親辜顏碧霞曾出版自傳小說《流》，張文環寫過評論，兩人因而結識——鹿港辜家多有影響力不是本文重點，總之，在這則八卦裡，辜濂松經營的中國信託買下了日月潭觀光大飯店，並招攬張文環擔任總經理。

留下未完的三部曲

張文環正是黃得時希望能喚醒的文學家。川端康成來日月潭時，他還是日月潭觀光大飯店的總經理，這張拍下黃得時、川端康成、張文環的照片，或許正是在日月潭觀光大飯店？

「臺灣人背負著陰影而活著，滑稽地活著，隨而逝去。有些人被槍殺了，殘存下來的人則逃亡了。」一九七二年時，張文環透過某人，將這段話轉達給日治時代的友人、民俗學家池田敏雄。他到底是懷著怎樣的心情說出這番話呢？顯然他有很多想說的，但這麼長的時間沒有說出來，原因彷彿也被這番話道盡。

可喜的是，即使是沉寂多年的張文環，也總算再度開口——或是說，從噩夢裡醒來了。或許真的是與川端康成交流受到的激勵吧！黃得時說，他引薦川端康成給張文環時，兩人談得非常投機。張文環計劃寫一個橫跨戰前、戰後的三部曲，在忙碌於總經理工作之餘，他每天撥出一點時間寫作，終於完成三部曲的第一部《地に這うもの》，並透過日本的「現代文化社」在東京出版，那時是一九七五年——對，這部作品是以日文書寫。原本他覺得無法翻成中文也無妨，但明明寫的是臺灣這片土地，到底他是用怎樣的心情說出這番話？這部作品後來還是由廖清秀翻為中文、鴻儒堂出版，譯名為《滾地郎》。

可惜的是，我們永遠沒機會見到張文環寫完這三部曲。一九七八年，張文環因心臟病過世，那時他的第二部《地平線的燈火》才剛寫了初稿，至於他對戰後的想法——與當時的他真正切身相關的想法——我們永遠無法在第三部讀到了。對臺灣文學來說，這自然是極為遺憾的事。

但在日月潭累積的寸寸時光，終究是推動了齒輪，讓文學史的刻度前進一格；比起另一些可能的時空，能讀到《滾地郎》的我們已算是幸運。雖然我們無從判斷張文環是因為哪些原因重新執筆，但在那眾多原因中，黃得時的這張照片所封存的時光，或許有其難以忽視的重量吧？

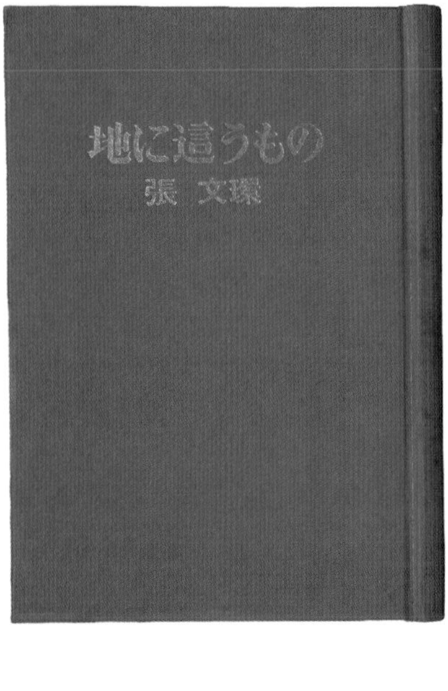

張文環終於在1975年完成三部曲的第一部《地に這うもの》，後來由廖清秀翻成中文，譯為《滾地郎》，可惜我們永遠沒機會見到他寫完這三部曲。（周振英捐贈）

雖然我們無從判斷張文環是因為哪些原因重新執筆，但在那眾多原因中，黃得時的這張照片所封存的時光，或許有其難以忽視的重量吧？

作家小傳

張文環　1909 — 1978

嘉義梅山人，日治時代極有創作活力，題材圍繞著寫實的臺灣人生活，池田敏雄說其作品就日文來說有種特殊的腔調。代表作《閹雞》曾改編為舞臺劇，1933 年在東京與王白淵、吳坤煌、蘇維熊等人發行日文文藝雜誌《福爾摩沙》、1941 年與中山侑、陳逸松等人創辦《臺灣文學》，1943 年參與王井泉、林摶秋組織之「厚生演劇研究會」。戰後因故停筆三十年。

26

王昶雄與呂泉生合照

捐贈者／王昶雄家屬

您點播的〈阮若打開心內的門窗〉來了

文 林鈺凱

我們為什麼挑選這件藏品

〈阮若打開心內的門窗〉是由呂泉生作曲、王昶雄作詞，於一九五八年問世的台語歌曲，曲調優美動人，歌詞則吐露對故鄉的眷戀，惆悵傷感中又滿懷青春夢想，飽含對未來的無限希望，給予當時瞬息萬變的社會諸多鼓舞，安慰許多徬徨無措的人們，因此廣受喜愛。

身為詞曲創作者，他們一位是合唱團指揮兼作曲家，一位是牙醫師兼作家，且看臺灣音樂與臺灣文學如何攜手合作，把〈阮若打開心內的門窗〉送進每個臺灣人的內心。

與臺灣文學的不解之緣

一位十四歲少年考上臺中一中，在三年級時到東京戶外教學，聽了場音樂會後，決定終生奉獻給音樂。回臺後，他求祖母買了把小提琴，照搬操作二胡的概念，無師自通地練習了起來，甚至逃學到無人的山坡地，拉著琴，徜徉在優美的旋律中。

於是，五年制的中學，他讀了六年才畢業。

他是呂泉生，一位熱愛音樂到曾經因此延畢的少年。一九一六年生於臺中神岡的基督教家庭，從小就有一副好歌喉，曾參加教會唱詩班，可說自幼就浸泡在音樂裡。

一九三六年，二十歲的呂泉生到日本東京東洋音樂學校讀鋼琴科，因不幸的意外拉傷右肩、傷了手指，只好捨棄成為鋼琴家的夢想而改修聲樂。畢業後待在東寶日本劇場演出，成為臺灣第一位職業劇場演唱家。此時他也推薦呂赫若一起參加劇團演出。

某天，東寶為籌劃一個新節目而調查臺灣民謠，日本人不解地問他：「臺灣的民謠何以如此貧乏呢？」

來自臺灣的呂泉生當然不這麼認為，這使他下定決心要蒐集臺灣的民間歌謠。

一九四三年，呂泉生因父親病逝返臺，此時戰事頻繁，他滯留大稻埕，在臺北放送局任職，也擔任合唱團指揮兼作曲。同時，還跟啟文社的張文環、王井泉、黃得時、中山侑等藝文人士密切交往。

這時他也開始以筆名「呂玲朗」在《臺灣文學》雜誌上發表文章。

別人都是創作、寫評論，而他還投稿歌謠採集，例如嘉義民謠〈六月田水〉；或將蒐集來的歌謠譜成合唱曲五線譜，例如宜蘭民謠〈丟丟銅仔〉。

呂泉生將這些民謠作為他創辦的厚生音樂會的合唱練習曲。也在同年，他與張文環、王井泉等人組成厚生演劇研究會，在臺北永樂座戲院演出張文環作品《閹雞》，以上述兩首歌謠作為該劇的舞臺音樂。

據說演出時觀眾反應非常熱烈，跟著音樂手舞足蹈，甚至還與臺上樂團並聲合唱。或許因為太受歡迎，被日人認為有違皇民化「新臺灣音樂」的推行，因而禁止在臺灣演唱。

儘管如此，呂泉生的電臺友人卻向他要了演唱錄音，將〈六月田水〉、〈丟丟銅仔〉寄到日本，在東京放送局播放。

臺灣音樂在臺灣被禁，卻在異地放送，自己民族的歌聲無法在故鄉演唱，令呂泉生有很大的感慨，但這也更堅定了他對臺灣音樂與文化的關懷。

打開心內的窗，看到五彩春光

呂泉生結交的藝文好友當中，有一位名叫王昶雄。王昶雄出生於臺北，年輕時也到日本留學，從日本大學專門部齒科畢業後，於一九四二年返臺，在淡水開設牙科診所。他是一位文學少年，日治時期的創作豐富，主要以小說為主，也是《臺灣文學》雜誌的一員。

兩人留日、返臺、在臺灣藝文圈活動的時間幾乎差不多，結識的也都是同一群藝文界好友，

王昶雄沒受過相關音樂訓練，卻也非常喜歡音樂，曾在筆記本寫下許多心得。（王昶雄家屬捐贈）

他們經常聚在由王井泉開設的山水亭裡，各抒己見、高談闊論。儘管所學專業不同，英雄卻所見略同。王昶雄沒受過相關音樂訓練，卻也非常喜歡音樂，他曾在觀賞合唱演出時，在筆記本寫下這樣的文字：

> 每一團員，不論是正在演唱，或等待合唱，都全神貫注於他的手勢，隨著手勢，都分秒不差的整齊一致，而千音一響。演唱者與指揮者，結為一個生命的整體。

或許正是因為兩人同樣都會為了音樂而驚嘆動容，才有機會譜出之後動人的曲子。

一九四七年，二二八事件爆發，沒人料想到的時代轉場，竟影響了臺灣人的命運走向。

當時臺北的文藝沙龍山水亭，是日人認為最有代表性的臺灣料理店，曾聚集臺灣最重要的文學家、音樂家、畫家等藝文人士，他們幾乎以山水亭為精神上的家，在《呂赫若日記》中也可見許多相關的回憶：

一九四三年七月二十日

下班後去山水亭一看，王昶雄來了。晚餐給王井泉請。來會者：陳逸松、文環、石樵、天賞等人。……（鍾瑞芳譯）

然而戰後，尤其是二二八事件發生後，臺灣作家迫於恐怖的政治現實，大多數停止了創作。山水亭的藝文盛會當然也不復見，不久後，終因經營困難而歇業。

王昶雄也與眾多文友一樣，中斷了創作，專心做牙醫本業。

呂泉生待的臺北放送局改名為臺灣廣播電臺，後又改為中國廣播公司，他繼續留任，並成為推動臺灣合唱教育的重要舵手。

時間很快地過了將近十年。某日早晨，呂泉生出現在王昶雄家門口，一見多年的好友，呂泉生開口就說：

咱們交情夠，憑你我的淡薄仔名氣，嘛有夠格來搭配作詞作曲，上好是台語歌詞，咱用懷念來作為主題，你想按怎？

王昶雄想起自己十一年的留日歲月，當時身處異鄉，每到黃昏之時，人們都有個家可以回去，唯獨自己形單影隻，而故鄉則在遙遠的南方。於是他想到，若能打開內心的窗戶，透過心窗，或許就能望見故鄉的青山，聞到泥土的芬芳。

創作出〈阮若打開心內的門窗〉之後，優美輕揚的旋律傳遍海內外，尤其是旅日、旅美臺人之間，總能以此曲聊慰相思。

王昶雄認為音樂具有療癒人心的力量，當人們感到鬱悶，生活疲累、充滿壓力時，只要聆聽到優美的旋律，便會隨著縷縷音韻起伏而悲喜，心中的情緒便得以宣洩抒發。

而這首歌曲，正具有這樣的意義。

此曲的意涵也不侷限於懷鄉。王昶雄四十年之後回首過往，重新憶起此曲的創作經驗，他認為只要是人，都有懷念的思緒，無論是懷鄉、懷人或懷事。但更重要的是，人心別因為過去的事物而自我封閉。只要打開了心門，仍會看見清新美好的世界。

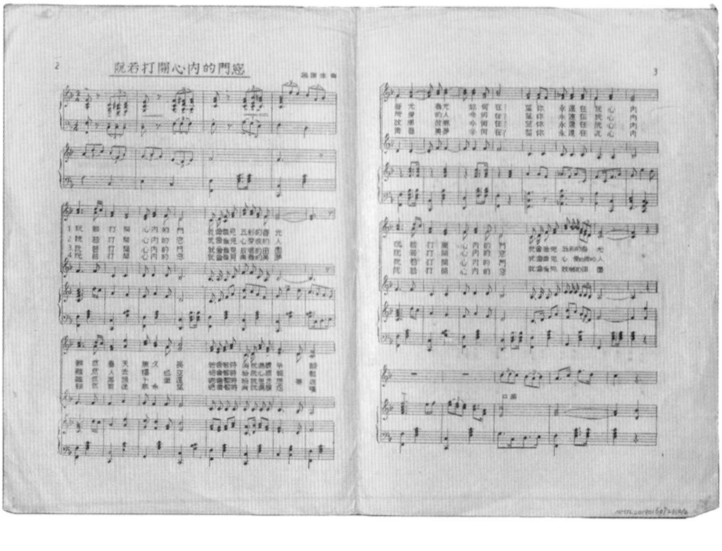

〈阮若打開心內的門窗〉優美輕揚的旋律傳遍海內外，尤其是旅日、旅美臺人之間，總能以此曲聊慰相思。（林章峯捐贈）

作家小傳

王昶雄　　1915－2000

本名王榮生，日本大學專門部齒科畢業，創作以小說為主，另有評論、詩歌、散文等。早期使用日文寫小說、詩、評論，戰後一度中斷文學創作，在呂泉生的鼓勵下，寫出了多首歌詞。80年代以後仍寫作不輟，主要是回憶性、批判性散文。辭世後獲頒「臺灣文學牛津獎」。

呂泉生　　1916－2008

筆名呂玲朗，生於臺中神岡的基督教家庭，著名作曲家、合唱指揮家。曾採集臺灣民謠、改編與創作歌曲。擔任榮星兒童合唱團的團長兼指揮，直至退休，對臺灣合唱的推廣影響深遠，此外還有許多膾炙人口的作品，例如〈杯底不可飼金魚〉、〈搖嬰仔歌〉、〈阮若打開心內的門窗〉。

張深切的徒步旅行之名人題字錄、臺灣文藝聯盟本部木匾
艾雯的旗袍
三毛的學生證
葉石濤的籐椅
李魁賢的採收洋菇剪刀
洪炎秋的西裝背心
霍斯陸曼・伐伐的玉山登頂證明書與筆記本

物件的記憶

器物篇

27

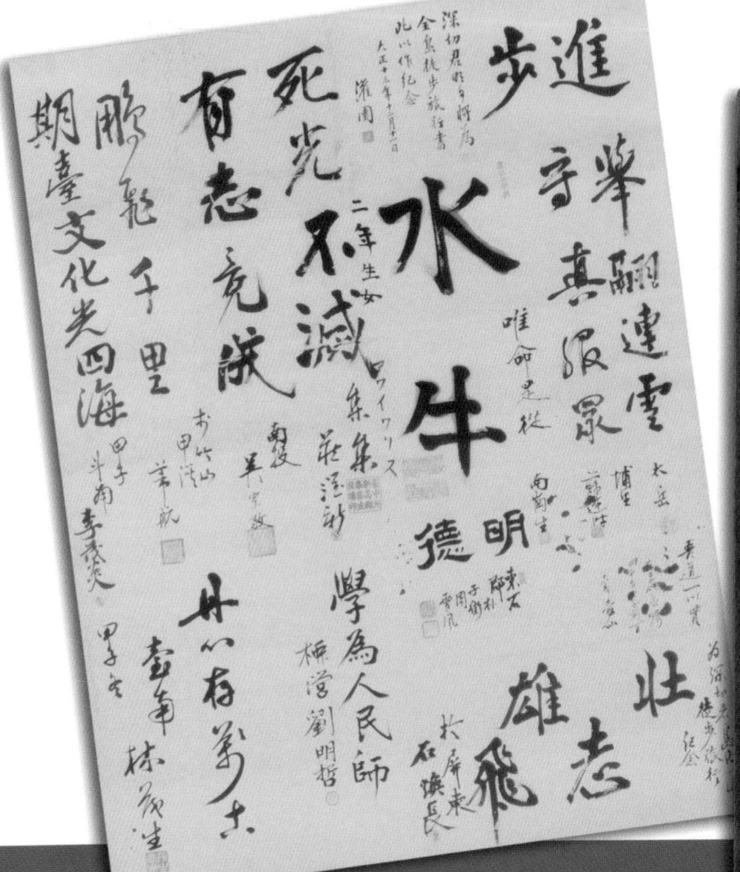

張深切的徒步旅行之名人題字錄

捐贈者／張孫煜

重要古物

臺灣文藝聯盟本部木匾

捐贈者／張孫煜

重要古物

那一年，他們用文學環島

文／鄭清鴻

我們為什麼挑選這件藏品

二〇〇七年，單車環島電影《練習曲》上映後，臺灣掀起一波「環島熱」，不管是搭火車、開車、騎機車、騎單車，還是只靠兩隻腳，「環島」已經成為許多人心中「一生一定要完成的事情」。看到這裡，你是否好奇在以前那個交通建設、通信聯絡不比今日的年代，如果要環島，人們有哪些交通方式可以選擇？又為什麼從以前到現在，「環島」始終是一種浪漫、一種情懷，甚至成為一種對土地的想像和認同？

臺灣歷史上有個作家，他的環島大業沒環成，但後來倒是用「文學」環起了整個臺灣島。「文學」是要怎樣環島？他到底怎麼做到的？又為什麼要這麼做？就讓這篇文章帶你一窺日治時代臺灣文青的環島夢吧！

從徒步環島到文學壯遊

那天上午，張深切興奮滿懷，在親友的目送下背起行囊，準備展開他的旅行。但這趟旅程並不輕鬆——因為張深切這次的旅行，既不打算搭乘格局已成、縱貫南北的鐵路，也沒有打算僱用人力車，而是要一步一腳印，徒步走完他心心念念的這塊臺灣土地。這時候的張深切，經歷過臺灣、日本與中國三地流轉的求學生涯，正值自我認同與熱血澎湃的二十歲，洋溢著一股想要「探民隱、研究風土民情」的知識分子的熱情，但也不忘攜上文房四寶，順道在旅途中拜訪士紳朋友們，希望大家能為他題字「打卡」，以資留念。

然而，此時的他或許想像不到，剛好就在十年後的一九三四年，他將會實現另一個比這次環島更壯闊的文學壯遊計畫，那就是：他將要以文學環出一個臺灣島，將不同陣營的作家們集結起來，形成史上第一個集合全臺作家的大平臺——「臺灣文藝聯盟」。

和徒步環島打卡相比，這樣的文學串連計畫最辛苦的或許不是身體上的勞累，但同樣需要相當的意志力，更重要的是，在臺灣被日本殖民的情況下，如何在各種未知、不安、危險，但又充滿各項可能性的現實當中，面對文學的、文化的，以及政治的、認同的挑戰與追索。正如同張深切在聯盟剛籌組完成時所說的：「臺灣文學立足臺灣一切真實的路線上，與臺灣社會、歷史一起進展。」這句話，正揭示了經歷幾場論戰的洗禮之後，文學界不分路線與立場、團結起來成立聯盟的必然性。

因為，臺灣自從被清國割讓、進入日治時代以來，經歷了劇烈的政治、社會與文化衝擊。

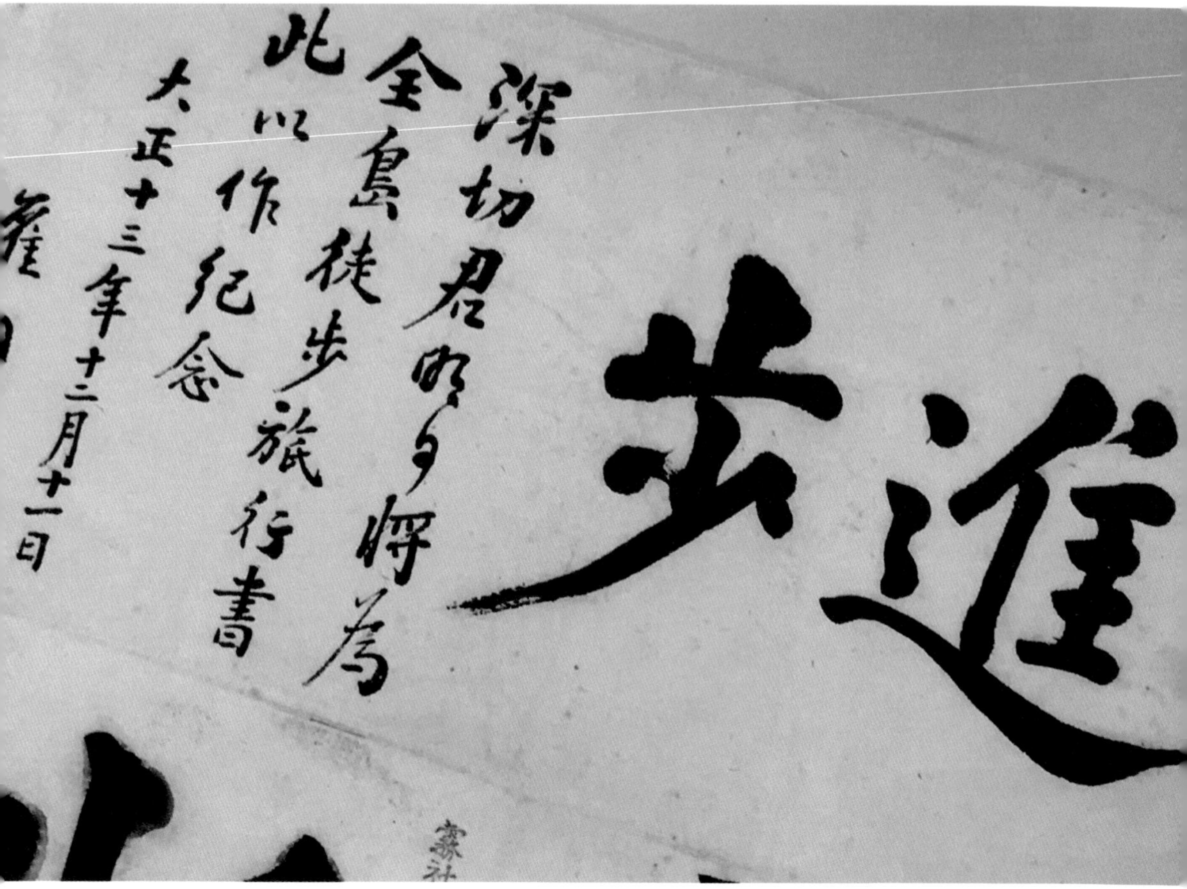
全島徒步旅行
此以作紀念
大正十三年十二月十一日

｜張深切在旅途中不忘攜上文房四寶拜訪士紳朋友，讓大家為他題字「打卡」，以資留念。

在這個背景下，臺灣人一方面承受被殖民權力統治、壓抑的痛苦，但另一方面卻又受到伴隨殖民而來的「現代性」的大量滋潤。自噍吧哖事件之後，抗日行動進入非武裝階段，政治與社會運動興起，文學、文化運動於是成為啟蒙的思想彈藥。文學上，經歷了新文學與舊文學的對決，而在新文學的脈絡下，文學家又進一步討論「臺灣的」新文學應該怎麼寫，又該寫什麼樣的內容。這些文青、文中（文學中年）們——大半時候也是個社運青年、中年——開始思考所謂「普羅大眾」的存在，從語言上關注大家慣常使用的「臺灣話」的傳承和文學表現，也從內容方面思考怎樣寫下大眾有感、屬於臺灣的醍醐味。

未完待續的環島之旅

起先，大家都在報章雜誌上隔空駁火，動不動就撿到槍，各區域也因為地利之便形成團體，各有主張。這時候的臺灣文學活力充沛，但始終缺乏共同的意見和平臺。在歷經幾回論戰，各大陣營和要角都登場之後，作家們也開始意識到，如果沒有「自己的」地方可以穩定發表刊物和建立制度，進行文學、文化的陣地戰，臺灣作家很難提升創作的品質，更不要說和內地（日本）作家用筆一較高下。

儘管如此，在那個眾志成城卻各有堅持的年代，要想讓作家和既有的文學社團之間達成跨區域、跨主張的陣線整合，形成一片完整的臺灣文學地圖，也不是一件容易的事。與張深切共同籌組聯盟的賴明弘就曾經回憶到，他當時南北奔波聯絡各地文人，花了將近三個月的時間，才和張深切共同發出了聚會的邀請函——但換做是如今的臉書時代，或許只要三天的討論，花三秒時間把大家抓進臉書社團就好。

可喜的是，這樣的努力，在聚會當天真的開花結果了。

一九三四年五月六日，在第一屆臺灣全島文藝大會的會場中，曾參與「南音社」（於一九三二年停止活動）的舊成員，以及當時「臺灣藝術研究會」、「臺灣文藝協會」的參與者和一些新作家，都出席了這次的誓師結盟，臺中市的西湖咖啡館二樓霎時人聲鼎沸，彷彿就連海報上鏗鏘的標語也都在高聲吶喊著「擁護言論自由」、「擁護文藝大會」、「實現文藝大眾化」。而後發行的機關刊物《臺灣文藝》，更呈現了臺灣文學新階段的面貌，展示了臺灣作家在一九二〇年代臺灣新文學運動點燃烽火後的十餘年間，文學運動狂飆、社群生湠（senn-thuànn）的豐碩成果。

那時眾人眼底還散發著新亮光澤的「臺灣文藝聯盟」木匾，就見證了這閃耀光輝的一刻。這是史上第一次，臺灣新文學散布在各地、各種媒體上的拼圖彼此嵌合起來，臺灣文學彷彿看得見未來的輪廓與前進的方向。

不過，這樣的喜悅並沒有維持太久。

在這場文學狂飆運動當中，一個包容不同路線、多元主張和政治信仰的集合體，很難不產生裂縫。聯盟的關鍵人物張深切，主張以描繪臺灣風土和歷史特性突顯民族性的寫作路線，和楊逵主張關注底層農工、無產大眾的社會主義路線，在根本的文學觀上衝突日漸增加。楊逵最後選擇退出聯盟，另組「臺灣新文學社」發行《臺灣新文學》，這個一度和臺灣等身大的文學聯盟終於還是宣告分裂。

不曉得張深切是否曾經揣想過，這一次籌組聯盟到底可以維持多久，但從他計劃聯盟的那一刻開始，就已經注定要在往後的臺灣文學史冊上，留下這一段華麗島壯遊的見證了——雖然聯盟的結果，就跟張深切的環島之旅一樣，因為行至東港沒有熟識友人、旅費用罄而搭乘火車回臺中，並沒有真的環島一周。

那時的張深切，或許還在想著下一次真的要好好完成環島吧？

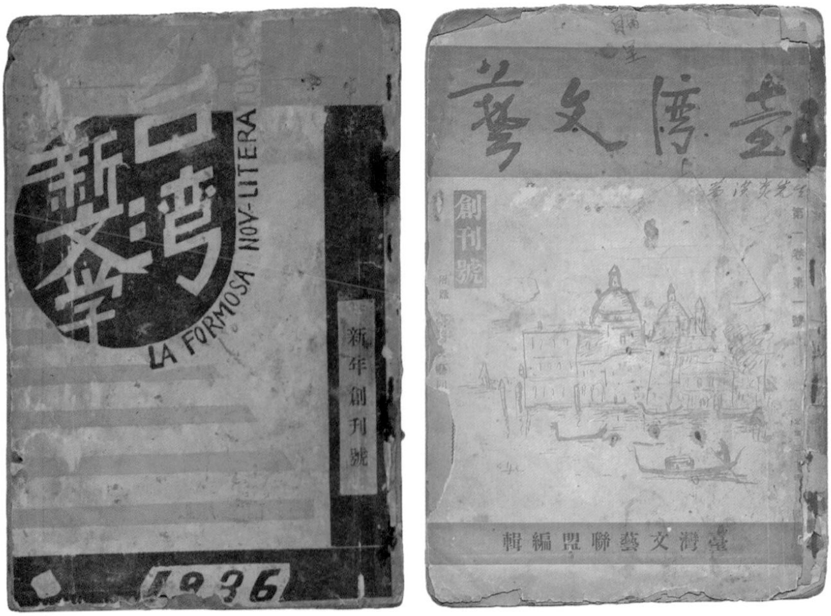

由於張深切和楊逵在根本的文學觀上衝突日漸增加，楊逵選擇另組「臺灣新文學社」，發行《臺灣新文學》，臺灣文藝聯盟最終宣告分裂。（黃得時捐贈）

作家小傳

張深切

1904 — 1965

南投草屯人，自幼接受私塾教育，1917 年 8 月隨同林獻堂離臺赴日求學，1923 年中斷日本學業，轉赴上海就讀商務印書館附設國語師範學校，期間與蔡惠如、許乃昌等志士交往甚密，舉行「國恥紀念日」之演講會，攻擊臺灣總督府，並揭露臺灣民眾的悲慘情狀。

1924 年國民黨改組，張深切考上廣州中山大學法科政治系，遂又聯合郭德欽、張月澄以及林文騰等人組成「臺灣革命青年團」。1927 年奉命返臺籌募革命經費，適逢臺中一中學潮，旋即擔任罷學作戰委員會總指揮，策動罷課學潮，因受株連而被捕入獄。出獄後，先後組織「臺灣演劇研究會」、「臺灣文藝聯盟」，並發行機關刊物《臺灣文藝》。1938 年，隻身赴北平藝術專科學校任教，1939 年任《中國文藝》主編及發行人。戰後返臺，曾任臺中師範教務主任，二二八事件後不再參與政治運動。

艾雯的旗袍

捐贈者／艾雯

生活中創作，限制中堅持

文 劉承欣

我們為什麼挑選這件藏品

許多作家喜歡說創作來自於生活，但生活其實也會限制創作。經濟因素、家庭因素、健康因素，不能寫的理由太多了，如同堅持書寫的理由一般，族繁不及備載。

「女人從事寫作的結果：世上少了一個好的主婦，而多了一本壞書。」如果身為一名體弱多病的女性創作者，同時又是一位母親，看到類似的評論，應該壓抑自己、放棄寫作，去符合某種社會期待的賢妻良母形象，或者不顧一切成就自己？

誰說女性只能二選一？艾雯表示：我全都要！要做好主婦，也要寫好書；要在紙上發展才華，也要在布料上彩繪自己與家人的美麗家居。艾雯善用針與筆，以服裝設計、手工藝、收藏，接下評論者的戰帖，盡情發揮巧思，經營有滋有味的生活。

面對生活各種難，怎麼超越限制、堅持美和創作？讓我們從艾雯旗袍的故事說起，嘗試尋找實踐的靈光與祕訣。

不撞衫的人生：縫製自己的全能戰袍

我喜歡拈針引線，僅次於執筆寫作：可以一任心意構想、設計、剪裁。從老到小，為家人一針針納入我的愛心和關懷，一縷縷串起我的喜悅和祝福；為自己添製一份美好和振奮；為住屋增加點色彩和溫馨。在製作的同時，也滿足了另一種創作慾和成就感。

——《綴網集．針黹之美》

那是一件手縫的短袖旗袍，黑、白、灰三色花草植物紋飾交錯，在時間的著色下，彷彿有點水墨淡綠渲染，像是製作者不經意就把某個炎夏午後，庭院裡一方蓊鬱的歲月靜好，在一針一線之間，珍藏於身上，也縫進了心裡。

旗袍的主人是艾雯，「旗袍一族」的一員。

「旗袍一族」指的是一九五〇年代臺灣文壇一群又編又寫又持家，在紙筆與家務之間撐起文壇半邊天的女作家，包括林海音、琦君、潘人木、張秀亞、艾雯、羅蘭、鍾梅音、邱七七等女性寫作者。

無論文友聚會、工作或家居，旗袍都是她們常見的穿著，也是展現巧思、實踐美麗的舞臺。不同於日後《花樣年華》、《色戒》等電影所呈現的性感豔麗形象，五〇年代女作家的旗袍並非開高衩、曲線畢露，由女作家們聚會照片可見，她們的旗袍往往過膝、略微寬鬆舒適，標誌一種端莊優雅的氣質，而受官方鼓勵、應允。許多女作家的女兒想起她們的母親，都自然聯想到旗袍所賦予的典雅，以及母親透過衣飾裝扮流露對美的見解與巧思。

相較於今日成衣普遍，可以用相對實惠的價格添購衣物，卻不免在追隨流行過程中遭遇撞衫的尷尬，五〇年代女作家或親自手縫，或出設計點子請師傅製作，在旗袍款式設計的限制中，硬是玩出自己的花樣。

林海音懂得在看似素雅的衣料上，繡上一排鮮豔的牡丹；羅蘭能用地攤買的外衫突顯晚宴旗袍的高雅；張秀亞心愛的旗袍靠頸處被蟲咬破了，自己剪一塊山茶花圖樣縫補，就成為獨一無二的設計款。潘人木的女兒回憶母親穿著旗袍在廚房優雅做料理的過往，讓她覺得廚房不是油煙之地，反而有如客廳般舒適，可知旗袍如何撐起時代女性的自信，且不僅外出社交可穿，寫作可穿，忙家務也可穿，彷彿那個時代女作家進可攻、退可守的全能戰袍。

在這一群風格殊異的旗袍好朋友中，艾

無論文友聚會、工作或家居，旗袍都是這群女作家常見的穿著，也是展現巧思、實踐美麗的舞臺。（琦君家屬捐贈）

雯毫不遜色。對艾雯的女兒朱恬恬來說，母親穿著旗袍端莊優雅的風姿，是她深植腦海的美好形象。無巧不巧的是，不管是黑緞織金色鈴蘭花圖飾旗袍、寶藍色織同色古典竹葉圖案絲綢旗袍，或者小葉描邊交錯的白綢印花旗袍，許多艾雯喜愛的旗袍都以素雅的花草植物為飾。或許是彼時流行的布料使然，但這些不張揚卻有細節的生活安排，卻讓人不禁想像熱愛植栽的艾雯穿上這些旗袍，走進她所喜愛的花草之間，彷彿花仙子般優雅的身影。

她是作家，更是熱愛DIY的生活美學家

儘管五〇年代就以散文集《青春篇》廣受讀者歡迎，論者張瑞芬也稱讚她是美文的開創者、最早成熟的作家。但是艾雯對美的追求從來不限於筆端，她曾在〈針黹之美〉一文中自承，喜愛拈針引線，僅次於執筆寫作，因為當她在針線穿梭間落實自己的想像，不僅實現了對家人的愛心與關懷，也滿足另一種創作欲和成就感。艾雯的創作顯然不只寫在書上，也寫在每個家居與日常。

她是作家，更是服裝設計師、植栽高手、生活美學家，「斜槓」概念發明前的「斜槓」實踐者。兒時在蘇州和父親一起臨帖、讀書、踏青，看外婆製作玫瑰花雕等「小樂惠」，蘇州那些日子，激發艾雯美的本能，也培養出一個懂得生活情趣的心靈。然而，艾雯不僅是個接受者或實踐者，她在生活不寬裕的年代，利用現有簡單的材料製作美化家居的飾品，從選布、配色、設計到剪裁縫製，都不假他人之手，為自己、也為家人製作美麗的衣裳，不知不覺間為女兒留下極強的

| 許多艾雯喜愛的旗袍都以素雅的花草植物為飾。（台灣省婦女寫作協會會員證：艾雯捐贈）

艾雯的生命情調就像她親自設計縫製的暗棗紅旗袍，有種低調的華麗，暗暗湧動的繽紛生命力。（艾雯捐贈）

美感暗示，啟發女兒服裝設計的天才。服裝製作因此不只是艾雯個人的愛好，也成為母女共享的美好日常。

艾雯的多才多藝，或許會讓人懷疑她是否有過人的精力？但事實上她從小體弱多病，寫作生涯也不時因為身體狀況而必須放慢腳步，還因為嬌弱善感又是蘇州人，讓文友劉枋聯想到《紅樓夢》中的林黛玉。

即使如此，在旗袍妝點的溫婉典雅之外，艾雯對理想卻十分執著，對生命彷彿潛藏火山般的熱情。這種生命情調就好像一套她親自設計縫製的暗棗紅旗袍，沉穩端莊的暗棗紅色搭配修飾身形的同色背心，突顯成熟風韻的同時，卻似乎有些中規中矩，不容易一眼探知內在的底蘊與個性。但如果靠近再靠近，仔細觀看，會發現這件旗袍使用的布料，由黑線和粉紅線交織而成，光線所及之處，閃爍若隱若現的粉色光芒，有種低調的華麗，暗暗湧動的繽紛生命力。

如果生命不可避免是暗面與亮面交錯，不總是能隨心所欲，艾雯在生命的限制中卻持久地堅持與美相伴。身為作家，早慧且成名很早，但更可喜的是，她在時間的試煉中堅持下來，直到八十歲仍出版《花韻》，描繪她所鍾愛的草木。寫作不輟，完全不是說說而已，儘管寫作或許因身體狀況而趨緩，但卻從未真的停止。

生活情趣的經營亦然，移居天母之後，不似以往在岡山、中央新村的家，有庭院可以讓她充分灌注對花草自然的喜愛。但她仍在家中可利用的空間栽花，在陽台上準備了洗澡盆，欣喜期待小鳥、松鼠等小客人的造訪。因健康欠佳而深居簡出，但圖書畫冊、各種文集、上萬套的火柴盒等藏品，滿足生命熱情的種種事物仍圍繞著她。

艾雯的收藏除了旗袍，最引人注目的，就是小巧玲瓏而多達萬件的火柴盒了。

這些火柴盒跟她的生活有什麼關聯呢？她抽菸嗎？是在觥籌交錯的社交場合，還是在旅遊住宿的飯店與這些火柴盒偶遇？抑或是有人送給她的呢？無論是哪一種，若非懷抱著熱情很有意識地蒐集，不可能匯聚這麼多的數量，一輩子也用不完。但其實她的火柴盒也不是要拿來使用的，除了蒐集，她還親手尋找圖片、黏貼製作，彷彿是在告訴我們，生活不僅追求實用，還要有追求美的餘裕。

雖然火柴盒的來源不見得能夠一一確認，但它們的存在太具生活感，不免讓我們以為那正悄悄透露著艾雯生活的祕密。打開收藏於臺文館中各菜系餐廳的宣傳火柴盒，我們可以猜想艾雯

這些火柴盒中遺留許多尚未使用的火柴，像是一種邀請，召喚同樣對生命有愛、對美期許的人們，繼續點燃花火燦爛的熱情。（艾雯捐贈）

是否曾穿著某件喜愛的旗袍穿梭其中？猜想她偏愛川菜、西餐還是港點？同時感覺這些火柴盒中遺留許多尚未使用的火柴，像是一種邀請，召喚同樣對生命有愛、對美期許的人們，接下艾雯的棒子，繼續點燃花火燦爛的熱情。

作家小傳

艾雯

1923 — 2009

本名熊崑珍，出生於江蘇吳縣，14 歲之前在蘇州生活成長。1937 年全家隨父親至江西大庾任職，不久中日大戰爆發。1940 年因父親驟逝，艾雯為負擔家計輟學，但也因為任職圖書館、博覽群書，開啟寫作契機。1944 年避難江西上猶，期間進《凱報》擔任大地副刊主編。1949 年 2 月隨家人來臺，最初暫居屏東，1953 年 8 月遷居岡山，開始她生命中「鳳凰花的歲月」，就這樣一住 20 年，直到 1973 年遷居臺北。

雖然 14 歲即離開故鄉，但早年在蘇州所見所聞所感，深深影響她看世界的方式與寫作主題。18 歲以短篇小說〈意外〉獲《江西婦女》徵文第一名，自此步入文壇。創作文類包括散文、小說、兒童文學，早期散文與小說並重，60 年代中期後逐漸專注散文寫作。她的第一本散文集《青春篇》，被譽為「自由中國第一本散文集」。多年來寫作不輟，創作力豐沛，直到晚年仍持續發表作品。

參考資料

王鈺婷編選，《臺灣現當代作家研究資料彙編 31：艾雯》（臺南：國立臺灣文學館，2013 年）。

應鳳凰，《文學風華——戰後初期 13 著名女作家》（臺北：秀威，2007 年）。

林靜端企劃，馬于文、陳昱伶撰文，《打開民國小姐的衣櫃：旗袍、女人、優雅學》（臺北：奇異果文創，2019 年）。

「旗袍一族：風姿綽約的世代女作家」特輯，《文訊》第 384 期（2017 年 10 月），頁 44-96。

29

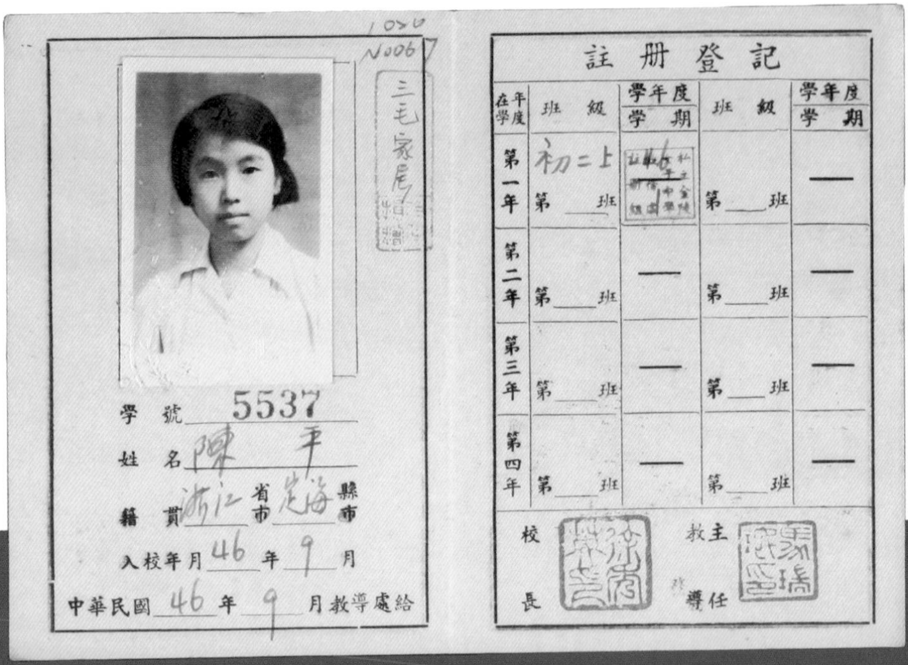
N0067

三毛家屬捐贈

學號 5537
姓名 陳平
籍貫 浙江 省市 定海 縣市
入校年月 46 年 9 月
中華民國 46 年 9 月教導處給

註冊登記

在學年度	班級	學年度 學期	班級	學年度 學期
第一年	初二上 第　班		第　班	—
第二年	第　班	—	第　班	—
第三年	第　班	—	第　班	—
第四年	第　班	—	第　班	—

校長　　教導主任

三毛的學生證

捐贈者／陳田心、陳聖、陳傑

遠行的徵兆

文 楚然

我們為什麼挑選這件藏品

身分證明往往是政府監控人民的手段，但不可否認的是，證件也是形塑自我認同的工具，從護照封面能否貼臺灣國貼紙到身分證的設計爭議，問題的癥結點始終離不開臺灣、臺灣人的自我定位——我是誰？我們是誰？

藉由三毛的學生證，回顧她筆下的初中生活，已經看得出她崇尚自由的性格。這張學生證帶來的不是榮譽，是沉悶的考試和填鴨教育，後來停止接受正規教育的三毛開始在家自學，傳奇的一生也隨之展開。

拘束的初中時代

三毛的初中照是黑白的，也許拍照當下她在想這臺對著自己的機器是怎麼運作的，相片中的眼神閃著好奇的光芒。和三毛成年後的長髮不同，當時髮禁還存在，因此髮型是政府規定的「耳上一公分」。照片裡的三毛安靜地待在相框裡頭，符合當時政府期待人民的樣子，什麼事都不會質疑。

然而我們可以從一個地方看出三毛的個性——學生證上的名字是「陳平」。三毛本來不叫「陳平」，而是「陳懋平」，可是她嫌「懋」太難寫了，所以就省略不寫，十足表現出她不受拘束的性格。

如果你是學生，在社會上總是能得到些不一樣的待遇，除了買車票、看電影有折扣，其他人往往會覺得你帶著一點傻氣，或是手頭不甚寬裕。如果剛好是名校的學生，拿出學生證的那一刻，有時還會發現對方多看了你幾眼。

現在的學生證頂多寫上就讀的學校、科系、姓名和學號，有些學校每天上下學都要刷卡才能通過校門，很少人覺得這代表限制學生的人身自由，上大學甚至還會舉辦制服日，重新穿上捆住青春的枷鎖。學生證和制服都暗示我們，將人依照某種等級劃分是很合理的事情，就像多數人看到三毛的學生證時，會先看是哪一所學校的。

那麼三毛念初中時過得快樂嗎？當時不論讀哪一所學校，恐怕都很難快樂起來。

在〈逃學為讀書〉一文中，三毛寫到初中二年級的經歷，為了讓父母放心，她專心準備升

｜學生證和制服都暗示我們，將人依照某種等級劃分是很合理的事情。

學考試，花時間死背數學題目，課堂小考理所當然地拿了好幾次滿分。老師看到不擅數學的三毛考這麼好，於是重出一份考題，結果她抱了鴨蛋。

自以為抓到三毛作弊的老師，拿起毛筆在三毛臉上畫了兩個大圓圈，逼著她走到其他間教室，最後有一位好心的同學帶她去廁所，把臉上的墨汁洗掉。有好長一段時間，三毛想殺了那位老師。

也許那段時間，三毛眼裡的光芒也消失了。

從逃學到離島

有天她搭公車去學校，一路上懷疑自己上學的目的，最後她站在學校大門，扭頭轉身，逃課了。當時學生

我們不知道三毛如果繼續讀書、升學，會變成怎樣的人，但卸下學生的身分之後，三毛的傳奇就開始了。

買公車票一張三角，全票則是一張七角，學生票的價格整整便宜了一半。相對便宜的票價，讓三毛可以搭公車到自己喜歡的地方。口袋沒錢但有大把時間的學生，待在慢慢開往目的地的公車上，享受片刻的自由。其他作家寫到學生時代的回憶，少不了提到放學搭公車四處遊蕩。

三毛逃課的目的地和其他人不同，普通人也許去電動間、冰果店或租書店，三毛逃課卻是跑到六張犁的公墓去：「在六張犁那一大堆土饅頭裡，我也埋下了我不愉快的學校生涯。」雖然她不喜歡墳場，但死人不會說話，她可以安靜看書。

當然三毛不會知道，當時伴她讀書的墳墓，可能埋著一九五〇年代白色恐怖時期遭到政府槍決的政治犯，創作版畫《恐怖的檢查》的黃榮燦，就是長眠於六張犁的亂葬崗。從學生證可知，三毛的入學時間是一九五七年，往後的幾十年，還有許多人為了爭取自由而犧牲生命。

這些人的一生就像埋入土裡的碑文，等待有人發掘。

現在的我們還在讀三毛，也知道六張犁埋著什麼故事，他們都流傳下來了。翹課的三毛和這些人一樣，都想追求自由。

沒過多久，學校通知家長三毛翹課，她勉強讀到初二下學期還是決定休學，跟著顧福生學畫畫。我們不知道三毛如果繼續讀書、升學，會變成怎樣的人，但卸下學生的身分之後，三毛的傳奇就開始了。

生命的弔詭可能在於類似的事情會重複出現，一開始為了逃課而遊蕩的三毛，到了國外卻又開始讀書，從西班牙的馬德里大學到德國的歌德學院。旅行和讀書不斷出現在三毛的人生之中，也許這兩件事情的背後動機都是一樣的，三毛有著源源不絕的好奇心，在這個世界出現的一切事物，都像是異鄉的花朵，必須親自碰觸才能知道實際的樣貌是什麼。

安靜待在學生證裡的三毛，最後走出黑白色的照片，留了一頭長髮，離開威權體制盤旋的小島，為了真理而流浪。

作家小傳

三毛

1943 — 1991

出生於重慶，創作文類以散文、小說為主，另亦從事翻譯、劇本寫作等。1973年結婚後，定居西屬撒哈拉加納利群島，即以當地的生活或四處旅行的觀感為寫作素材，完成膾炙人口的《撒哈拉的故事》。書中以豐富的浪跡天涯經歷，描繪出斑斕的異域風光；用敏銳的筆觸融以感情的文字，展現出熱愛生命、嚮往自然的精神。

葉石濤的籐椅

捐贈者／葉石濤

一直都在，只是沒有存在感

文 陳令洋

我們為什麼挑選這件藏品

坐在籐椅上寫作的作家似乎變少了，籐椅漸漸只出現在我們對老前輩作家的回憶裡。但臺靜農坐籐椅、林海音坐籐椅、鍾理和坐籐椅，都比不上葉石濤坐籐椅來得令人印象深刻。因為他的籐椅老舊、脫線、看起來不值錢（但彷彿很耐用），簡直和他重出文壇後的形象互為因果。於是它也成為後人回憶葉石濤的時候，不能忘記的一部分。

籐椅雖然只是器物，一個作家坐什麼樣的椅子，不必然因此創作什麼樣的文學。但作家對器物的選用或不得不用，有時還是會讓這些器物長出特有的靈魂。

神聖不可分割的籐椅

作家的椅子很可憐，它們一直都在，只是沒有存在感。椅子不分晝夜伴隨作家度過漫長的寫作，穩穩托住他們的生命與坐骨神經痛，才讓讀者們有機會在偉大的作品前臨表涕泣。可是有誰會在閱讀的時候，感激一下作家的椅子呢？很少。因為我們只想當心靈的貴族，卻總忘記要關懷一下貴族屁股下的物質基礎。

但葉石濤的籐椅有點特別，它彷彿已經成為葉石濤形象構成上神聖不可分割的一部分。身為作家的椅子，它的存在感卻極高。我們不妨看一下彭瑞金老師那本《葉石濤評傳》——封面和封底——的照片，一張是葉老坐在籐椅上，用那有點倒楣又有點不屑的眼神看著鏡頭；一張是他伏案寫作的英姿，同樣坐著那把籐椅，椅背上還掛著一條白毛巾，讓人不禁讚嘆葉老真阿伯，籐椅好搶眼。

不是只在照片上，好多作家、學者都會在回憶文章裡提起那把籐椅。因為他們喜歡強調首次拜訪葉老寓所時的震撼：先拿窗外的市聲喧囂和室內的狹仄寧靜做個對比，再講

《葉石濤評傳》（葉石濤捐贈）的封面照片是葉老坐在籐椅上看著鏡頭，封底照片則是他伏案寫作的英姿。（林柏樑攝影）

客廳、角落、老書桌，以及一把坐了幾十年、有點脫線的籐椅，然後才開始講葉老。必須這樣寫，才能顯得《台灣文學史綱》的誕生有多麼不易，而一位臺灣老朽作家的處境，又是多麼艱難。從這個角度看，一把在作家生命中很有存在感的籐椅，反映的竟是一個作家長年缺乏存在感的悲哀。

事實上，籐椅不僅是落魄作家的好朋友，也是一間「書房」得以成立的基礎。一九五七年，鍾理和在他的散文名作〈我的書齋〉就寫過，他窮困到放棄布置室內的書齋，將寫作空間移到戶外、庭中，山不轉路轉，人不轉心轉，他反倒熱愛起這個充滿山川田野雲霧的書齋，但真正支撐他寫作的，除了紙、筆、一方木板之外，「書齋」裡的家具就是一張籐椅而已。

在籐椅上重新開始寫作

有時我們不免要想，這些作家如果不是「坐籐椅」，而是乾脆去「做籐椅」，人生也許會順遂許多。其實他們的年紀都趕得上臺灣籐製家具的輝煌年代。歷史研究顯示[1]，

1 見林雅亭，《臺灣籐家具的歷史變遷：現況、困境與轉型》（國立臺南大學臺灣文化研究所碩士論文，二〇一六年）。

臺灣籐業在戰後一直都發展得不錯，中南部地區在一九六〇年代更成為籐加工業的重鎮，內銷外銷都蓬勃。臺灣人大量從印尼進口原籐，加工後多數銷往日本，特別是關廟地區，幾乎有百分之三十的人口都在從事相關產業，「三步一小廠，五步一中廠」，因而享有「籐業王國」的美譽。直到一九八八年因為印尼政府實施籐禁、日本停止採購，加工廠大量倒閉，籐業才在臺灣迅速沒落。如今，籐椅的全盛時期也過去了，慢慢像他們服務過的老作家一樣，成為社會上不太有存在感的存在。

但在葉石濤的生命故事裡，籐椅的成就永遠輝煌——因為他在籐椅上重新開始寫作。

一九五一年秋天，葉石濤因為幾年前跟學長借看了幾本雜誌，被冠上「知匪不報」的罪名，入獄服刑三年。等他出獄，人生就不一樣了。首先，他出身小地主家庭，服刑期間適逢政府推動耕者有其田，家中土地遭到徵收，經濟處境艱難；其次，他身負政治事件前科，出獄後就沒朋友了，過去認識他的人紛紛走避，甚至走在路上連招呼都不打。

這時候的葉石濤，不可能有好的工作，只能先去做點臨時工，隨後在各個偏鄉小學之間流轉，以微薄的教師收入養家活口，有十年多的時間，他根本沒空想寫作的事。很偶爾，當他被家人責難的眼光逼得喘不過氣時，他會躲進稻草堆，讀起法國詩人蘭波的詩集《醉舟》，在詩行裡得到心靈的寬慰。

直到一九六五年的秋天，他發現自己突然開始追憶似水年華，那些動亂中死去的朋友、青春期的戀情、世事的滄桑，不停纏繞著他，如果再不寫出來他會鬱悶而死。

在葉石濤的生命故事裡，籐椅的成就永遠輝煌——因為他在籐椅上重新開始寫作。

他把妻小送回左營娘家，自己一個人窩在宿舍裡，弄來一疊稿紙、幾隻原子筆、一張桌子，和一把破籐椅，再度開啟他的寫作。此後他會在寫了上百萬字的小說後發現，原來受日文文學養成教育的自己，這輩子無論怎麼努力，都不可能寫出精緻的「國語」文學，於是將寫作重心慢慢轉向評論與文學史。[2]

但籐椅上的他無法預想那麼遠，他只是興奮地想：我又要開始寫作了！

葉老在他的籐椅上慢慢將寫作重心從小說轉向評論與文學史，最終完成了《台灣文學史綱》。（葉石濤捐贈）

2 詳見葉石濤《一個台灣老朽作家的五〇年代》（臺北：前衛，一九九一年）。

作家小傳

葉石濤 1925 — 2008

出生於臺南府城。創作文類包括論述、小說，其小說充滿濃厚的鄉土意識，注重本土精神和歷史體驗，以描寫人類生存的困境、追求救贖或解脫之道為寫作主題。葉石濤從日治時代後期參與臺灣文學活動，始終堅持文學的尊嚴，同時評論臺灣文學作家與作品、詮釋臺灣文學的發展，堪稱臺灣文學的守護者。

31

李魁賢的採收洋菇剪刀

捐贈者／李魁賢

一把剪刀的誕生

文
許雅婷

我們為什麼挑選這件藏品

假設你剛好擁有一個下午的悠閒空檔，並想要讀詩來度過這段美好時光，靈光乍現的你突發奇想：「來讀李魁賢吧！」於是在圖書館的館藏搜尋列鍵入詩人的名字，取得了一張書單，譬如《靈骨塔及其他》、《赤裸的薔薇》、《黃昏的意象》，以及許多其他作品。

奇怪的是，在一串詩集、譯詩、散文集裡頭，你還找到了《國際專利制度》和《世界專利制度要略》，兩者間落差感之大，不禁讓你歪頭困惑了一下。

是同名同姓的作者嗎？你可能一時會這樣認為，不過事實卻與你的直覺相悖——那的確是同一個李魁賢沒錯。臺文館的藏品中，有一把來自李魁賢的「採收洋菇剪刀」，這把特殊的剪刀，也是詩人的「作品」，標誌了他的另一個身分——發明家李魁賢。

李魁賢在專利事務所工作時曾熱衷於發明新東西，這段期間的作品之一，便是這把「採收洋菇剪刀」。

「創作」採收洋菇剪刀

從文字開始認識李魁賢的人可能不清楚，這個十六歲便開始發表詩作的作家，其實曾經是個科學少年，而他多年來賴以為生的職業——現在來說就叫作「專利工程師」，更是讓人猜都猜不到。

李魁賢中學畢業後讀的是臺北工專化工科，化工科畢業後，他先是在肥料廠、塑膠廠工作了幾年，又在設計公司從事一陣子廣告文案寫作，隨後便踏入專利發明界。一開始是專利事務所的員工，到後來自行創立公司，從翻譯專利說明書起頭，從此開展了大半輩子的專利代辦申請事業。

在專利事務所工作時，他曾有一段時間熱衷於發明新東西，這把「採收洋菇剪刀」，便是這段時期的「創作」。

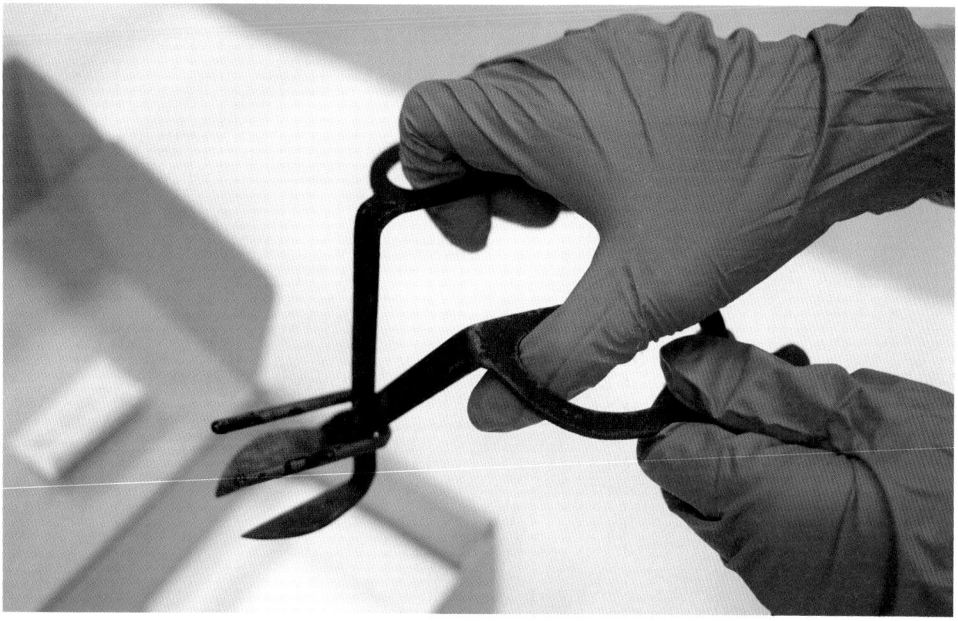

使用這把剪刀採收洋菇時，先將 U 形支架伸到蕈傘下，剪斷蕈柄時，洋菇便會被支架托住，可以直接移放至容器裡。

發明剪刀的緣由要追溯到李魁賢還在第一家事務所的時候，那時事務所投資了一項蔬果保鮮劑的研發案，他跟著做實驗，以洋菇測試開發中保鮮劑的效果。李魁賢在實驗時得知，洋菇除了得靠人工一枚枚摘取，摘取後還必須用刀片削去蒂頭，而不耐擠壓碰撞的洋菇，過程中稍有不慎便會碰傷，受傷的部分一下子就發黑，發黑的菇便會失去商品價值，造成損失。

於是，李魁賢設計了一把特殊的剪刀，希望能改良採收的程序，減少撞傷的可能。這把剪刀的握把和刀刃分別往不同方向轉折，轉折處的角度略大於直角，整體形狀從側面來看，有點像是個被拉直的「Z」字形。在固定兩片剪刀零件的鉚釘處，則還另外加上了一個 U 形支架，方向與刀刃平行，使用剪刀採收時，先將

U形支架伸到蕈傘下，剪斷蕈柄時，洋菇便會被支架托住，可以直接移放至容器裡，不需要再經過人手，如此一來，既節省了削蒂頭的工序，洋菇也不會被手捏傷或碰傷了。

當年，蔬果保鮮劑的開發最終失敗，可是採收洋菇剪刀卻完成了，以「屈折形剪刀」為名的專利被核可，還獲得了一九七五年第十屆的中山技術發明獎。這把剪刀一度獲得不少媒體關注，也有剪刀工廠的老闆前來洽談製造事宜，只可惜後來不了了之，沒有進一步量產。

詩的文字攻防與專利說明書的詩意

除了採收洋菇剪刀之外，玩發明玩出心得的李魁賢，還另外獲得好幾項專利，像是能調整藥片倒出數量的藥盒包裝「片劑容器」，以及能用於山難求援的「反光氣球」等，只不過，這些專利後來都不能算是順利實行，不是與廠商洽談未果，就是被他人侵權製造。

李魁賢在自傳中就曾回憶，在獲得發明獎的幾年後，他偶然看到剪刀登上了農業雜誌的封面照片，看似有人用來採收洋菇。既然李魁賢並未向他人授權製造剪刀，這種事當然是侵權的行為，他因此曾向雜誌社詢問剪刀的運用情況，只是後來也沒有下文。

假若真有其事，在未經他授權許可下當屬侵權，可是在那當下，他只覺得既驚訝又興奮，興匆匆地想了解發明品的運用情況，沒有半點要追究侵權的意思。

就如同許多擁有其他正職的作家一樣，工作也是李魁賢提取素材的來源之一，譬如他年輕時，就曾經把在工廠工作的情景寫入詩裡頭。進入專利事務所工作後，翻譯、書寫「專利說明書」

這種文體的經驗，更是讓詩人獲得特殊的啟發。

由於專利說明書需要顧及法律所需的彈性解釋可能，對科技的描述卻又必須力求精確，兩者之間的需求常有矛盾而相互衝突。不過對習於寫作的李魁賢來說，這種文字表達的拉扯較勁，卻或許是種十分有趣的文學挑戰。

將詩與專利說明書相提比較，他曾說：「詩的語言同樣要兼顧準確和曖昧。」詩要像專利說明書一樣，精準呈現關鍵的意念與精神；專利說明書則要像詩一樣，有能包容進退的模糊空間。這樣說起來，我們也許能把詩看作一種文字攻防的形式，至於專利說明書，則變得富有詩意了。

作家小傳

李魁賢　1937—

臺北人。創作文類以新詩為主，另有小說、散文、評論、翻譯等。李魁賢的詩自然率真，表現自由的真、善、美，並主張詩人不能放棄對時代批判的立場，詩應植根於生活，甚而認為「詩人是天生的在野代言人」。除寫詩以外，他以本土立場所寫的詩評也廣為人知，他站在「反抗」詩學的角度，對詩加以言詮，使詩散發出異質的聲響。

32

洪炎秋的西裝背心

捐贈者／洪小如

爸爸的相反

文

陳令洋

我們為什麼挑選這件藏品

服飾在一定程度上可以體現一個文人的思維。洪棄生透過穿長袿、不剪辮，宣示自己遺民的身分與價值，甚至將這樣的價值觀強加到對兒子的教育上。但他的兒子洪炎秋戰後在公開場合留下的照片幾乎都是穿著西裝，過世後更留下了一件長年不換的西裝背心。這中間到底發生了什麼事？能不能提供我們觀察臺灣文人西化與現代化一些線索？

老師的衣著

老師到底該不該穿制服上班？不是只有你小時候問過這樣的問題。一九七五年一月，時任《國語日報》發行人、同時也是知名散文家的洪炎秋曾在《國語日報》上寫過一篇〈也談「老師的服裝」〉[1]，回應該報前一年底的一次投稿主題。讀者來稿的內容很好預測，對於老師穿制服，不用想也知道會分為三派：贊成，不贊成，跟折衷——亦即主張老師只有在重要場合才穿制服。贊成者多認為制服能展現莊嚴肅穆的氣氛，藉以提高師道；反對者則認為人類有愛美的本能，穿著制服易使老師失去朝氣。

洪炎秋在文中沒有提出堅定的主張，他認為只要制服不（像共產黨做得那麼）醜就可接受，卻獨獨反對折衷主義的方案——如果舉辦儀式的時候穿制服、平時教學就隨便穿，會讓學生看到老師在學校穿兩種服裝，「過著兩種衣裳生活，會使學生懷疑他們有兩重人格」——等等，這個推論怪怪的吧?!

話鋒一轉，他倒是檢討起自己穿著的隨便。他回憶當年在臺大中文系任教時，老師們多半不講究穿著，除了沈剛伯教授每天都西裝筆挺、皮鞋油亮之外，其餘教員則普遍穿香港衫上課，頂多外加一條領帶而已。

洪炎秋在校園中更是以不修邊幅著稱。一九七〇年前後正當他準備從臺大退休之際，一位新入學的女學生在中央副刊上寫了一篇〈人豈可貌相〉，內容雖

1 收錄於洪炎秋，《老人老話》（臺北：中央書局，一九七七年）。

是要強調她對洪炎秋漸漸產生的敬意，以及對他教授的文學概論產生興趣的過程，卻也寫出了洪炎秋在課堂上「老態龍鍾，衣履不整，活像她們宿舍門口擺攤子的補鞋匠」的初識印象。即便這篇文章的作者用筆名、行文間也沒有指名道姓，但看到的人都知道在說洪炎秋。於是有人剪報給他，這才讓他意識到，即使《論語》勸君子不要恥惡衣惡食，但老師是學生觀瞻所繫，穿著不適合奇裝異服（他雖然很喜歡引經據典，但這種時候就可以看出，他對公眾社交觀感的在意仍然大過中國經典）。

兩代文人的對照

現今臺文館藏有洪炎秋的西裝背心一件，綠色針織，直排四個釦子。據洪氏家人回憶，洪炎秋生活非常節儉，這件背心搭配長年跟著他出現在公共場合的西裝當內裡，旁人從外觀上無法看出縫補了許多次，女兒買了新的背心給他，反而遭他責罵。他認為衣服既然還能穿，為什麼要再浪費錢？如今昔人已遠，背心留了下來。沒有西裝外套的遮掩，縫補的痕跡、邊緣的脫線，都可以一覽無遺。對照〈也談「老師的服裝」〉一文來看，他之所以穿著隨意、不修邊幅，可能是基於一定程度的節儉與務實，非到重要場合，大概不會換上正式的西裝。在戰後所留下的公開照片中，洪炎秋幾乎都是穿著西裝現身，幾張照片裡還能看到西裝外套裡頭的背心。縱使黑白相片難以比對顏色，但從釦子的數目還是可以看出他應該有幾件不同背心在輪替著穿，這僅是其中一件而已。

| 昔人已遠，背心留了下來。沒有西裝外套的遮掩，縫補的痕跡、邊緣的脫線，都一覽無遺。

不過，無論是制服還是西裝，這種現代社會的產物都不是童年時候洪炎秋所能觸及。他個人的現代化歷程曾經過一番周折。他一八九九年生於彰化鹿港，父親洪棄生是鹿港知名的文人，也是前清秀才。乙未割臺之後，洪棄生一味地想做遺民，並且堅持不剪辮子（後來仍被日警強制剪去）。一九一〇、二〇年代，當大家都在流行窄袖短衣的時候，他堅持要穿寬袖長褂、手搖大蒲扇，招搖過市。[2]對待孩子的教育也是這種態度，他不讓洪炎秋接受正規的現代公學校教育，而是抱著中國經典讓洪炎秋在家自學。所以洪炎秋回憶，他從五歲開始讀《三字經》，十一、二歲就讀完四書五經、《左傳》和許多詩文選，十四歲便看完《御批通鑑輯覽》。而他的玩伴都在完全不同的知識體系中求學，制服對他而言是何等遙遠的事。

同時他閱讀了父親收藏的《瀛寰志略》、《萬國史記》、《格致新編》，以及梁啟超的《新民叢報》、鼓吹排滿的《復報》，思想開始產生轉變。他意識到新青年應該學習新學問，而日語是吸收新知的重要途徑。於是他不再熱衷於線裝書，趁著每晚父親離家去陪伴兩位姨娘的時間，偷溜出門學日文，而後買了早稻田大學發行的中學講義，自修中學課程，完全朝著父親的反方向飆車。一九一八年，洪炎秋終究偷了父親的六百元存款，逃往東京求學。後來他輾轉去了中國、在北京大學就讀與任教。往後事蹟，在此不贅述——但一九二七年他與北京留學的同鄉張我軍、吳敦禮、蘇薌雨等人合照時，已經開始穿著一身

2 見洪炎秋，〈詩人洪棄生的剪影〉，陳萬益編，《閒話與常談》（彰化：彰化縣立文化中心，一九九六年），頁五四。

正式的西服了。

一件長年不換、縫縫補補的西裝背心，從個人性格而言，可以讓我們看到洪炎秋的節儉務實、不修邊幅；如果再對照著他與父親的生平看，西裝背心其實還體現了現代化的強制力與魅惑力，對兩代文人的穿著、形象所造成的深遠衝擊。

如今的幾張照片裡還能看到洪炎秋西裝外套裡頭的背心。縱使黑白相片難以比對顏色，但仍可以看出他應該有幾件不同背心在輪替著穿。（洪小如捐贈）

作家小傳

洪炎秋

1899 — 1980

作家、學者。鹿港人，日治時期古典文人洪棄生之子，由於父親一生抗日，不許子女就讀日本人設立的公學校，故自幼隨父親學習漢文經史。其間閱讀《瀛寰志略》、《萬國史記》及梁啟超的《新民叢報》等，思想開始產生轉變，意識到新青年應該學習新學問，於是瞞著父親赴「夜學會」學習日文。1918 年前往東京求學，後來輾轉到中國，於 1923 年考取北京大學預科，其後陸續擔任臺灣大學中文系教授、國語日報社社長、立法委員等職，1980 年因腦溢血病逝於臺大醫院。

33

霍斯陸曼・伐伐的玉山登頂證明書

捐贈者／霍斯陸曼・伐伐家屬

霍斯陸曼・伐伐的筆記本

捐贈者／霍斯陸曼・伐伐

他也是第一次登上玉山

文 馬翊航

我們為什麼挑選這件藏品

玉山是臺灣人重要的精神象徵，「登玉山」的行動，也涵納了挑戰自我、親近與尊敬山林、建立團體精神、凝聚臺灣意識等多重意義。布農族作家霍斯陸曼．伐伐，曾經以《玉山的生命精靈》、《玉山魂》，寫下玉山與布農族人的連結，傳遞令眾人省思的生命智慧。他在二〇〇二年十一月，參與了由路寒袖率領，行政院文建會、文化總會中部辦公室合辦的「2002 作家玉山登頂」活動，與文友於玉山峰頂留下合影，取得玉山的登頂證明書。從仰望玉山，到走入玉山的懷抱與頂峰，長年細膩記錄、描繪族人生命節奏、心靈圖像的伐伐，在登上玉山主峰之後，如何回想這次經驗？伐伐在二〇〇七年離我們遠去，回到了祖靈的居所，閱讀他的筆記，回顧他多層次的「玉山行」，是為了紀念他，也為了我們面對山林時，能成為更謙虛的靈魂。

他也沒想到，不應該穿球鞋爬玉山

十一月二十一日，凌晨兩點半，與二十多位作家一同夜宿排雲山莊的霍斯陸曼・伐伐，為了在日出前登上玉山主峰，已經被喚醒。陰曆十六的月亮浮在雲海上，照亮了排雲山莊前的一小塊平臺。眾人用相機、用眼睛拓印這個美麗驚奇的瞬間，暫時忘記了幾小時前的疲累、鼾聲與失眠，伐伐也暫時忘記了他雙腳上的腫脹與水泡。

他想起小時候曾經因為腿傷臥床，行動被限制，脾氣就變得特別暴躁，父親母親為了撫慰他，守在病床邊，為他說了一個又一個故事。他從此知道布農族人都是女巨人的後代。女巨人原是世界上唯一的 Bunun（人），孤獨行走在大地與山林，在千萬年的沉睡後，她的左腳拇趾成為了郡大山，右腳拇趾成為了巒大山，山林中出現許多與她形象相同的 Bunun，他們以 Dunqul-Savi 稱呼這位母親：Dunqul 是最接近天神的山巔，Savi 是高貴的女性名字。回到母親的懷抱，應該是令人懼怕的事嗎？

其實早在九月就收到了登玉山的邀請，他從前雖沒有爬過玉山，但曾寫過玉山。或許因這份親近，他挑了一雙球鞋，就準備前去玉山母親的懷抱了。

登山行程第一天的上午九點，隊伍從玉山登山口啟程，前往排雲山莊。沿路是山的感官：玉山箭竹與高山芒包覆山坡，腳步抓住山路的細碎聲音，野火焚燒後殘留的骨色白木，金翼白眉的應答，都像玉山母親，以其久遠記憶包裹細小的人們。只是八・五公里的路途，數個陡峭、呈之字形的上升坡，令他難以負荷。球鞋雖輕巧，也因為摩擦讓腳上起了水泡。他顯得有些不支，叫苦連天。有作家向他開玩笑，說他大概是漢化太深了，要常常回來集訓。伐伐尷尬地笑了笑，像面對登山途中，同行友伴希望他高歌一曲的邀請——在 Dunqul-Savi 母親的身體之上，也許要承受一點疲勞，感覺一些不好理解的孤寂。

過了難眠的一夜，透亮神祕的月色在雲中移動，凌晨三點半，伐伐戴上頭燈，整理好裝備，穿上沒能替換的球鞋，繼續前往玉山主峰頂。暗夜裡，頭燈只能照亮眼前寸步之土。我們過去也是這樣相依相存嗎？他想問問這個母親。細微的天光隨著時間變化，壓抑著雙腳的痛苦，他一步一步前去，帶著思索與雙眼，在日出前登上峰頂。作家們舉起印著活動標語的紅布，在主峰上拍下登頂的影像證明，但伐伐左思右想的，仍然是族人的命運。他想起先人的身影，過往族人為了保衛家園的血與吶喊，我們為何至今仍在流浪，這位千年不語的母親是否知道我曾離她這麼近……「我們準備下山囉！」伐伐回過神，母親以寒風觸碰他。在下山途中，他撫摸痠麻的小腿，撫摸著冰冷的巨石，向這個母親輕聲地吟唱古調：「HU－Bunun To mailantagus（哦！祖靈們）……」

後來，他收到郵寄來的「登頂證明書」，上面寫著：「茲證明霍斯陸曼・伐伐君於九十一年十一月二十一日攀登玉山主峰，海拔 3952 公尺，登頂成功。」證明書上有他與玉山主峰碑石的合照，最上方一行字寫著「東北亞第一高峰」。

這張證明書沒有 Dunqul-Savi 母親的名字。他想，他一定會回來，不管以什麼樣的方式。

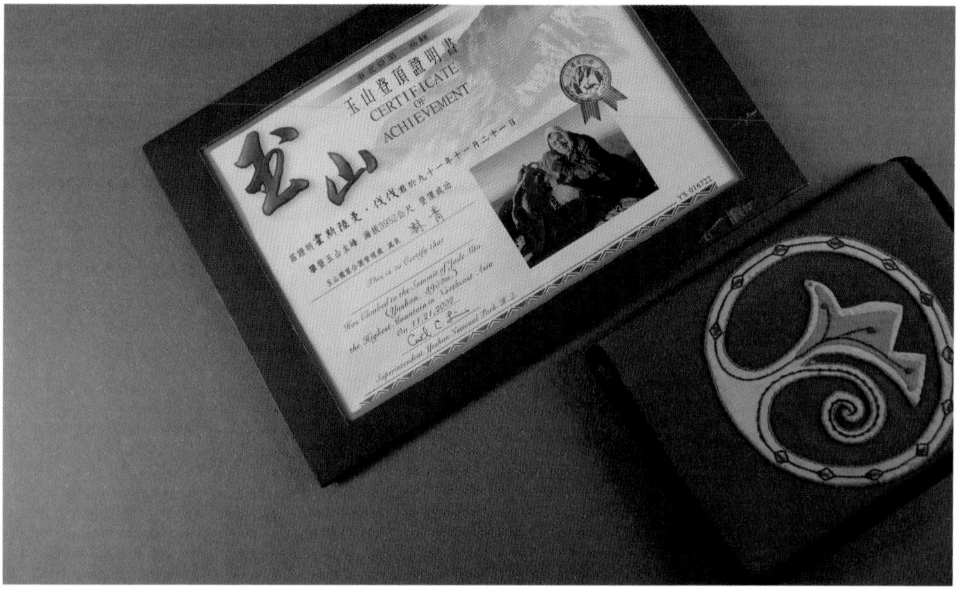

證明書上有伐伐與玉山主峰碑石的合照，最上方一行字寫著「東北亞第一高峰」。

筆記本：他不只一次登上玉山

伐伐有一本二〇〇七年的行事曆兼筆記，包覆木褐色的布書套，封面布繡紋樣像百合，也像山脈。扉頁簽上伐伐 VAVA，Bunun。在「月計劃表」裡，每日的小格中註記著他的演講、活動出席、家人與自己的生日、交稿日……八月頁面上方，寫上「保握吧！保握吧！加油！」展現他特有的幽默感。細心與勤勉是寫作者的特質，也來自布農的靈魂，一如《玉山魂》中，智慧長者達魯姆所說的：「今天的事情一定要在天黑之前完成，因為它會像亂藤一樣，絆住走向明天的腳步。」

除了勤勉的寫作勞動，筆記裡也充滿了他對文學的想像，有些像格言、有些是摘句，或者尚未定型的想法。像用不同的節奏與聲音，來回應一種呼喚。他在封面是「大地手

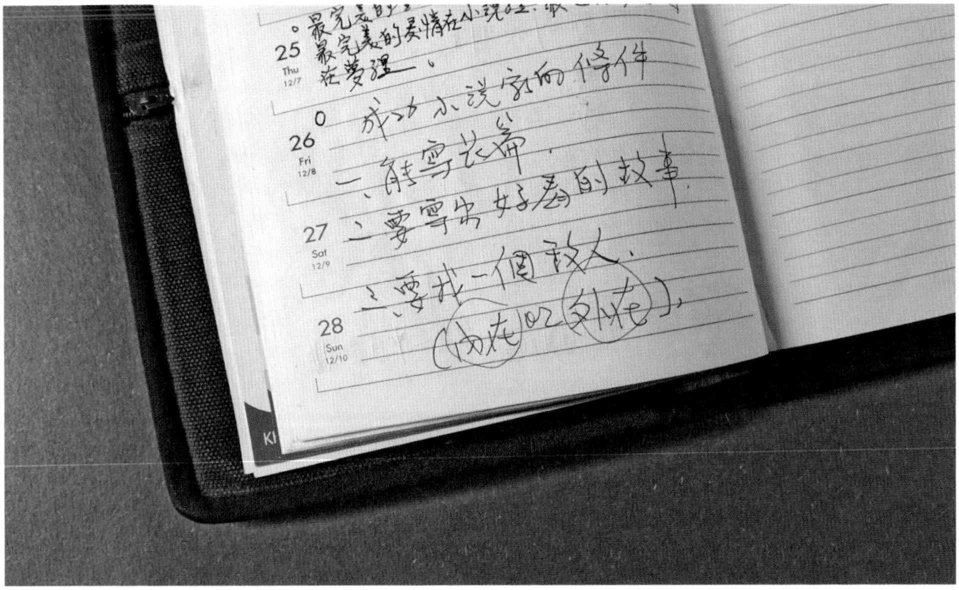

｜「成功小說家的條件　一、能寫長篇　二、要寫出好看的故事　三、要找一個敵人（內在 or 外在）。」

札：佛像篇」的筆記本裡寫「布農族的歌聲根本不需要音樂，根本不需要歌詞，靠著獨特的聲音（虔誠的心靈），就能創造出一首優美的旋律；憑著自己的精靈力量，就能表現出一整個世界的情感。」

他在二〇〇七年一月底的行事曆上寫著：「成功小說家的條件　一、能寫長篇　二、要寫出好看的故事　三、要找一個敵人（內在 or 外在）。」此時，他已經完成了第一部長篇小說《玉山魂》，主角少年烏瑪斯的成長連繫了布農繁複細緻的生命節奏與文化，他早已寫出「好看的故事」。但他內在與外在的「敵人」是誰？伐伐一九七〇年代末在金門當兵，入伍半年後單打雙不打的炮擊行動停止、臺灣島上有湧動的行動與言論、馬山連連長林毅夫泅海叛逃……「『虛偽的戰地前線氛圍』、『敵後捅刀』和『敵前叛逃』的經驗和結果，確實讓我迷惑了一段時日。不過我始終清楚的記得：我這個獵人的後代，曾經被帶到一個沒有獵物的假獵場，心中還充滿熱情的準備好好狩一場獵呢！」奇異的軍旅經驗中，他恍惚於敵我的分際；但當進入文學世界，他也許找到了另一種抵抗與抵達的姿態。

二〇〇七年的夏季，他曾在一場對談中說，他要拒絕的是遺忘，拒絕滅絕與同化——也許這就是他內在與外在的敵人。只是，在這年的冬季，伐伐回到祖靈的懷中，留下未完成的長篇小說《怒山》。伐伐以筆記標註時間，思考時間，也創造時間，但面對死亡與未竟的寫作，時間是我們共同的敵人嗎？

應該不是的。因為伐伐留下他的文學，告訴我們何謂死亡，何謂精靈。那是他留給我們的筆記。

族人們相信萬物都是由精靈幻化而成的，
生死的力量與現象只能在軀體上發生作

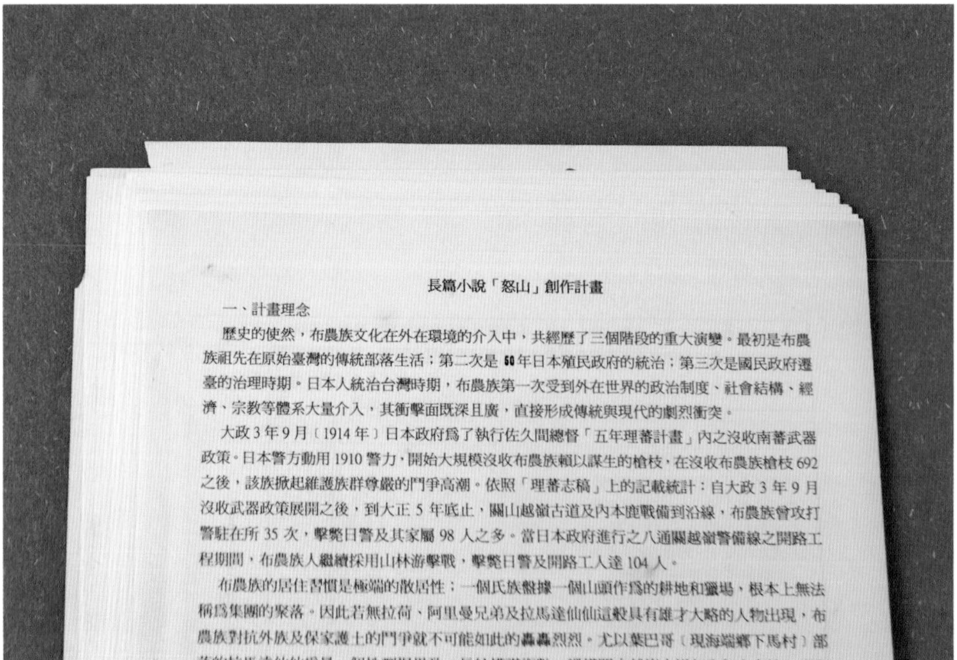

長篇小說「怒山」創作計畫

一、計畫理念

歷史的使然，布農族文化在外在環境的介入中，共經歷了三個階段的重大演變。最初是布農族祖先在原始臺灣的傳統部落生活；第二次是50年日本殖民政府的統治；第三次是國民政府遷臺的治理時期。日本人統治台灣時期，布農族第一次受到外在世界的政治制度、社會結構、經濟、宗教等體系大量介入，其衝擊面既深且廣，直接形成傳統與現代的劇烈衝突。

大政3年9月〔1914年〕日本政府爲了執行佐久間總督「五年理蕃計畫」內之沒收南蕃武器政策。日本警方動用1910警力，開始大規模沒收布農族賴以謀生的槍枝，在沒收布農族槍枝692之後，該族掀起維護族群尊嚴的鬥爭高潮。依照「理蕃志稿」上的記載統計：自大政3年9月沒收武器政策展開之後，到大正5年底止，關山越嶺古道及內本鹿戰備到沿線，布農族曾攻打警駐在所35次，擊斃日警及其家屬98人之多。當日本政府進行之八通關越嶺警備線之開路工程期間，布農族人繼續採用山林游擊戰，擊斃日警及開路工人達104人。

布農族的居住習慣是極端的散居性；一個氏族盤據一個山頭作爲的耕地和獵場，根本上無法稱爲集團的聚落。因此若無拉荷、阿里曼兄弟及拉馬達仙仙這般具有雄才大略的人物出現，布農族對抗外族及保家護土的鬥爭就不可能如此的轟轟烈烈。尤以葉巴哥〔現海端鄉下馬村〕部落的拉馬達仙仙爲最，個性剽悍果敢，長於權謀術數，縱橫關山越嶺古道如入無人之地。昭和

2007 年冬季，伐伐回到祖靈的懷中，留下未完成的長篇小說《怒山》。（霍斯陸曼・伐伐捐贈）

> 用，因為精靈本身是不會毀滅的。因此族人面對被獵殺的獵物，必須以沉默來表示心中的憐憫與感恩。——《玉山魂》

> 他們認為死亡（Madaz）和作夢（Madaisah）相近，故名稱相近。個人精靈也正式從人體解脫，完全獨立的走回族靈永久居住地，並擁有更強大的力量保護活著的家人。——《那年我們祭拜祖靈》

二〇〇七年冬天，他離開我們，回到Dunqul-Savi的懷抱。伐伐的玉山故事看似沒有說完，但是會以別的方式護衛我們，喚醒我們沉睡的思想與記憶。等待我們一次一次地接近，沉思，聆聽。

作家小傳

霍斯陸曼・伐伐 Husluman Vava　1958—2007

布農族，出身臺東縣海端鄉，屏東師專（今國立屏東大學）畢業後即擔任教職，畢生致力於存續並發揚布農族文化，長篇小說《玉山魂》於 2007 年獲得圖書類長篇小說金典獎，同年年底因心肌梗塞驟逝，享年 49 歲。

後記

文學IN文物，召喚臺文「超靈體」

——一段與文學藏品對話／通靈的奇妙旅程

文 鄭清鴻

國立臺灣文學館「藏品故事轉化行銷計畫」前主持人

如果是對「幽靈神怪」加「超能格鬥」有興趣的讀者，聽到日本漫畫家武井宏之所創作的《通靈王》，應當不太陌生。這部作品以能夠使役亡靈、精靈或神佛進行戰鬥的「通靈人」為主題，描寫主角眾人在一場五百年一次的「通靈人大戰」中，為了成為「通靈王」所經歷的各種考驗和曲折。

通靈人和搭檔靈體之間，有數種戰鬥配合或增加戰力的方式。其中之一，便是將靈體依附在物體（武器）上，藉由讓靈體實體化來施展出名為「超靈體」的進階武器狀態。

小等一下！這篇後記不是應該要討論「藏品轉譯」嗎？怎麼從頭就一直離題歪樓，聊到漫畫去了？

但我要認真說：你完全沒看錯。

我始終覺得，指向藏品故事寫作的「轉譯」，本質上就是一種「通靈」——不管是試圖把文學史或作品放回文件古物中，藉以挖掘文物的價值，活絡文物的詮釋，建構典藏的意義；或是反過來，在每一件看似平淡無奇的日常用品中，鑑識身為使用者的作家曾經生活的痕跡、記憶或靈光的殘留，梳理其中直接或間接地成為作品甚或文學史的那些部分，我認為種種關於「轉譯」的思考與探究，不外乎是在物件、文本與歷史之間，尋求與作者的意識和經驗相連共鳴，致力於發現各種「文學之靈」的存在，再將它們依附於文物、賦形於文本、轉化為故事、召喚於當代的過程。透過虛實的「故事」，進一步串起「作者／文本—文物—觀眾」這三個面向之間的有機關聯，這正是這個計畫被賦予的任務和目標。

看吧！「轉譯者」將「文學靈」置入藏品物件，進而創造故事的方法，不就和「通靈人」將「靈體」依附在實體物件中施展出「超靈體」極其相似嗎？

然而，在計畫剛開始的時候，整個團隊對於「轉譯」這回事，其實未必有這麼鮮活的想像。甚至回到更大的轉譯脈絡來看，文化部於二〇一八年啟動「臺灣行卷——博物館示範計畫」以來，對包括臺文館在內的許多博物館而言，都是一次極具突破性的嘗試與累積。

彼時，也正逢「文學故事」、「改編」、「非虛構」等各種書寫技術的討論和成果一一冒現。從藏品故事寫作延伸而來的「轉譯」，於團隊而言完全是前所未聞的概念，我們只能在既有的技術和分類定義當中，共同摸索這個概念預設的任務，及其背後對應的目標讀者、書寫技術與格式等問題。

跳過生物化學的解釋，我們在「翻譯」、「文化翻譯」的定義中尋找關於「轉譯」的路徑，乃至於從布魯諾・拉圖的「行動者網絡理論」得到一些啟發：科學知識如何引起常民興趣，進而介入社會？關鍵在於如何透過自己的語言說出對方的興趣，讓知識能為人所理解運用，讓這些內容能穿越時間的隔閡，在當代情境中被理解。

偏偏我們這時候所要推廣的「臺灣文學」，可能只是少數人的興趣，而且在黨國威權時期，它還是能陷人入罪的「惡趣味」。在斷裂且壓抑的歷史、政治和社會環境下，臺灣文學的作者、文本及其藏品文物，在能成為人們的興趣之前，恐怕還要先補上許多脈絡，建構出足以理解、感受這些興趣的先備知識。

換言之，臺灣文學並不是臺灣社會、國民的常識（比起通靈，這件事可能還讓人更覺得「見鬼」了），每一次的談論，都要從頭開始，力求原本與真實，藉以抵抗遮蔽，以及任何不成熟的變造架空造成的斲傷。也因此，曾有一段時間（或目前還是），本土的文學與歷史往往表現為一種薛西弗斯式的訴說，經常難以朝向通俗性的娛樂要求，而必須先肩負起悲情、無盡而嚴肅的啟蒙。

其次，相較於各類歷史博物館常見的古物收藏，文學博物館的藏品有著截然不同的物質特性與狀況——作家捐贈的手稿、刊物、文庫或相關物件，多半缺乏立即性的視覺刺激，不容易引起初步的、表層的觀覽欲望；又如果觀眾對作家、文本或文學史本身一無所知，就很難進入藏品本身所承載的內容。

為了活化館藏，為了拉近民眾與重要館藏的距離，為了讓藏品能有更高的識別度，為了探求策展或推廣的其他可能性，「藏品故事轉化行銷計畫」於是應運而生。透過「拾藏：臺灣文學物語」的品牌，團隊成員們寫出了上百篇精彩的藏品轉譯故事，並從轉譯故事中推出數檔經由創意轉化且扣合作家生命、文本與文學史脈絡旨趣的「轉譯商品」，名片盒、鋼筆、筆記本、雨傘、酒杯、甜點、球棒……而後，「拾藏：臺灣文學物語」轉型成為關照面更廣的「轉譯研發團」，轉譯工作內容也不限於臺文館藏品，更擴及文學展覽、遊戲、走讀及各領域的文學跨界合作，如今蔚然有成，故事也集結成冊。

如果沒有三任館長的支持，捐贈文物的作家、家屬對轉譯應用的授權與信任，公共服務組王舒虹組長的帶領，覃子君、趙慶華兩位研究員的先後主責，鄭宏斌、許宸碩、林承樸、瞿繼維等歷代轉譯核心成員居中協調五十多位作者與館方有關研典行政授權的各種需求，以及許皓甯（臨時動議）、賴正晃（藍濃道具屋）、邵瑷婷（文化銀行）等歷代的跨領域夥伴、開發廠商的助力，這個計畫無法走到這裡。

回頭再看，在計畫書當中誕生的第一篇藏品轉譯故事範文，我之所以從張深切的文青環島壯遊寫起，大概不是一個瞬間靈感的偶然而已。我始終相信也已經看見各路夥伴一起走在臺灣文學的路上，終將繼承下去的必然。

接下來，就讓我們繼續通靈，把臺灣文學放進文物以外，各種想得到或想不到的地方吧！

轉譯研發團團員簡介

（依姓名筆畫排序）

王品涵

臺灣大學臺灣文學研究所博士、臺灣推理作家協會成員、城南水岸協會理事，曾任《疑案辦》副主編，現任臺灣大學慶明文學講座博士後研究員。合著有《圖解台灣史》、《電影裡的人權關鍵字》等。

朱宥勳

一九八八年生，清大臺文所碩士，現為專職作家。已出版短篇小說集《誤遞》、《堊觀》、《以下證言將被全面否認》；長篇小說《暗影》、《湖上的鴨子都到哪裡去了》。與黃崇凱共同主編《台灣七年級小說金典》；非虛構寫作《學校不敢教的小說》、《只要出問題，小說都能搞定》、《作家生存攻略》、《文壇生態導覽》、《他們沒在寫小說的時候》、《他們互相傷害的時候》，並與朱家安合著《作文超進化》。個人網站：https://chuckchu.com.tw/。

吳映彤

清大臺文所畢業，著有碩士論文《解嚴世代身體意識的轉變與實踐：劇場演員詹慧玲的案例》、台積TSMC綠繪本《綠奇蹟／台積森林的誕生》、《綠管家／環境特攻隊》。

呂珮綾

一九九七年生，國立臺北教育大學臺文所在讀。曾獲中興湖文學獎、葉紅女性詩獎、教育部文藝創作獎新詩組首獎等。詩集《破綻》創作計畫獲國藝會補助。

李筱涵

學者、作家。國立臺北教育大學語創系學士、國立臺灣大學臺灣文學研究所碩士，現為國立臺灣大學中國文學系博士候選人。研究領域為現代華文小說、臺灣文學、香港文學、女性文學；曾獲林榮三文學獎、國藝會創作補助。文學作品、書評與採訪文章散見多家報紙副刊與文學雜誌，著有散文集《貓蕨漫生掌紋》，本書入圍臺灣文學獎金典獎。

邱映寰

鹽分地帶少女。上升是百變怪、太陽是伊布，但月亮是基拉祈，喜歡聽和製造（有在品管的）諧音哏。曾獲林榮三文學獎短篇小說獎。作品散見於《幼獅文藝》、《鹽分地帶文學》、《文訊》等。

林巧棠

臺大外文系學士，臺大臺文所碩士，曾獲時報文學獎散文首獎、時報文學獎書簡組優選、林榮三文學獎小品文獎、臺大文學獎。參與合輯《百年不退流行的台北文青生活案內帖》。著有《假如我是一隻海燕：從日治到解嚴，臺灣現代舞的故事》，入圍二〇二〇年臺灣文學獎金典獎。

林廷璋

作家，私人圖書館「櫞椛文庫」館長。熱愛各種形式的閱讀，相信文字的力量，同時也懷疑所有的真理與真實。著有《東洋惡女十二名錄：殺人者的鮮紅掌心》。

林鈺凱

筆名木凱。臺大中文系、臺文所畢。視創作為畢生職志，作品有新詩、小說、繪本插圖。《城市燈塔》新詩集獲國藝會補助。我都在「木凱創作道」出沒，有臉書、IG、網站，歡迎來串門子。

馬翊航

一九八二年生，臺東卑南族人，池上成長，父親來自Kasavakan建和部落。臺灣大學臺灣文學研究所博士，曾任《幼獅文藝》主編。著有詩集《細軟》，合著有《終戰那一天：臺灣戰爭世代的故事》、《百年降生：1900-2000臺灣文學故事》。

徐淑賢

國立清華大學臺灣文學研究所博士。國立清華大學通識教育中心兼任助理教授。研究領域為日治時期臺灣古典文學、書畫商業。著有專書《臺灣士紳的三京書寫：以1930-1940年代《風月報》、《南方》、《詩報》為中心》（二〇一三），博士論文《1920年代至1930年代北臺灣傳統文人的書畫鑑賞、推廣與商業活動》（二〇二二）。

盛浩偉

一九八八年生，臺灣大學日文系、臺灣大學臺灣文學研究所碩士畢業，曾任衛城出版主編。著作有《名為我之物》，合著有《華麗島軼聞：鍵》、《終戰那一天：臺灣戰爭世代的故事》、《百年降生：

1900-2000 臺灣文學故事》等。曾獲台積電青年學生文學獎、時報文學獎等，合著《終戰那一天》獲 Openbook 年度好書獎，作品並曾被選入《台灣七年級小說金典》、《九歌一〇六年散文選》、《我的日本：當代台灣作家日本紀遊散文選》（日文版由日本白水社出版，臺灣版由有方文化出版）等。

許宸碩

筆名石頭書，宜蘭人，現任編輯。曾拿過國藝會、文化部青年創作補助，喜好科幻、詩、文具、鍵盤，作品收錄在《3.5：幽微升級》、《1947 之後：二二八（非）日常備忘錄》等。

許雅婷

一九九一年生，臺大園藝系研究所畢業，現為臺北地方異聞工作室成員，平常用青悠這個名字走跳。《唯妖論》、《尋妖誌》、《給孩子的臺灣妖怪故事》的共同作者之一，曾獲時報文學獎小品文獎。

陳允元

國立臺灣大學臺灣文學所碩士，國立政治大學臺灣文學所博士。現為國立臺北教育大學臺灣文化研究所助理教授。學術關鍵字為日治時期臺灣文學、臺灣現代詩、戰前東亞現代主義文學、跨語世代文學、臺灣文史轉譯等。著有詩集《孔雀獸》（二〇一一），並有合著《百年降生：1900-2000 臺灣文學故事》（二〇一八）、《看得見的記憶：二十二部電影裡的百年臺灣電影史》（二〇二〇），合編《日曜日式散步者：風車詩社及其時代》（二〇一六）、《文豪曾經來過：佐藤春夫與百年前的臺灣》（二〇二〇）、《共時的星叢：風車詩社與新精神的跨界域流動》（二〇二〇）。曾獲林榮三文學獎散文首獎、臺北國際書展編輯大獎等。

陳令洋

一九九一年生於臺北，清大臺文所碩士。現就讀於臺大臺文所博士班，同時是雜誌編輯。研究關注臺灣傳統文人及文化，碩士論文為《殖民地書法家的多重跨越：曹秋圃的書業經營與思想探析》。曾為紀錄片導演傅榆口述傳記《我的青春，在台灣》（二〇一九）採訪撰文，並合著有二二八非虛構寫作《1947之後：二二八（非）日常備忘錄》（二〇一九）、《一百年前，我們的冒險：臺灣日語世代的文學跨界故事》（二〇二二）。

陳冠宏

一九九六年生，專職文字接案與活動策劃，長篇小說創作計畫《東宮行啟》獲文化部青年創作補助，曾擔任百人線上營隊《想像文藝營》總召、獨立書店線上聯合展《雲端漫遊》企劃召集、文學市集《南島嶼族》企劃召集等。

傅芃瑞

一九九二年生，高雄岡山人。臺大社會系畢業。

黃震南

國立臺灣師範大學臺文系碩士，藏書人、說書人、拿著藏書說書之人。與黃哲永合編教材《讀冊識臺灣》、與吳福助教授合編《臺灣傳統漢語文學書目新編》，著有論文《取書包上學校：臺灣傳統啟蒙教材》、散文《臺灣史上最有梗的臺灣史》、散文《藏書之家：我與我爸，有時還有我媽》等。

楚然

主責「拾藏：臺灣文學物語」、「轉譯研發團」（二〇二〇—二〇二二）的文學轉譯業務，執行粉專經營、活動企劃與商品發想。參與發想的文學商品有「一桿秤仔」球棒、雅量筆電包、雨傘「暖陽」等。

熊一蘋

本名熊信淵，國立臺灣大學臺灣文學研究所碩士。大學時期開始發表文學作品，曾獲林榮三文學獎、聯合報文學獎等。研究所時期嘗試自主發行作品，並接觸非虛構寫作，先後參與《暴民画報：島國青年俱樂部》、《百年不退流行的台北文青生活案內帖》、《沉舟記：消逝的字典》、《親像鳳梨心：鳳山代誌》等，並獨立發行《超夢》、《#雲端發行》、《結束一天的方式》、《廖鵬傑》等，著有《華美的跫音：1960年代美軍文化影響下的臺中生活》，二〇二〇年以《我們的搖滾樂》入圍臺灣文學獎金典獎。現居臺南。

廖崇倫

一九九七牛尾溜，彰化縣溪州鄉人。臺中一中、中興環工系畢業。現為「田中大學」實習生，種過土豆、蒜頭等作物。愛聽陳一郎。

蔡易澄

畢業於東華大學華文文學系，現為臺灣大學臺灣文學研究所博士生。曾獲文化部青年創作補助、打狗鳳邑文學獎、後生文學獎首獎、臺大文學獎首獎、高雄青年文學獎首獎。論文曾獲楊牧文學獎「研究論著獎」、文化研究學會「博碩士論文獎」。合著有《出版島讀：臺灣人文出版的百年江湖》、《冷不防》導讀別冊。個人小說集《福島漂流記》。

鄭清鴻

現任前衛出版社主編、台灣共生青年協會理事。國立臺灣師範大學臺文系碩士。曾任永和社區大學臺灣文學課程講師，學術興趣為臺灣文學本土論、文學史、本土語文、文學博物館、文學轉譯與文創開發等。

劉承欣

政治大學臺灣文學研究所碩士，現為臺師大臺灣語文學系博士候選人。研究興趣包含臺灣現當代文學、文史轉譯、老年長照書寫等領域。曾獲得後生文學獎、東華奇萊文學獎，並參與《1947 之後：二二八（非）日常備忘錄》、臺灣文學館「轉譯研發團」（原「拾藏：臺灣文學物語」）等寫作計畫。

劉怡臻

明治大學教養設計研究科博士候選人，研究日治時期臺灣文學。撰有日本近代詩、現代詩譯介約三十餘篇，刊載於《幼獅文藝》、《笠》、《圈外》等雜誌。合著：《Taiwanese Literature as World Literature》、《旅する日本語：方法としての外地巡礼》。合譯：《原爆詩集》（二〇二三全新翻譯文庫本）。

蕭詒徽

生於一九九一。作品《一千七百種靠近—免付費文學罐頭輯 I—》、《晦澀的蘋果 VOL.1》、《蘇菲旋轉》（合著）、《鼻音少女賈桂琳》、《Wrinkles —— BIOS monthly 專訪選集 2021》（合著）。網誌：輕易的蝴蝶。網站：iifays.com。

謝宜安

一九九二年生，鹿港人。臺大中文所碩士，臺北地方異聞工作室成員。著有非虛構《特搜！臺灣都市傳說》、小說《蛇郎君：蠔鏡窗的新娘》，合著《臺灣都市傳說百科》。對都市傳說進行考證與分析，關注怪談與民俗的現代性、性別議題，希望藉由傳說解讀人心。

瀟湘神

本名羅傳樵，臺北地方異聞工作室共同創辦人，推理小說家、奇幻小說家、臺灣妖怪研究者、實境遊戲設計師。著有《臺北城裡妖魔跋扈》、《帝國大學赤雨騷亂》、《都市傳說冒險團：謎樣的作家》、《魔神仔：被牽走的巨人》、《殖民地之旅》、《金魅殺人魔術》等作品，目前熱衷於尋找在地創作的各種跨領域可能。曾入選文訊「21世紀上升星座」、入圍二〇二一年臺灣文學獎金典獎、入圍二〇二二年臺北國際書展大獎。二〇二三年以《廢線彼端的人造神明》入選文策院第十六期Books from Taiwan（BFT）計畫「成人冊」書單，並入圍二〇二三年臺灣文學獎金典獎。

島嶼拾光・文物藏影
臺灣文學的轉譯故事

策　　劃 —— 國立臺灣文學館
監　　製 —— 林巾力
編輯顧問 —— 張文薰
審　　訂 —— 張文薰、張俐璇、蔡明諺、薛建蓉
作　　者 —— 轉譯研發團
王品涵、朱宥勳、吳映彤、呂珮綾、李筱涵、邱映寰、林巧棠、林廷璋、
林鈺凱、馬翊航、徐淑賢、盛浩偉、許宸碩、許雅婷、陳允元、陳令洋、
陳冠宏、傅玠瑞、黃震南、楚　然、熊一蘋、廖崇倫、蔡易澄、鄭清鴻、
劉承欣、劉怡臻、蕭詒徽、謝宜安、瀟湘神
計畫執行 —— 趙慶華
主　　編 —— 林蔚儒
特約編輯 —— 蔡孟儒、鄒易儒
美術設計 —— 吳郁嫻

出　　版 —— 這邊出版／遠足文化事業股份有限公司
發　　行 —— 遠足文化事業股份有限公司（讀書共和國出版集團）
地　　址 —— 231 新北市新店區民權路 108-2 號 9 樓
電　　話 —— (02) 2218-1417
傳　　真 —— (02) 2218-8057
郵撥帳號 —— 19504465
客服專線 —— 0800-221-029
客服信箱 —— service@bookrep.com.tw
網　　址 —— https://www.bookrep.com.tw
臉書專頁 —— https://www.facebook.com/zhebianbooks
法律顧問 —— 華洋法律事務所　蘇文生律師
印　　製 —— 呈靖彩藝有限公司
定　　價 —— 新臺幣 460 元
I S B N —— 9786269766956（紙本）
9786269766970（EPUB）
9786269766963（PDF）

初版一刷　2024 年 1 月
Printed in Taiwan

島嶼拾光·文物藏影 : 臺灣文學的轉譯故事｜轉譯研發團 著｜初版｜新北市｜這邊出版 , 遠足文化事業股份有限公司｜
2024.01 ｜ 320 面 ;17×23 公分｜ ISBN 978-626-97669-5-6(平裝) ｜ 1.CST: 臺灣文學 2.CST: 藏品研究 3.CST: 文集
863.07 ｜ 112020487

國立臺灣文學館
National Museum of Taiwan Literature